éternels

tome 2 : lune bleue

éternels

tome 2 : lune bleue

alyson noël

Traduit de l'anglais (États-Unis)
par Laurence Boischot et Sylvie Cohen

ÉDITIONS DE NOYELLES

Déjà paru
Éternels, tome 1 : *Evermore*

À paraître
Éternels, tome 3 : *Shadowland*

Titre original : *The Immortals – Blue Moon*
Première publication par St. Martin's Griffin

7-13, boulevard Paul-Émile-Victor – Île de la Jatte
92521 Neuilly-sur-Seine Cedex
www.michel-lafon.com

À Jessica Brody,
qui est si douée, et de si nombreuses façons
que c'en est profondément injuste !

remerciements

Tous mes remerciements à ma géniale éditrice, Rose Hilliard, dont l'enthousiasme, la compétence, et la tendresse que nous avons en commun pour les points d'exclamation, font une alliée que j'apprécie, ainsi que Matthew Shear, Katy Hershberger et tous les autres : Bill Contardi, qui représente tout ce que je pouvais attendre d'un agent, et bien plus encore ; Patrick O'Malley Mahoney et Jollyn « Snarky » Benn, mes deux amis de cœur, toujours prêts à fêter la fin d'un manuscrit ; ma mère, qui hante les librairies dédiées à la jeunesse depuis maintenant quatre ans ; mon merveilleux mari, Sandy, qui excelle dans tellement de domaines que je me demande parfois s'il ne serait pas par hasard un immortel qui se cache ; et enfin, mes plus sincères remerciements à vous, mes fantastiques lecteurs, sans lesquels je ne serais rien !

« Chaque homme a sa destinée propre.
Le seul impératif est de la suivre
et de l'accepter, où qu'elle le mène. »
Henry Miller

un

– **Ferme les yeux et visualise.** Tu y es ?

Je hoche la tête, les yeux clos.

– Imagine-le, juste devant toi. Tu dois voir sa forme, sa texture, sa couleur.

Je me concentre.

– Bon, maintenant, tends la main pour l'effleurer. Tu dois sentir son contour du bout des doigts, le soupeser dans ta main, conjuguer tous tes sens, le toucher, la vue, l'odorat, le goût – tu en perçois le goût ?

Je me mords les lèvres pour ne pas pouffer de rire.

– Parfait. Maintenant, associe le toucher. Fais comme s'il existait devant toi. Sens-le, vois-le, goûte-le, accepte-le, exprime-le !

J'obéis, mais en l'entendant ronchonner j'ouvre les yeux.

– Ever, tu étais censée penser à un citron. Rien à voir avec cela.

J'éclate de rire en examinant tour à tour les deux Damen – la réplique que je viens de créer et la version en chair et en os. Grands, bruns, d'une séduction presque irréelle.

– Non, en effet. Il n'y a rien de fruité chez lui.

Le vrai Damen pose sur moi un regard fâché. Mais c'est raté, car ses yeux remplis d'amour le trahissent.

– Que vais-je faire de toi ?

J'observe mes deux amoureux, le vrai et le faux.

– Hum, voyons voir... m'embrasser, peut-être ? Mais si tu es trop occupé, je peux toujours lui demander de te remplacer....

Le faux Damen m'adresse un clin d'œil, je réprime un fou rire. Ses contours s'estompent déjà.

Le vrai Damen ne rit pas.

– Ever, un peu de sérieux, s'il te plaît. Tu as encore tant de choses à apprendre !

Je tapote le lit à côté de moi, espérant l'inciter à venir me rejoindre.

– Ce n'est pas le temps qui nous manque, non ?

Une onde de chaleur me parcourt l'échine quand il me regarde. J'ai le souffle coupé. Je me demande si je m'habituerai jamais à sa beauté, sa peau mate et veloutée, ses cheveux noir de jais, ses traits admirables, son corps mince comme sculpté, ses yeux pareils à des puits insondables – le yin idéal de mon yang blond pâle.

– Reconnais tout de même que je suis une élève très enthousiaste !

Il s'approche, incapable de résister à la mystérieuse attraction qui nous pousse l'un vers l'autre.

– Je dirais même insatiable, renchérit-il.

J'attends avec impatience les moments où nous sommes seuls, où je n'ai pas à le partager avec qui que ce soit. Et savoir que nous avons l'éternité devant nous ne fait aucune différence.

– J'essaie de rattraper le temps perdu.

Damen se penche pour m'embrasser, oubliant complètement notre leçon – le pouvoir de matérialisation, la vision à distance, la télépathie... – pour quelque chose de bien plus concret et d'immédiat. Il me renverse sur les oreillers, s'allonge sur moi, et nous nous fondons l'un dans l'autre comme deux sarments de vigne se dorant au soleil.

Ses doigts se glissent sous mon tee-shirt et me caressent le ventre en remontant vers mon soutien-gorge.

– Je t'aime, je chuchote au creux de son oreille.

Des mots que j'ai longtemps gardés pour moi. Mais depuis que je les ai prononcés, c'est à croire que je ne sais plus rien dire d'autre.

Avec un gémissement étouffé, il dégrafe mon soutien-gorge sans effort, sans maladresse ni tâtonnement.

Ses gestes ont une grâce, une perfection infinies.

Un peu trop, peut-être.

Sa respiration est haletante et ses yeux cherchent les miens avec cette expression tendue, concentrée que je connais si bien.

Je le repousse.

– Qu'y a-t-il ?

– Rien.

Je lui tourne le dos et rajuste mon tee-shirt. Heureusement qu'il m'a appris à dissimuler mes pensées, la seule façon que j'aie de lui mentir.

Il se relève et arpente la chambre, me privant de ses enivrantes caresses et de la chaleur de son regard. Il s'arrête enfin, et je m'attends à ce qui va suivre. Nous en avons parlé mille fois.

– Écoute, Ever, je ne veux pas de te bousculer, je t'assure. Mais il va bien falloir que tu t'y fasses et que tu m'acceptes tel que je suis. Je peux matérialiser tout ce que tu désires, t'envoyer des pensées et des images par télépathie quand nous sommes séparés, t'emmener dans l'Été perpétuel si tu en as envie. Mais je suis incapable de modifier le passé. Le passé est le passé.

Je détourne la tête. J'ai honte. Je n'arrive pas à dissimuler mes jalousies ni à surmonter mes faiblesses, qui sont si transparentes, si évidentes qu'il ne sert à rien de les camoufler derrière un bouclier psychique. Voilà six siècles que Damen étudie la nature humaine – y compris mon comportement – et moi, dix-sept ans à peine.

Je triture un coin de mon oreiller.

– J'ai juste... J'ai besoin d'un peu de temps pour m'habituer.

Dire que moins de trois semaines plus tôt j'ai tué son ex-femme, lui ai avoué mon amour et ai scellé mon destin en devenant immortelle !

Damen pince les lèvres d'un air de doute. Nous sommes à un mètre à peine l'un de l'autre, mais on dirait qu'un abîme nous sépare.

– Je parle de cette vie-ci, je reprends d'une voix aiguë et précipitée, m'efforçant de briser le silence et de détendre l'atmosphère. Et si je fais l'impasse sur mes vies passées, c'est la seule expérience que j'ai. Il me faut encore un peu de temps, d'accord ?

Je soupire de soulagement lorsqu'il s'assoit près de moi et effleure du doigt l'endroit où se trouvait ma cicatrice.

– Ce n'est pas le temps qui nous manque.

Il me caresse la joue et dépose une pluie de petits baisers sur mon front, mon nez, ma bouche.

Je me sens défaillir dans ses bras, quand il me presse brièvement la main et gagne la porte, abandonnant derrière lui une magnifique tulipe rouge.

deux

Damen sait toujours le moment exact où ma tante Sabine s'engage dans la rue et approche de la maison. Mais telle n'est pas la raison de son départ. La vraie raison, c'est moi.

Parce qu'il me cherche depuis des siècles sous mes différentes incarnations, afin que nous puissions vivre ensemble.

Sauf que nous n'avons jamais vraiment vécu ensemble. Ce n'est jamais arrivé.

Apparemment, chaque fois que nous étions sur le point de passer aux choses sérieuses et de consommer notre amour, son ex-femme Drina se débrouillait pour me trucider.

Mais maintenant que je l'ai tuée, terrassée d'un seul coup en plein cœur – en admettant qu'elle en ait eu un –, plus aucun obstacle ne se dresse entre nous. À part moi.

J'ai beau aimer Damen de toute mon âme et mourir d'envie d'aller jusqu'au bout, je ne peux m'empêcher de penser à ces six cents dernières années.

À la façon dont il a choisi de les passer. Plutôt excentrique, de son propre aveu.

Et avec qui. Outre son ex-femme Drina, il y en a eu beaucoup d'autres.

Bref, je l'avoue, cela ne m'inspire guère confiance.

Pas du tout, devrais-je dire. Comment voulez-vous que les rares garçons que j'ai embrassés puissent rivaliser avec six siècles de conquêtes ?

Je sais, c'est ridicule, puisque Damen m'aime depuis une éternité. Mais le cœur et la raison ne font pas toujours bon ménage.

Dans mon cas, c'est à peine s'ils s'adressent la parole, c'est tout dire.

Quand il vient à la maison pour ma leçon, je me débrouille pour que cela se termine en séance de câlins prolongée, dans l'espoir que cette fois sera la bonne.

Et je finis invariablement par le repousser, comme la pire des allumeuses.

En fait, il a raison. On ne peut pas changer le passé. Ce qui est fait est fait. Impossible de rembobiner et de recommencer.

La vie continue.

Un grand bond en avant, sans hésitation, sans un regard en arrière.

Oublier le passé et avancer gaiement vers l'avenir.

Si seulement c'était aussi simple !

– Ever ?

J'entends Sabine monter l'escalier, et me précipite dans ma chambre pour la ranger un peu, avant de m'asseoir à mon bureau et feindre de travailler.

– Tu es encore debout ? demande-t-elle en passant la tête dans l'embrasure de la porte.

Son tailleur est froissé, ses cheveux filasse et ses yeux rougis sont fatigués, mais son aura dégage une jolie nuance verte.

Je repousse mon ordinateur portable.

– Je finissais mes devoirs.

– Tu as dîné ?

Elle s'appuie contre le chambranle de la porte, les paupières plissées, l'air soupçonneux. Son aura s'avance vers moi – le détecteur de mensonge qui l'accompagne partout à son insu.

Je hoche la tête en souriant, mais je sais bien que ça sonne faux.

– Bien sûr.

Je déteste mentir. Surtout à Sabine, après ce qu'elle a fait pour moi. Elle m'a hébergée après l'accident où ma famille a trouvé la mort. Rien ne l'y obligeait. Même si c'est ma seule parente, elle pouvait parfaitement refuser. Et je suis à peu près certaine qu'elle le regrette la plupart du temps. Sa vie était beaucoup plus simple avant mon intrusion dans son existence.

– Je voulais dire, autre chose que cette boisson.

Du menton, elle désigne la bouteille posée sur mon bureau, ce liquide d'un rouge opalescent au goût amer que je déteste un peu moins qu'avant. Heureusement, vu que, d'après Damen, je vais devoir en boire pour l'éternité. Je peux encore manger comme tout le monde, mais je n'en ai plus envie. Mon élixir d'immortalité m'apporte les nutriments nécessaires, et quelle que soit la quantité absorbée, je suis toujours rassasiée.

Cela dit, je sais exactement ce qu'elle pense. Pas seulement parce que je peux lire dans son esprit, mais aussi parce que je me disais précisément la même chose concernant Damen. J'étais agacée de le voir chipoter dans son assiette en faisant semblant de manger. Jusqu'au jour où j'ai découvert son secret.

– Oui, j'ai grignoté quelque chose tout à l'heure.

Je m'efforce de ne pas serrer les lèvres, ni regarder ailleurs ou froncer les sourcils – ces tics nerveux qui me trahissent invariablement.

– Avec Miles et Haven, j'ajoute, même si je sais qu'il est suspect de donner trop de détails, comme un clignotant rouge pour dire « Attention, mensonge ! ». D'autant que Sabine est avocate, l'une des meilleures de son cabinet, ce qui explique son habileté à démasquer les mensonges. Un don qu'elle réserve à sa sphère professionnelle. Dans la vie privée, elle choisit plutôt de faire confiance.

Mais ce soir, elle ne croit pas un mot de ce que je dis.

– Je m'inquiète pour toi, tu sais.

Je fais pivoter ma chaise et prends l'air le plus innocent du monde.

– Mais je vais bien, vraiment ! J'ai de bonnes notes, des amis formidables, et avec Damen, c'est...

Je m'interromps. Je ne lui ai encore jamais parlé de notre relation. Je ne l'ai d'ailleurs même pas vraiment définie. En fait, c'est un sujet presque tabou. Mais maintenant que j'ai commencé, je ne sais pas comment m'en dépêtrer.

Le qualifier de « petit ami » me paraît en effet tellement trivial au regard de notre passé, notre présent et notre avenir ! Notre histoire commune représente tellement plus ! En même temps, je ne vais pas crier sur les toits que nous sommes des âmes sœurs pour l'éternité. Cela ferait désordre. En réalité, je ne tiens pas à clarifier notre relation, car je ne sais toujours pas qu'en penser. Et puis, comment l'expliquer ? Voilà des siècles que nous nous aimons, mais nous ne sommes toujours pas passés à l'acte !

– Bon, disons que tout va bien avec Damen.

Je n'en crois pas mes oreilles. J'ai dit « bien » au lieu de « génial »... C'est peut-être la seule vérité que j'aie énoncée de la journée.

Ma tante pose sa mallette de cuir marron par terre et me dévisage. Je suis tombée à pieds joints dans le piège.

– Ah bon, il était là ?

J'acquiesce. Quelle mauvaise idée d'avoir insisté pour nous rencontrer ici plutôt que chez lui, comme il l'avait suggéré au départ !

– Il me semblait bien avoir vu sa voiture démarrer en trombe.

Elle observe mon lit en désordre, les oreillers éparpillés un peu partout, la couette froissée. Je sais ce qui va suivre.

– Ever, je suis vraiment désolée de n'être pas assez présente. Je sais que le courant ne passe pas toujours entre nous, mais sache que je suis à ta disposition si tu as besoin de parler.

Je serre les dents. Elle n'a pas terminé, mais si je ne réponds pas et feins d'être d'accord, peut-être qu'elle va abréger.

– Tu me diras que je suis trop vieille pour te comprendre. Je n'ai pas oublié comment je me comportais à ton âge, tu sais, ni à quel point on a envie de ressembler aux mannequins, aux actrices, à ces images inaccessibles qu'on voit à la télévision.

J'avale ma salive et détourne les yeux. Surtout ne pas réagir, ni essayer de me justifier. J'ai intérêt à ce qu'elle y croie, au moins elle ne soupçonnera pas la vérité.

Depuis que j'ai été exclue de l'école, ma tante me surveille comme jamais. Elle s'est procuré une série de guides, du genre : *Comment élever un adolescent sain d'esprit dans ce monde de brutes ?* ou *Votre ado et les médias* – et tout ce que vous devez savoir pour pouvoir l'aider. Bref, c'est mille fois pire qu'avant. Elle a dû marquer et surligner les comportements adolescents les plus inquiétants, et ne cesse de m'observer pour détecter d'éventuels symptômes.

– Tu es très belle, bien plus que moi à ton âge, reprend-elle. T'affamer pour singer des stars squelettiques qui passent la moitié de leur vie en cure de désintoxication est non seulement déraisonnable et irréaliste, mais aussi le meilleur moyen de te ruiner la santé.

Elle me lance un regard appuyé, comme pour donner plus de poids à ses paroles.

– Tu es parfaite telle que tu es, poursuit-elle. Te voir te martyriser de la sorte me navre. Si c'est à cause de Damen, alors sache que...

– Je ne suis ni anorexique ni boulimique. Je n'ai pas entrepris de régime débile. Je ne me prive pas de nourriture, je n'essaie pas de faire du 34 ou d'imiter les jumelles Olsen. Sérieusement, Sabine, ai-je vraiment l'air de dépérir ?

Je me lève pour qu'elle puisse m'admirer dans mon jean slim. Loin de dépérir, j'ai l'impression d'avoir pris du muscle, au contraire.

Sabine me détaille de la tête aux pieds, en commençant par le sommet de mon crâne pour descendre jusqu'aux orteils en passant par mes chevilles pâles. Elles sont visibles depuis que mon jean préféré est devenu trop court. D'ailleurs, je roule le bas pour que ça ait l'air plus naturel.

Sabine reste sans voix devant ces preuves irréfutables.

– Mais tu ne manges pratiquement plus rien, et tu bois sans arrêt ce truc rouge...

– Donc, tu as pensé qu'après avoir sombré dans l'alcoolisme je souffrais d'anorexie ?

J'éclate de rire pour lui montrer que je ne suis pas fâchée. Un peu vexée, peut-être. C'est à moi-même que j'en veux, pas à elle. J'aurais dû me montrer plus prudente et faire semblant de me nourrir.

– Ne t'inquiète pas, j'ajoute avec un sourire. Je n'ai pas non plus l'intention de prendre de la drogue, d'en dealer ou de martyriser mon corps, de pratiquer la scarification, les coupures et autres brûlures, ou ce qui figure au palmarès de la semaine dans la catégorie des dix comportements les plus bizarres de votre adolescent. Et puis tu sais, si je bois cette boisson rouge, c'est parce que c'est bon, et pas pour devenir maigre comme une star ou pour plaire à Damen. D'autant que Damen m'aime et m'accepte telle que je...

Voilà que je m'aventure sur un terrain glissant. Je lève la main sans laisser à Sabine le temps de formuler les mots qui se bousculent dans sa tête :

– Non, non, ce n'est pas ce que je voulais dire. Damen et moi, nous... disons que nous sortons ensemble, c'est tout.

Enfin, pour le moment...

On s'embrasse, on est copain-copine, amis-amants, liés pour l'éternité...

Son expression pincée fait écho à mon malaise. Elle a encore moins envie que moi de s'étendre sur le sujet, mais elle croit que c'est son devoir.

– Ever, je ne voulais pas insinuer...

Elle s'interrompt en haussant les épaules. Nous savons très bien toutes deux ce qu'elle voulait dire.

Je suis tellement soulagée de m'en être relativement bien tirée que je suis prise au dépourvu, quand elle lance :

– Puisque tu as l'air de tenir à ce jeune homme,

j'aimerais le connaître mieux. Pourquoi n'irions-nous pas dîner tous les trois ? Que dirais-tu de ce week-end ?

Ce week-end ?

J'en ai le souffle coupé. Je vois clair dans son jeu, elle veut faire d'une pierre deux coups. C'est l'occasion rêvée de me forcer à engloutir un vrai repas tout en cuisinant Damen.

– Excellente idée. Mais il y a la pièce de Miles vendredi soir, j'objecte en luttant pour garder mon sang-froid. Après, on a prévu une fête. Ça risque de se terminer très tard, tu vois...

Sabine me regarde avec une acuité qui me donne froid dans le dos.

Il n'y a pas moyen d'y couper, je le sais, mais autant que ce soit le plus tard possible. J'adore Sabine et Damen, mais je ne suis pas certaine de les aimer tous les deux en même temps, surtout lorsque l'interrogatoire aura commencé.

Elle hoche la tête avant de tourner les talons. Je commençais à souffler, quand elle me jette par-dessus son épaule :

– Bon, puisque vendredi te semble impossible, il nous reste encore samedi. Propose donc à Damen de passer vers vingt heures. D'accord ?

trois

Malgré un réveil tardif, le lendemain je me débrouille pour arriver chez Miles pile à l'heure. Probablement parce qu'il me faut beaucoup moins de temps pour me préparer, maintenant que Riley n'est plus là pour me distraire. C'était agaçant de la voir perchée sur ma commode, déguisée comme pour Halloween, à me bombarder de questions à propos de mes amours ou à se moquer de mes tenues. Mais depuis que je l'ai convaincue de traverser le pont pour rejoindre nos parents et Caramel qui l'attendaient de l'autre côté, je ne l'ai plus revue.

Cela signifie qu'elle avait raison. Je ne peux voir que les âmes restées de ce côté, pas celles qui ont traversé.

Comme chaque fois que je pense à Riley, ma gorge se serre et les yeux me piquent. Je me demande si je m'habituerai jamais à son départ définitif. Je devrais pourtant avoir compris que lorsqu'on perd quelqu'un, le sentiment de manque ne nous quitte jamais vraiment. Il faut apprendre à vivre avec le vide laissé par l'absent.

Je m'essuie les yeux en me garant dans l'allée, devant la maison de Miles. Je repense à la promesse de Riley de m'envoyer un signe pour me dire qu'elle va bien. Je reste à l'affût... Mais jusqu'à présent, je n'ai rien vu venir.

Miles ouvre la portière.

– Tu ne remarques rien ? lance-t-il sans me laisser le temps de lui dire bonjour. Tu n'as pas intérêt à mentir !

Une fois de plus, j'aimerais pouvoir apprendre à mes amis à dissimuler leurs pensées et à garder leur vie privée pour eux. Mais ça m'obligerait à leur révéler mes secrets de télépathe extralucide distinguant les auras et lisant à livre ouvert dans l'esprit des gens. Totalement hors de question !

– Si, tes beaux yeux noisette.

Miles monte dans la voiture, abaissant le rétroviseur droit pour inspecter son menton dans le miroir.

– Menteuse ! Regarde, il est juste là ! On ne peut pas le rater. Ça se voit comme le nez au milieu de la figure.

Je lorgne du coin de l'œil en manœuvrant pour sortir de l'allée. Un bouton d'acné s'épanouit effectivement sur son menton, mais ce sont plutôt ses ongles fuchsia qui retiennent mon attention. J'éclate de rire.

– Pas mal, tes ongles !

– C'est pour la pièce, marmonne-t-il en louchant sur son bouton. C'est invraisemblable ! Dire que ça marchait comme sur des roulettes. Les répétitions se passaient à merveille, je connais chacune de mes répliques et même celles des autres... Je me croyais fin prêt, et voilà... se lamente-t-il, en désignant son menton.

Le feu passe au vert.

– C'est le stress, dis-je.

Il me lance un regard inquiet.

– Justement ! C'est la preuve que je ne suis qu'un amateur. Les pros, les vrais ne sont pas stressés, eux. Ils laissent libre cours à leur inspiration créatrice, et... ils créent. Et si je n'étais pas fait pour ça ? J'ai peut-être décroché le premier rôle par un simple coup de chance ?

Drina prétendait avoir influencé le metteur en scène pour faire pencher la balance en faveur de Miles. Mais même si c'était vrai, cela ne signifiait pas forcément qu'il n'avait pas de talent.

– Ne sois pas ridicule. Plein d'acteurs ont le trac. Si tu savais les histoires que Riley me...

Je m'arrête in extremis. Dire que j'étais sur le point de divulguer les cancans glanés par ma petite sœur défunte, qui s'amusait à espionner les stars de Hollywood...

– De toute façon, tu te tartines de fond de teint, non ?

– Oui. Et alors ? La pièce, c'est vendredi, c'est-à-dire demain, je te signale. Ce truc ne partira jamais d'ici là.

– Peut-être, mais tu pourrais le camoufler sous du maquillage ?

Miles lève les yeux au ciel.

– Génial, pour que j'aie un énorme furoncle à la place ? Tu as vu ce truc ? C'est impossible à cacher. Il a son propre ADN, et même une ombre, je parie !

Une fois sur le parking de l'école, je me gare à ma place habituelle, à côté de la BMW rutilante de Damen. Soudain, une force irrésistible me pousse à effleurer le menton de Miles. Comme si mon index était mystérieusement attiré par son bouton.

Miles s'écarte avec une grimace.

– Qu'est-ce que tu fabriques ?

– Attends... ne bouge pas !

Je n'ai aucune idée de ce que je fais, ni de l'intention qui m'anime. Comme si mon doigt avait sa volonté propre.

– Pas touche ! s'écrie Miles à l'instant où mon doigt le frôle. Alors là, bravo, génial ! Maintenant il va doubler de volume.

Il descend de voiture, furieux.

Je suis un peu déçue que son bouton ne se soit pas miraculeusement volatilisé.

J'espérais avoir acquis une sorte de pouvoir de guérison. Ayant accepté mon destin d'immortelle et commencé à boire la fameuse potion rouge, je devais m'attendre, selon Damen, à quelques changements – accroissement des facultés psychiques (ce qui ne me dit rien qui vaille), amélioration des capacités physiques (pratique, en cours de gym !). Ou n'importe quoi, le pouvoir de guérison, par exemple – génial, si vous voulez mon avis. Bref, j'espérais quelque chose d'extraordinaire. Or, pour le moment, je n'ai gagné que deux centimètres, ce qui m'oblige à me racheter un jean. J'aurais dû le faire un jour ou l'autre, de toute façon.

J'attrape mon sac, sors de la voiture et embrasse langoureusement Damen à la seconde où il arrive près de moi.

Miles pointe vers nous un index accusateur.

– Sérieusement, ça ne peut plus durer !

Nous nous écartons l'un de l'autre, interloqués.

– Oui, c'est à vous deux que je parle, ajoute-t-il. Tous ces bisous, ces câlins, ces petits secrets chuchotés à l'oreille ! Je pensais que ça vous passerait. Enfin, ne le prenez pas mal, nous sommes tous très contents que Damen soit revenu parmi nous, que vous vous soyez retrouvés, et bien partis pour vivre heureux et avoir beaucoup d'enfants. Mais il serait peut-être temps de vous calmer un peu en public, non ? Parce qu'il y en a d'autres qui sont carrément en manque, au cas où vous ne l'auriez pas remarqué.

J'éclate de rire, pas vexée pour un sou. Je sais qu'il est mort de trac et que cela n'a rien à voir avec Damen et moi.

– Tu es en manque, toi ? Et Holt, alors ?

– Holt ? Ne me parle pas de Holt, Ever ! Plus jamais, d'accord ?

Sur ces mots, il tourne les talons et file rejoindre Haven qui l'attend à la grille.

Damen me prend la main, entrelace ses doigts avec les miens et me couve d'un regard enamouré, malgré l'épisode de la veille.

– Qu'est-ce qui lui arrive ?

– C'est la première de sa pièce, demain. Il est mort de trouille et commence à péter les plombs. En plus, il s'est découvert un bouton sur le menton et a décidé que c'était de notre faute.

Miles attrape Haven par le bras et l'entraîne vers leur classe.

– On ne leur parle plus ! s'exclame-t-il en nous regardant par-dessus son épaule. C'est la grève du silence, jusqu'à ce que ces deux-là arrêtent de jouer les tourtereaux... ou que mon bouton guérisse, au choix.

Je sais qu'il ne plaisante qu'à moitié.

Haven sautille en riant à ses côtés. Damen et moi entrons en cours de littérature. Nous passons devant Stacia Miller, qui lui adresse un sourire mielleux et tente de me faire trébucher.

Elle lance son sac en travers de mon chemin, dans l'espoir que je m'y prenne les pieds. C'est particulièrement humiliant. Le sac se soulève et je le sens heurter le genou de Stacia. J'éprouve une légère douleur, mais cela ne m'empêche pas d'être fière de moi.

– Aïe ! pleurniche Stacia.

Elle se masse le genou et me lance un regard assassin, même si elle n'a pas la moindre preuve de ma culpabilité.

Je l'ignore royalement et m'installe à ma place. C'est plus facile à présent de passer outre. Depuis qu'elle m'a fait renvoyer en m'accusant à tort d'avoir bu de l'alcool dans l'enceinte du lycée, je m'efforce de l'éviter. Parfois, cependant, je ne peux m'empêcher de lui rendre la monnaie de sa pièce, c'est plus fort que moi.

– Tu n'aurais pas dû, me souffle Damen, la mine faussement sévère.

– Oh, je t'en prie, tu veux tout le temps que je m'entraîne à matérialiser des objets. On dirait que tes leçons commencent à porter leurs fruits.

– C'est encore pire que ce que je croyais. Ce que tu viens de faire, c'est de la psychokinésie. Tu n'as rien matérialisé du tout. Tu vois tout ce qu'il te reste à apprendre ?

– De la psycho quoi ?

Je n'ai jamais entendu ce mot-là, mais dans la pratique je me suis bien amusée.

Damen me prend la main, un petit sourire aux lèvres :

– J'ai pensé que...

Je consulte la pendule, il est neuf heures cinq. M. Robins vient à peine de quitter la salle des profs.

– Vendredi soir, tu aimerais aller dans un endroit... spécial ?

– L'Été perpétuel ?

Je regarde Damen avec espoir. Mon pouls s'accélère. Je meurs d'envie de retourner dans ce lieu magique, quasi mystique. La dimension d'entre les dimensions, où je peux matérialiser des océans et des éléphants, déplacer des objets bien plus importants que des projectiles en forme de sac Prada. Mais j'ai besoin de Damen pour m'y rendre.

– Non, pas l'Été perpétuel. On y retournera bientôt,

promis. Je pensais à quelque chose comme... je ne sais pas, moi, l'hôtel Montage, ou encore le Ritz ?

– Vendredi, c'est la pièce de Miles, et j'ai promis d'y assister !

L'Été perpétuel m'a fait complètement oublier Miles et le théâtre. Mais maintenant qu'il s'agit de passer la nuit dans l'un des hôtels les plus chic de la ville en compagnie de Damen, la mémoire me revient subitement.

– Après le spectacle, alors ? Non ? Bon, aucune importance. C'était une idée comme une autre, s'empresse-t-il d'ajouter en remarquant que j'hésite, les lèvres pincées, cherchant désespérément une excuse plausible.

Je ne sais que répondre. Il faut que j'accepte, j'ai envie d'accepter. Une petite voix dans ma tête me crie : « Dis oui ! Fonce, sans regarder en arrière ! Saisis ta chance ! Vas-y, c'est le moment ou jamais, dis oui ! »

Il est temps d'avancer, j'en suis convaincue ; et même si j'aime Damen de toute mon âme et suis bien décidée à oublier son passé et sauter le pas, je m'entends dire tout autre chose :

– On verra.

Je détourne les yeux pour éviter son regard, au moment où M. Robins entre en classe.

quatre

Dès la sonnerie, je me lève et m'approche du bureau de M. Munoz, notre professeur.

Il lève les yeux de sa pile de copies :

– Vous êtes sûre d'avoir terminé ? Parce que si vous voulez quelques minutes de plus, ce n'est pas un problème.

Je jette un coup d'œil à ma copie et secoue la tête. S'il savait que j'ai fini environ quarante-cinq secondes après avoir reçu les questions et passé les quarante-cinq minutes suivantes à feindre de réfléchir...

– Non, merci.

Je dis la vérité. L'avantage d'être extralucide, c'est que je n'ai plus besoin d'étudier. Je connais d'avance les réponses. Évidemment, il serait tentant de faire un sans faute à chaque contrôle et de frimer avec un bulletin brillantissime, mais en général je me retiens et m'arrange pour glisser une erreur ou deux. Discrétion oblige.

Là, je cite Damen. Il me rabâche qu'il est impératif de faire profil bas et d'afficher une apparence de normalité. La première fois qu'il me l'a dit, je n'ai pu m'empêcher de lui rappeler qu'à l'époque où nous nous étions rencontrés, une avalanche de tulipes était sortie de nulle part... Il avait, m'a-t-il rétorqué, commis quelques entorses à la règle dans le but de me séduire. Cela s'était révélé plus long que prévu, car lorsque je m'étais finalement décidée à chercher la signification des tulipes rouges – l'amour éternel – il était presque trop tard.

Je tends ma copie à M. Munoz et frissonne en effleurant le bout de ses doigts. En une fraction de seconde, j'ai le temps d'en apprendre de belles, un panorama complet de sa matinée. Le désordre incroyable de son appartement, la table de la cuisine jonchée d'emballages de plats à emporter, parmi les multiples versions du manuscrit sur lequel il travaille depuis sept ans, tout en beuglant à pleins poumons *Born to Run* et en cherchant une chemise propre avant de se rendre chez Starbucks. Là, ce matin, il a bousculé une petite blonde qui lui a renversé du thé au lait glacé sur sa chemise. Cette dernière a été maculée d'une grande tache, aussitôt effacée par le sourire éblouissant de la coupable. Sourire qu'il semble d'ailleurs incapable d'oublier. Et qui appartient... à ma tante !

– Voulez-vous que je corrige votre copie tout de suite ?

J'acquiesce, au bord de la syncope. Je me rejoue la scène mentalement, et à chaque fois la même conclusion terrible s'impose : mon prof d'histoire en pince pour Sabine !

Je ne peux pas laisser faire. Pas question qu'elle retourne dans ce café. Aussi intelligents, sympathiques et célibataires soient-ils, ce n'est pas une raison suffisante pour qu'ils se fréquentent.

Je reste plantée là, incapable de respirer, me concentrant de toutes mes forces sur la pointe du feutre rouge de mon professeur pour ne pas entendre ses pensées. Je le regarde déposer une traînée de petits points rouges, qui se changent en croix devant les questions 17 et 25, comme prévu.

– À peine deux fautes, c'est très bien ! Voulez-vous connaître les bonnes réponses ?

Il caresse la tache sur sa chemise en se demandant s'il la reverra un jour.

Pas vraiment, je me dis intérieurement, pressée de sortir. J'ai hâte de rejoindre Damen qui m'attend pour déjeuner, et je n'ai pas la moindre envie d'être présente quand M. Munoz va reprendre sa rêvasserie là même où je l'ai interrompue.

Il me faut quand même manifester un minimum d'intérêt. Je respire à fond, opinant avec un grand sourire, comme si je n'attendais que ça. Et quand il me tend la fiche des réponses, je sors le grand jeu :

– Oh ! Comme c'est bête, je me suis trompée de date ! Et pour l'autre question aussi, je savais !

Il répond par un vague signe de tête et se reprend à rêver à la petite blonde, la seule femme au monde avec laquelle il lui est interdit de sortir ! Il se demande si elle sera encore là demain, à la même heure.

L'idée que les profs puissent avoir une vie amoureuse me dégoûte, et il est hors de question que M. Munoz fantasme sur l'unique et dernière représentante de ma famille.

Il y a quelques mois, je me souviens, j'avais, en pensée, vu Sabine en compagnie d'un homme charmant qui travaille au même endroit qu'elle. Et puisque M. Munoz enseigne ici, je songe qu'il est peu probable que leurs mondes respectifs se rejoignent un jour.

– Hum, c'était un coup de chance, vous savez, dis-je.

M. Munoz me dévisage, essayant de comprendre de quoi je parle.

Je suis allée trop loin et mes propos sont plutôt hermétiques, mais je n'ai guère le choix. Je ne peux pas laisser mon professeur d'histoire sortir avec ma tante. Je ne le supporterais pas.

Je désigne la tache qui s'étale sur sa chemise.

– Miss Thé au lait glacé, vous voyez de qui je parle ? Je doute fort qu'elle retourne au Starbucks. Elle y va très rarement.

Mais avant de poursuivre, au risque de briser ses rêves et de dévoiler mon extravagance, je cale mon sac sur l'épaule et me sauve en courant, impatiente de retrouver Damen, après ces trois longues heures loin de lui.

À la table du déjeuner où je rejoins mes camarades, je ne reçois pas l'accueil escompté. Un nouveau est assis à ma place à côté de Damen. Il focalise l'attention générale, au point que Damen me remarque à peine !

Je m'appuie contre la table et les regarde éclater de rire à une blague du nouvel arrivant. Ne voulant pas paraître grossière en les interrompant, je me résigne à m'installer en face de Damen.

Haven se penche vers le nouveau et lui effleure la main. Son sourire semble indiquer que Josh, son âme sœur autoproclamée, est momentanément passé aux oubliettes.

– Tu es trop drôle ! Dommage que tu aies raté ça, Ever, il est à mourir de rire. Miles en a même oublié son bouton !

– Oui, merci de me le rappeler, dit Miles en se tâtant le menton.

Il n'y a plus rien.

Miles nous regarde avec de grands yeux pour qu'on lui confirme que son gros mammouth de furoncle, la malédiction de sa matinée, a bel et bien fichu le camp. Moi, je ne peux m'empêcher de m'interroger sur cette soudaine disparition. A-t-elle quelque chose à voir avec moi, puisque j'ai touché son menton ce matin, dans le parking. Posséderais-je un authentique pouvoir de guérison ?

– Je t'avais dit que ça marcherait ! s'écrie le nouveau, interrompant le fil de mes pensées. C'est génial, ce truc ! Tu peux garder le tube, au cas où tu en aurais encore besoin.

J'aimerais bien savoir comment il a réussi à régler les problèmes dermatologiques de Miles en si peu de temps. Un vrai miracle !

– Je lui ai donné un baume, m'explique-t-il. Au fait, je m'appelle Roman.

Son aura jaune vif tourbillonne autour de lui. On dirait que les extrémités s'agitent en signe de bienvenue. Je détaille les yeux bleu marine, la peau bronzée, les cheveux blonds ébouriffés, la tenue très chic décontracté. Il est extrêmement séduisant, et pourtant mon premier réflexe est de m'enfuir. Et quand il me décoche un sourire nonchalant à faire fondre les filles, je suis tellement crispée que je ne parviens pas répondre

– Tu t'appelles Ever, c'est ça ?

Il retire sa main tendue que je n'avais pas même remarquée.

Haven semble horrifiée par mon impolitesse, Miles, trop occupé à se regarder dans son miroir, ne remarque pas ma grossièreté et Damen me presse le genou sous la table.

Je m'éclaircis la gorge.

– Oui.

Il me décoche un nouveau sourire, qui tombe à plat et me retourne l'estomac.

– Nous avons beaucoup de choses en commun, on dirait, poursuit-il. J'étais assis deux rangs derrière toi en histoire. J'ai vu que tu peinais sur le contrôle, et je me suis dit que tu détestais l'Histoire autant que moi.

– Je ne déteste pas l'Histoire.

J'ai parlé trop vite, avec une certaine animosité. Tous les regards sont braqués sur moi. J'observe Damen pour vérifier qu'il partage mon malaise et ressent lui aussi le flux d'énergie déstabilisatrice que Roman concentre sur moi.

Mais il se contente de siroter sa boisson rouge, comme si tout était parfaitement normal. Je me retourne vers Roman et m'immisce dans son esprit, où je ne lis que des pensées inoffensives, puériles et innocentes. Le problème viendrait-il de moi seule ?

Roman lève le sourcil :

– C'est vrai ? Replonger dans le passé, retenir toutes ces dates et ces lieux reculés, fouiller dans la vie de gens qui ont vécu il y a des siècles et ne présentent plus le moindre intérêt pour nous aujourd'hui, tu ne trouves pas que c'est barbant ?

Si, quand ces gens, ces dates et ces lieux impliquent mon petit ami et ses six siècles de débauche !

Heureusement que je garde mes commentaires pour moi :

– J'ai eu une très bonne note. C'était facile, en fait.

Il sourit.

– C'est bon à savoir. M. Munoz m'a donné le week-end pour rattraper les cours. Tu pourrais peut-être m'aider ?

Je jette un coup d'œil à Haven. Ses yeux s'assombrissent de jalousie, son aura vire au vert caca d'oie. Oubliant son bouton, Miles a entrepris d'écrire un texto à Holt. Quant à Damen, il nous ignore, les yeux dans le vague, fixés sur quelque chose que je ne vois pas. C'est ridicule, je le sais.

Tout le monde a l'air d'apprécier Roman et je ferais mieux de l'aider :

– Oh, je suis sûre que tu n'as pas besoin de moi.

J'ai la chair de poule et un nœud à l'estomac quand son regard croise le mien.

– C'est gentil de m'accorder le bénéfice du doute, Ever. Je ne sais pas si tu as raison.

cinq

Haven est restée en arrière avec moi, tandis que nous regagnons nos classes respectives.

– Tu as une dent contre le nouveau ? demande-t-elle en me tirant par la manche.

Je sens son énergie me traverser. Roman, Miles et Damen nous devancent en se tordant de rire. On dirait qu'ils s'entendent comme larrons en foire, ces trois-là.

– Tu dis des bêtises !

– Ne me raconte pas de salades, c'est évident que tu ne l'aimes pas.

– N'importe quoi !

Je ne peux détacher les yeux de Damen, mon merveilleux petit ami, mon âme sœur, mon compagnon éternel, mon alter ego – je n'ai pas encore trouvé le qualificatif adéquat. Il m'a à peine adressé la parole depuis le cours de littérature de ce matin. J'espère que ce n'est pas à cause de ma réaction d'hier soir et de ma nouvelle rebuffade à propos du week-end.

– C'est drôle, on dirait que tu détestes les nouveaux, c'est ça ? ajoute Haven qui pèse ses mots, si j'en juge par ce qu'elle a en tête.

Je me retiens de lever les yeux au ciel.

Elle pose sur moi un regard perspicace, une main sur

la hanche, ses yeux outrageusement maquillés me fixant par-dessous sa frange rouge vif.

– Parce que si ma mémoire est bonne, et tu le sais aussi bien que moi, tu détestais également Damen quand il a débarqué ici.

Toutes mes bonnes résolutions s'évanouissent.

– Je n'ai jamais détesté Damen !

Rectificatif, je feignais de le détester. En fait, je l'ai aimé au premier regard. Excepté peut-être pendant le court laps de temps où je le haïssais pour de bon. En réalité, même à ce moment-là, je l'aimais en refusant de l'admettre...

Haven me dévisage sous ses cheveux artistiquement décoiffés.

– Euh... excuse-moi de te contredire, mais tu te rappelles que tu ne l'avais même pas invité à ta soirée de Halloween ?

Je pousse un soupir exaspéré. J'aimerais retourner en classe et envoyer un message télépathique à Damen, en faisant mine d'écouter avec concentration.

– Exact. D'ailleurs, c'est le soir où on a commencé à sortir ensemble.

Je regrette aussitôt mes paroles. Nous nous embrassions au bord de la piscine quand Haven nous avait surpris, et elle en avait eu le cœur brisé.

Mon amie fait la sourde oreille, préférant sans doute me confondre plutôt que se rafraîchir la mémoire.

– J'ai trouvé ! Tu es jalouse parce que Damen a un nouvel ami, en dehors de toi, je veux dire ?

– Tu es ridicule ! Damen a des tas d'amis, je précise, alors que toutes deux savons pertinemment que c'est faux.

Haven n'a pas l'air convaincue. Mais je suis allée trop loin pour reculer.

– Il y a Miles, toi, et...

Moi. Mais je préfère me taire, parce que cela fait une liste bien courte, et que c'est exactement où elle voulait en venir. Et pour être parfaitement honnête, Damen ne traîne jamais avec Miles et Haven quand je ne suis pas là, puisqu'il est tout le temps avec moi. Lorsque nous sommes loin l'un de l'autre, il m'envoie un flot continu de pensées et d'images pour combler l'absence. Nous sommes constamment connectés. Inutile de dire que ça me va très bien. Il n'y a qu'avec lui que je me sente vraiment moi-même. Avec lui seulement je peux me permettre de lire dans les pensées, sentir les flux d'énergie et voir des fantômes.

Pourtant, je me demande si Haven n'aurait pas un peu raison. Et si j'étais vraiment jalouse ? Roman est sans doute un garçon sympathique et tout à fait ordinaire, qui vient d'arriver dans une nouvelle école et cherche à se faire des amis. Pourquoi toujours imaginer le pire ? Serais-je devenue tellement paranoïaque, jalouse et possessive, au point de redouter que Damen songe à me remplacer ? Si c'est le cas, c'est vraiment bête à pleurer.

– Tu dis des bêtises ! dis-je avec conviction.

– Ah oui ? Aurais-tu oublié Drina ? Tu l'as détestée à la seconde où tu l'as vue, vrai ou faux ? Et en apprenant qu'elle connaissait Damen, tu t'es mise à la haïr à mort.

Ce souvenir me donne des frissons. Évoquer l'ex-femme de Damen me fait froid dans le dos. Je n'y peux rien. Comment l'expliquer à Haven ? Drina, qui prétendait être son amie, l'avait plantée au beau milieu d'une fête avant de s'évanouir dans la nature. Drina avait même essayé de l'empoisonner avec un baume censé cicatriser le sinistre tatouage qui ornait son poignet, et qu'elle venait de se faire enlever. Haven ne se rappelle pas non plus que...

Seigneur, le baume ! Roman aussi a donné une crème à Miles pour soigner son bouton ! Ce garçon a quelque chose de louche, je le savais. Ce n'est pas seulement le fruit de mon imagination.

Je scrute vainement la cour. Je suis trop nerveuse pour repérer la présence de Miles à distance, faculté que je maîtrise encore très mal.

– Haven, quel cours suit Miles en ce moment, tu le sais ?

Haven me lance un regard curieux.

– Euh... de littérature, je crois. Pourquoi ?

– Pour rien, je... euh... Je dois y aller.

– D'accord. Mais reconnais que tu détestes les nouveaux ! s'écrie-t-elle, tandis que je m'éloigne.

Elle parle dans le vide, je suis déjà loin.

Je traverse la cour au pas de course, en essayant de me concentrer sur l'énergie de Miles pour deviner dans quelle salle il se trouve. J'oblique dans un couloir et aperçois une porte sur ma droite, que j'ouvre sans plus réfléchir.

Le professeur, occupé à écrire au tableau, un morceau de craie à la main, se retourne.

– Puis-je vous aider ?

Je reste plantée devant la classe, grinçant des dents devant quelques-uns des petits toutous de Stacia qui se moquent de moi, tandis que je lutte pour reprendre mon souffle.

– Je dois parler à Miles une petite minute, c'est très important.

Je supplie le professeur qui me regarde avec méfiance, les bras croisés.

Miles me fixe d'un air consterné.

Le professeur a l'air très strict.

– J'imagine que vous avez une autorisation pour circuler dans les couloirs pendant les cours ?

Il risque de me créer des ennuis si j'abuse de sa patience. Mais je n'ai guère le temps de m'égarer dans les méandres tortueux de l'administration du lycée, destinée à nous protéger. Pour l'instant, elle me met des bâtons dans les roues, alors qu'il s'agit de vie ou de mort !

Enfin, peut-être...

Je n'en suis pas tout à fait sûre, mais je dois en avoir le cœur net :

– Je vous en prie, monsieur, vous savez comme moi que je n'ai pas le droit d'être ici, mais laissez-moi parler à Miles, je vous promets de faire vite.

Le professeur passe en revue les différentes manières de résoudre le problème : me mettre dehors purement et simplement, me raccompagner dans ma classe ou dans le bureau de M. Buckley, le proviseur...

– Bon, faites vite, soupire-t-il finalement.

– Donne-moi le baume, dis-je à Miles, dès que nous sommes dans le couloir et que la porte est refermée.

– Le quoi ?

– Le baume. Celui de Roman. Je veux vérifier quelque chose.

Je tends la main avec impatience.

– Tu es tombée sur la tête ?

Il chuchote, même si nous sommes seuls dans le couloir moquetté aux murs couleur taupe. Je ne le quitte pas des yeux, bien décidée à l'effrayer.

– Tu n'imagines pas à quel point c'est grave ! Allez, donne-le-moi, on ne va pas y passer la journée.

– Il est dans mon sac.

– Va le chercher.

– À quoi ça rime, Ever ?

Je croise les bras.

– Vite, je t'attends !

Miles retourne dans la classe et revient quelques secondes plus tard, furieux, avec un petit tube blanc qu'il me lance pratiquement à la figure.

– Tiens, voilà ! Tu es contente ?

J'examine le tube et le tourne entre le pouce et l'index. C'est une marque réputée, venant d'un magasin que je connais bien. Je n'y comprends plus rien.

– Je te rappelle que la première de ma pièce, c'est demain, et que je n'ai pas vraiment besoin de tout ce cirque. C'est stressant, tu saisis ? Donc, si tu as terminé…

Il tend la main pour récupérer le tube et retourner en classe le plus vite possible.

Mais je ne suis pas encore prête à le lui rendre. Je l'examine attentivement pour découvrir un éventuel trou d'aiguille ou une trace de perforation, quelque chose qui indiquerait que le tube a été trafiqué, que ce n'est pas ce que l'on croit.

– Sérieusement, Ever, à midi, quand j'ai vu que Damen et toi aviez décidé de vous calmer question baisers en public, j'ai failli te féliciter. Mais là, ce que tu as inventé est dix fois pire. Bon, maintenant, soit tu ouvres ce tube si tu en as besoin, soit tu me le rends, d'accord ?

Je ne renonce pas encore. Je serre le tube dans le creux de ma main pour tenter d'en lire l'énergie. C'est une simple crème contre l'acné, qui a l'air très efficace. Un point c'est tout.

– Tu as fini, oui ou non ? insiste Miles d'un ton peu amène.

Je lui restitue sa crème. Dire que je me sens stupide est un euphémisme.

– Alors tu as remarqué, hein ? dis-je au moment où Miles fourre la pommade dans sa poche et se dirige vers la porte.

Les mots s'engluent dans ma gorge.

Il s'immobilise, visiblement agacé.

– Remarqué quoi ?

– L'absence quasi totale de... de baisers.

Miles se retourne et lève les yeux au ciel :

– Bien sûr, que j'ai remarqué. J'ai même cru que vous aviez pris ma menace au sérieux. Ce matin, quand je vous ai dit que Haven et moi allions faire la grève jusqu'à ce que vous arrêtiez de vous bécoter, ajoute-t-il, remarquant mon regard perplexe. Passons. Je peux retourner en classe, maintenant ?

– Bien sûr. Je suis désolée pour le...

Je n'ai pas le temps de terminer ma phrase qu'il a déjà refermé la porte.

six

En arrivant en salle de dessin, la dernière heure de cours, je constate avec soulagement que Damen est déjà là. M. Robins nous a assommés de travail en littérature, et nous avons à peine échangé deux mots au déjeuner. Je suis donc contente de pouvoir passer un peu de temps en tête à tête avec lui. Enfin, façon de parler... au milieu de trente élèves.

Mais lorsque j'ai enfilé ma blouse et sorti mes tubes de peinture du placard, j'ai un pincement au cœur : Roman a encore pris ma place.

– Salut, Ever ! dit-il.

Il installe sa toile toute neuve sur mon chevalet, tandis que je reste là, des tubes de couleur et des pinceaux plein les mains, à regarder Damen, si absorbé par son travail qu'il ne me prête aucune attention.

Je m'apprête à inviter à Roman à s'installer ailleurs, quand les propos de Haven me reviennent. Et si elle avait raison de dire que je déteste les nouveaux ? Je m'efforce de sourire et pose ma toile sur un autre chevalet, non loin de Damen, me promettant d'arriver en avance le lendemain pour réintégrer ma place.

Roman coince un pinceau entre ses dents :

– Dis-moi, mon vieux, que sommes-nous censés faire ?

Encore un tic qui m'exaspère. L'accent britannique, que je trouve d'habitude charmant, me hérisse le poil chez ce garçon. Probablement parce qu'il est simulé. C'est évident, il ne l'adopte que pour se donner l'air branché.

Je m'adresse aussitôt des reproches. Éprouver le besoin d'en rajouter révèle que l'on manque de confiance en soi, c'est bien connu. Quoi de plus normal, d'ailleurs, quand c'est votre premier jour dans une nouvelle école ?

Je décide d'être aimable, en dépit de l'angoisse qui me vrille.

– On étudie les mouvements en -isme, dis-je. Le mois dernier, nous pouvions choisir, mais aujourd'hui toute la classe travaille sur le photoréalisme puisque personne ne l'a retenu la fois dernière.

Roman me dévisage de la tête jusqu'à mes tongs dorées, avec un sans-gêne qui me donne des crampes d'estomac.

— Il faut que ça ressemble à une photo, si je comprends bien ?

Je lui rends son regard, qu'il soutient un peu trop longtemps à mon goût. Mais je ne vais pas lâcher prise la première. J'ai décidé de tenir le temps qu'il faudra. Et même si le jeu paraît inoffensif, il y a là quelque chose de sombre et de menaçant, une sorte de défi.

Ou peut-être pas ?

– Les écoles américaines, c'est super ! dit-il aussitôt. Dans mon vieux Londres humide, on ne jure que par la théorie, jamais par la pratique, ajoute-t-il avec un clin d'œil.

J'ai honte de l'avoir jugé aussi durement, car s'il vient de Londres, son accent est authentique. Et comme Damen possède des pouvoirs psychiques beaucoup plus développés que les miens et qu'il ne semble pas inquiet...

Au contraire, il a plutôt l'air d'apprécier ce garçon. C'est encore pire, car cela prouverait que Haven a raison.

Je suis jalouse. Possessive. Parano.

Et en plus, je déteste les nouveaux.

Je respire un grand coup et tente un dernier effort. J'ai la gorge nouée, l'estomac contracté, mais rien ne sert de bouder. Je prends ma voix la plus enjouée, celle de mon ancienne existence, avant que ma famille ne disparaisse dans un accident de voiture et que Damen ne me sauve la vie en me donnant l'immortalité.

– Tu peux peindre ce que tu veux, pourvu que cela ait l'air réaliste. En fait, nous sommes censés travailler à partir d'une vraie photo, pour montrer notre source d'inspiration, bien sûr, mais aussi pour que l'on puisse nous noter. Ainsi, le professeur pourra plus facilement juger si on a respecté le modèle ou pas.

Je lorgne Damen du coin de l'œil. J'ignore s'il a entendu notre échange, et je suis un peu contrariée de voir qu'il préfère s'absorber dans son travail plutôt que de communiquer avec moi par télépathie, comme il en a l'habitude.

Roman désigne la toile de Damen, une fidèle reproduction des champs de fleurs de l'Été perpétuel. Chaque brin d'herbe, chaque goutte d'eau, chaque pétale est si lumineux, la texture si fine, que l'on s'y croirait presque.

– Il peint quoi ? On dirait le paradis.

– Oui, c'est ça, je murmure sans réfléchir.

L'Été perpétuel n'est pas simplement un lieu sacré, c'est notre endroit à nous. L'un des nombreux secrets que j'ai promis de garder.

Roman lève un sourcil.

– Tu veux dire qu'il existe pour de vrai ?

– Non, c'est une pure invention de mon imagination

débridée, intervient Damen avant que j'aie le temps de répondre, en me lançant un regard de mise en garde.

– Mais comment veux-tu avoir une bonne note, si tu n'as pas de photo originale ?

Damen se contente de hausser les épaules.

Roman nous considère tour à tour. Du coup, je me sens obligée de répondre à ses interrogations muettes :

– Oh, tu sais, Damen n'aime pas trop les règles. Il préfère se forger les siennes.

Je n'ai pas oublié les nombreuses fois où il m'a convaincue de sécher l'école, parier aux courses, et j'en passe...

Roman retourne à sa toile, tandis que Damen m'envoie un bouquet de tulipes rouges virtuel. Ouf, tout va bien ! Notre secret est bien gardé. Je trempe mon pinceau dans la couleur et me remets au travail. J'attends la cloche avec impatience, pour que Damen et moi puissions enfin rentrer à la maison et commencer les vraies leçons.

Une fois le cours terminé et nos affaires rangées, nous nous dirigeons vers le parking. Je veux bien être gentille avec le nouveau, mais je suis tout de même soulagée de voir qu'il est garé beaucoup plus loin.

– À demain !

Je le regarde s'éloigner vers le fond du parking.

Les autres semblent l'avoir immédiatement adopté. Mais moi, je ne le sens pas, ce Roman.

J'ouvre la portière de ma voiture et dépose mon sac à l'arrière.

– Miles a sa répétition ce soir, donc je rentre directement à la maison, dis-je à Damen avant de m'installer au volant. Tu me suis ?

Damen tangue légèrement, le visage crispé.

– Damen ? Ça ne va pas ? je m'écrie avec inquiétude.

Je pose ma main sur sa joue pour vérifier s'il est fiévreux. Il secoue la tête. Il a le teint livide. Mais une fraction de seconde plus tard, on dirait qu'il a retrouvé ses couleurs.

Il se pince les ailes du nez et ferme les yeux :

– Je suis désolé... J'ai un peu mal à la tête, rien de grave.

– Ah ? Je croyais que tu ne tombais jamais malade ! Que nous n'étions jamais malades !

Je me penche pour attraper mon sac, persuadée qu'un peu de jus d'immortalité le requinquera. Curieusement, il a besoin d'en boire de plus grandes quantités que moi. Peut-être qu'à force d'en consommer depuis six siècles, il est sujet à une sorte d'accoutumance, et qu'il doit en absorber de plus en plus ? Cela finira par m'arriver aussi. D'ici là, j'ai le temps. Et j'espère qu'il se décidera à m'en apprendre la recette, pour que je ne sois plus obligée de dépendre de lui.

Mais il me prend de vitesse, sort sa propre bouteille et en avale une longue goulée avant de me serrer contre lui et de m'embrasser sur la joue :

– Ça va, je t'assure ! On fait la course ? Le premier arrivé a gagné.

sept

Damen conduit à une vitesse folle. Nous sommes tous deux dotés d'un radar psychique très puissant, pratique pour repérer et éviter la police, les autres véhicules, les piétons, les animaux, n'importe quel obstacle... Mais ce n'est pas une raison pour en abuser.

Damen ne partage apparemment pas cet avis. Il m'attend déjà sous le porche quand je débouche dans l'allée :

– J'ai failli attendre ! s'exclame-t-il en riant.

Nous montons dans ma chambre, où il se laisse tomber sur mon lit, m'attire à lui et me gratifie d'un long baiser qui, s'il ne tenait qu'à moi, se prolongerait indéfiniment. Je serais comblée si je pouvais couler le reste de ma vie dans ses bras. Savoir que nous avons une infinité de jours à passer ensemble me rend presque insupportablement heureuse.

Mais cela n'a pas toujours été le cas. J'ai été gravement perturbée en apprenant la vérité. À tel point que j'ai pris mes distances pendant quelque temps pour tenter de mettre un peu d'ordre dans mes idées. Ce n'est pas tous les jours que l'on vous déclare : « Au fait, je suis immortel, et je t'ai donné l'immortalité par la même occasion. »

J'ai eu beaucoup de mal à y croire au début, et puis

Damen m'a aidée à rassembler mes souvenirs : l'accident fatal dont j'avais été victime, l'instant où il m'avait ramenée à la vie, le fait que je l'avais reconnu au premier regard, à l'école. Il a bien fallu que j'admette la vérité.

Cela ne signifie pas que j'étais prête à l'accepter. C'était déjà assez difficile d'apprendre à vivre avec les facultés extralucides que m'avait provoquées mon EMI – « expérience de mort imminente », qu'on appelle imminente même si j'étais déjà morte –, le don de télépathie, la capacité de lire dans les pensées d'autrui par simple contact, de parler aux morts, etc. L'immortalité est peut-être une perspective excitante, mais par contrecoup cela signifie que je ne traverserai pas le pont. Je ne passerai jamais de l'autre côté pour retrouver ma famille. Voilà qui mérite réflexion.

Je me détache de lui à regret et plonge mon regard dans le sien, où je me perds depuis quatre cents ans. J'ai beau faire, je ne parviens pas à me rappeler notre passé. Seul Damen, resté pareil à lui-même ces six derniers siècles, sans jamais mourir ni se réincarner, en détient la clé.

Ses doigts redessinent la courbe de ma joue, laissant derrière eux un sillage brûlant :

– À quoi penses-tu ?

Je sais qu'il tient à vivre dans le présent, mais je suis déterminée à en apprendre davantage sur ma propre histoire, notre histoire commune. Je respire un grand coup et me lance :

– À notre première rencontre.

– Ah ? Et tu te rappelles quoi ?

– Rien, justement. Je compte sur toi. Tu n'as pas besoin d'entrer dans les détails. Je sais que tu n'aimes pas trop regarder en arrière, mais je voudrais bien savoir comment les choses ont commencé.

Damen s'écarte et roule sur le dos sans mot dire. Je crains que ce ne soit la seule réponse que j'obtiendrai.

Je me blottis contre lui :

– S'il te plaît ! C'est injuste que tu en connaisses chaque détail, alors que moi je suis dans le noir le plus complet. Donne-moi au moins un début de piste. Où nous vivions. À quoi je ressemblais. Les circonstances de notre rencontre. C'était un coup de foudre ?

Il se tourne sur le côté et m'ébouriffe les cheveux :

– Cela s'est passé en France, en 1608.

J'avale ma salive et retiens mon souffle.

– À Paris, souligne-t-il.

Paris ! J'imagine aussitôt des robes à crinoline, des baisers volés sur le Pont-Neuf, des potins échangés avec Marie de Médicis...

Damen a les yeux perdus dans le vague.

– J'étais invité à dîner chez un ami, et tu étais l'une des servantes.

– Une servante ?

– Oui. Ils étaient très riches et entretenaient une nombreuse domesticité.

La nouvelle m'anéantit. Je ne m'y attendais pas...

– Tu n'étais pas comme les autres, poursuit Damen en jouant avec une mèche de mes cheveux. Tu étais si belle ! Exactement comme aujourd'hui. Et déjà, tu étais orpheline, ta famille avait disparu dans un incendie. Sans le sou et sans personne pour s'occuper de toi, tu avais trouvé un emploi chez mes amis.

Je déglutis avec peine, ne sachant que penser. Quel intérêt y a-t-il à se réincarner, si c'est pour revivre sans cesse les mêmes horreurs ?

– Hé oui, puisque tu veux le savoir, c'était un coup de foudre. Je suis tombé follement amoureux de toi. Pour toujours. À la seconde où je t'ai vue, j'ai compris que ma vie ne serait plus jamais la même.

Les mains posées sur mes tempes, il m'entraîne vers cet instant, me montrant la scène comme si j'y étais, dans toute son intensité.

Mes cheveux blonds sont dissimulés sous un bonnet, je suis beaucoup trop timide pour oser regarder les gens en face, mes vêtements grossiers et mes mains calleuses déparent ma beauté, invisible pour le commun des mortels.

Mais Damen la discerne, lui. Nos regards se croisent au moment où j'entre dans la pièce. Il sait voir au-delà des apparences et découvre mon âme. Il est si beau, avec son teint mat et son élégance raffinée. Je devine que les boutons de son manteau valent davantage que je ne pourrais gagner en une année. Il ne sera jamais à moi, je l'ai tout de suite compris.

– Mais je devais être prudent, parce que...

– Parce que tu étais marié à Drina !

J'assiste mentalement à la scène et entends l'un des invités s'enquérir de son épouse.

« Drina est en Hongrie, répond Damen en me jetant un regard furtif. Nos chemins ont divergé. »

Il risquait de provoquer un scandale, mais tenait à ce que je l'entende et se moquait des conséquences...

– Nous étions déjà séparés. Non, l'obstacle n'était pas là. Je devais faire attention, parce qu'il était très mal vu de frayer hors de son milieu social, à l'époque. Et aussi parce que tu étais si innocente et vulnérable que je ne voulais pas te blesser, surtout si tu ne partageais pas mes sentiments.

– Bien sûr que je les partageais !

Je nous revois ce soir-là puis toutes les fois où je l'avais croisé en ville, comme par hasard.

– Je te suivais partout. C'était le seul moyen de gagner ta confiance. Et puis...

Et puis, nous avons commencé à nous voir en secret : des baisers volés devant l'entrée des domestiques, une étreinte fougueuse, dans une allée sombre ou dans son carrosse...

– Je sais à présent que notre amour n'était pas aussi secret que je le croyais... Drina n'était pas partie en Hongrie, elle nous surveillait, complotait pour me récupérer à n'importe quelque prix, explique Damen, le visage ravagé par les regrets. Je voulais prendre soin de toi, Ever, combler tes moindres désirs, te traiter comme la princesse que tu étais dans mon cœur. Quel bonheur, le jour où je t'ai convaincue de t'enfuir avec moi ! Nous devions nous retrouver à minuit...

Je le vois faire les cent pas, dévoré d'inquiétude à l'idée que j'aie pu changer d'avis...

– Et je ne suis jamais venue.

Il marque une pause. Son regard trahit une douleur immense.

– Le lendemain, j'ai appris que tu avais été tuée dans un accident, renversée par un fiacre alors que tu venais me rejoindre. J'ignorais que Drina était responsable de ta mort, je l'ai appris le jour où elle te l'a avoué. On aurait dit un accident, un accident horrible, tragique. Mais j'étais trop assommé par la douleur pour imaginer un autre scénario...

– J'avais quel âge ?

J'ai peine à respirer, je sais que j'étais très jeune, mais je veux connaître les détails.

Damen me serre contre lui, suivant les traits de mon visage du bout de ses doigts, ses lèvres frôlant mon oreille :

– Seize ans. Tu t'appelais Evaline.

– Evaline...

Je me sens étrangement proche de mon ancienne incarnation tragique, la jeune orpheline qu'aimait Damen, morte à seize ans. Je lui ressemble, au fond.

– Bien des années plus tard, je t'ai revue en Nouvelle-Angleterre, réincarnée en la fille d'un puritain. Et j'ai recommencé à croire au bonheur.

Je regarde au fond de ses yeux, où je découvre une jeune fille pâle aux cheveux noirs, vêtue d'une stricte robe bleue.

– La fille d'un puritain ! Toutes mes vies étaient-elles aussi excitantes ? Et quel accident horrible a mis fin à mes jours, cette fois ?

Damen soupire. Sa tristesse me submerge.

– Tu t'es noyée. J'étais tellement désespéré que j'ai repris le premier bateau pour Londres, où j'ai vécu longtemps, à quelques interruptions près. J'étais sur le point de partir pour la Tunisie, quand tu réapparus sous les traits de la très jolie, très riche et, je le reconnais, très capricieuse fille d'un propriétaire terrien.

Je me serre contre lui, désireuse de contempler une vie un peu plus fastueuse et exaltante.

– Montre-la-moi !

Je vois une brunette avec une magnifique robe verte, une coiffure impossible et de somptueux bijoux.

Une petite coquette riche, manipulatrice et séductrice, partageant son existence entre les bals et les frivolités, et qui avait jeté son dévolu sur un autre homme, jusqu'à ce qu'elle rencontrât Damen.

Je n'en ai guère envie, mais je m'oblige à le questionner :

– Comment est-elle morte, cette fois ?

– Une chute terrible. Je me suis cru condamné à vivre éternellement sans amour.

Il prend mon visage entre ses mains. Ses doigts émettent tant de tendresse, de dévouement, une chaleur si délicieuse que je me serre contre lui, les yeux clos, émerveillée de sentir nos deux corps emboîtés l'un dans l'autre. Le monde extérieur s'efface et nous restons seuls, ici et maintenant, sans passé, sans futur.

Nous sommes enfin ensemble, comme il était prévu de toute éternité. Nos vies antérieures sont certes intéressantes, mais leur vraie raison d'être était de nous mener à celle-ci. Et maintenant que Drina a péri, il n'y a plus d'ombre au tableau. Rien ne nous empêche plus de consommer notre amour – excepté moi-même. J'aimerais connaître l'histoire du passé, mais cela peut attendre. Après toutes ces années, il est temps de dépasser mes jalousies mesquines et mes incertitudes, d'oublier les prétextes et de franchir enfin le pas. Je m'apprête à le lui dire, quand il s'écarte brusquement.

– Ça ne va pas ?

Il se masse les tempes, le souffle court. Il se tourne vers moi, mais on dirait qu'il ne me reconnaît pas, comme si son regard me traversait sans me voir.

Une fraction de seconde plus tard, je retrouve le jeune homme tendre et attentionné que j'aime tant. Il se frotte les yeux en secouant la tête :

– Je ne me suis pas senti comme ça depuis... euh... Jamais, je crois. Mais ça va maintenant, je t'assure, ajoute-t-il en remarquant mon inquiétude. Que dirais-tu d'un petit tour à l'Été perpétuel ? enchaîne-t-il pour me dérider.

– Tu es sérieux ?

J'étais cliniquement morte la première fois que j'ai visité ce lieu merveilleux, cette dimension d'entre les dimensions. Et tellement fascinée par tant de beauté que je n'avais plus envie de repartir. La seconde fois, je me trouvais avec Damen. Et depuis que j'ai découvert les richesses inouïes de ce lieu, il me tarde d'y retourner. Or, puisque l'on ne peut accéder à l'Été perpétuel que si l'on est un extralucide confirmé (ou un défunt), je ne puis m'y rendre seule.

– Pourquoi pas ?

– Et ma leçon ? objectai-je, feignant de m'intéresser aux nouveaux artifices que je peux mémoriser, alors que je préférerais mille fois me trouver dans l'Été perpétuel où l'on peut tout obtenir sans effort. Et puis, si tu te sens mal...

Je m'accroche à son bras et remarque la fraîcheur inhabituelle de sa peau.

– Il y a plein de choses à apprendre, dans l'Été perpétuel aussi. Tu veux me passer ma bouteille, s'il te plaît ? Je me sens assez bien pour dessiner un portail.

Il boit de grandes rasades du breuvage rouge, mais rien n'y fait.

Des gouttes de sueur humectent son front.

– Je peux t'aider ?

Il serre les mâchoires :

– Non, j'y étais presque. Attends une petite seconde.

La seconde s'étire et devient des minutes.

– Curieux. C'est la première fois que ça m'arrive.

– Peut-être parce que tu es souffrant, tu ne crois pas ?

Il avale une nouvelle gorgée, puis une autre, une autre encore. Il ferme les yeux et se concentre. En vain.

– Je peux essayer ?

– Pas la peine, tu n'y arriveras pas.

Je discerne dans sa voix une pointe d'agacement, probablement due à la frustration et à l'impuissance.

– Je sais, mais tu pourrais peut-être m'apprendre... ?

Il commence à arpenter la chambre, sans me laisser le temps de finir ma phrase.

– C'est trop long, Ever. J'ai mis des années avant d'y parvenir. Tu ne peux pas comprendre la fin d'un livre si tu sautes le milieu, non ?

Il s'appuie contre mon bureau, les nerfs à fleur de peau, le regard fuyant.

– Il ne t'arrive jamais de lire un livre sans en connaître le début, ni le milieu ni la fin ?

Il me lance un regard sévère, puis sourit et vient me prendre la main :

– Tu veux vraiment essayer ?

J'acquiesce vigoureusement.

Il me toise de la tête aux pieds. Il n'y croit pas, je le sais, mais il veut me faire plaisir.

– D'accord. Détends-toi, ne croise pas les jambes. Ça perturbe le *chi*.

– Le quoi ?

– C'est un mot savant qui signifie « énergie ». Tu peux t'asseoir en lotus, si ça te chante.

J'ôte mes tongs et pose les pieds bien à plat sur la moquette, en essayant de me décontracter le plus possible.

– Il faut d'abord passer par plusieurs stades de méditation, mais comme le temps presse et que tu es déjà assez avancée, nous allons entrer directement dans le vif du sujet.

J'approuve. J'ai hâte de commencer.

Nos mains s'entrelacent.

– Imagine un voile de lumière dorée au-dessus de ta tête.

Je visualise la réplique exacte de l'étoffe rutilante que Damen avait matérialisée pour m'arracher aux griffes de Drina. C'est si beau, si lumineux que mon cœur se gonfle de joie. Je lève la main, pressée de la plonger dans cette pluie scintillant de mille feux et de retourner dans cet endroit mystique. Brusquement, le voile se déchire et je me retrouve dans ma chambre.

– Oh non ! J'y étais presque ! Il était là, au-dessus de moi ! Tu as vu ?

– Oui, acquiesce-t-il avec un sourire forcé.

– On réessaye ensemble ?

Mes espoirs s'envolent quand il fait non de la tête :

– Ever, je te signale que c'est ce que nous venons de faire. Je ne suis pas un très bon professeur, on dirait.

– Tu dis des bêtises ! Tu es un excellent pédagogue, au contraire. Tu traverses un passage à vide, c'est tout.

Voyant qu'il n'est pas convaincu, je change de tactique et endosse la responsabilité des événements.

– C'est ma faute, Damen, je suis une mauvaise élève, paresseuse et négligente. Je passe le plus clair de mon temps à te dissiper pour que tu m'embrasses. Mais c'est fini. Désormais je serai sérieuse, je te le promets.

Je surprends son regard dubitatif. Ne voulant pas me décevoir, il s'empare de ma main pour renouveler la tentative. Les yeux clos, nous dessinons un magnifique portail lumineux, qui commence à prendre forme au moment où Sabine claque la porte d'entrée et s'engage dans l'escalier. Nous n'avons que le temps de nous séparer, chacun se précipitant dans la direction opposée.

– Bonjour, Damen ! Il me semblait bien avoir vu votre voiture dans l'allée, claironne ma tante.

Elle se débarrasse de sa veste et franchit la distance entre la porte et mon bureau en deux enjambées. La tension de la journée lui colle encore à la peau, alors qu'elle serre la main de Damen. Apercevant la bouteille en équilibre sur son genou, elle nous dévisage tour à tour en pinçant les lèvres, comme si elle avait enfin réuni toutes les preuves.

– C'est donc grâce à vous qu'Ever est devenue accro à cette boisson ?

Je regarde Damen avec appréhension, ne sachant comment il va s'en sortir.

– Je plaide coupable ! s'esclaffe-t-il. La plupart des gens détestent. Mais, allez savoir pourquoi, Ever adore ça.

Il lui adresse un sourire persuasif et charmeur à la fois.

Sabine n'a pas l'air impressionnée pour deux sous.

– C'est la seule chose qu'elle accepte d'avaler depuis quelque temps. Je remplis le frigo, mais elle refuse de manger.

– Ce n'est pas vrai !

Je suis furieuse qu'elle évoque ce sujet, surtout devant Damen. La tache de thé que je remarque sur son vêtement est la goutte d'eau qui fait déborder le vase. Je montre du doigt la preuve flagrante du délit, en me répétant que je dois tout faire pour l'empêcher de retourner dans ce café.

– Comment as-tu sali ton chemisier ?

Elle baisse les yeux et effleure l'éclaboussure d'un doigt distrait.

– Ah, ça ? J'ai bousculé quelqu'un, explique-t-elle avec détachement.

On dirait que ce pauvre M. Munoz ne lui a pas fait une vive impression.

– Au fait, ça marche toujours, pour samedi soir ? s'enquiert-elle.

J'avale ma salive et supplie télépathiquement Damen de dire oui, même s'il n'a pas la moindre idée de ce dont il s'agit, vu que j'ai oublié de lui en parler.

– J'ai réservé pour vingt heures.

Je retiens mon souffle, tandis que Damen sourit en hochant la tête comme je l'en ai prié :

– Je ne raterais cette soirée pour rien au monde, assure-t-il.

Il serre la main de Sabine puis mêle ses doigts aux miens, m'envoyant des ondes de chaleur dans tout le corps.

– Désolée pour le dîner, dis-je en le raccompagnant dans l'allée. J'étais sûre qu'elle aurait oublié.

Il m'embrasse sur la joue avant de monter dans sa voiture.

– Elle t'aime beaucoup. Elle veut vérifier que je suis un garçon honnête et que je n'ai pas l'intention de te faire du mal. Je suis déjà passé par là. Et même si j'ai dû parfois jouer serré, j'ai toujours réussi le test haut la main.

– Ah oui, le papa puritain strict ? Ce devait être le type même du père possessif et intransigeant.

Damen éclate de rire.

– Eh bien non ! Le riche propriétaire terrien était un vrai cerbère, si tu veux le savoir. J'ai quand même réussi à passer à travers les mailles du filet.

– Tu me raconteras ta vie un jour ? Ta maison, tes parents, comment tu es devenu...

Un éclair de douleur s'allume dans ses yeux. Damen n'est pas encore prêt à se confier, c'est évident. Et plus il se renferme dans sa coquille, plus il attise ma curiosité.

Il lâche ma main et tripote ses rétroviseurs, un prétexte pour éviter de me regarder.

– C'est sans importance. Ce qui compte, c'est le présent.

– Oui, mais...

J'aimerais lui expliquer qu'il ne s'agit pas d'indiscrétion de ma part, mais de spontanéité, de complicité. Je voudrais tant qu'il m'ouvre enfin son cœur ! Mais il serait maladroit de le brusquer. Et peut-être est-il temps que je lui fasse confiance à mon tour.

Je joue avec l'ourlet de mon tee-shirt :

– Je me disais que...

Il m'observe, la main sur le levier de vitesses, prêt à passer en marche arrière.

Je lui rends son regard :

– Et si tu la faisais, cette réservation ? Tu sais, au Montage ou au Ritz ?

– Tu es sûre ?

Je hoche la tête. Depuis des siècles que l'on attend ce moment, on ne va pas le repousser indéfiniment.

– Sûre et certaine.

Il sourit et son visage s'illumine pour la première fois de la journée. Il est enfin redevenu lui-même ! Quel soulagement, après sa froideur au lycée, le fiasco du portail et son malaise inexplicable. Le Damen que je connais, si beau, si fort, si sexy, invincible et enjoué, était méconnaissable. Sa soudaine vulnérabilité m'a profondément affectée, je l'avoue.

– C'est comme si c'était fait ! lance-t-il en démarrant sur les chapeaux de roues.

Je le regarde s'éloigner, des brassées de tulipes rouges plein les bras.

huit

Sur le parking, le lendemain matin, toutes mes inquiétudes s'évanouissent au moment où Damen ouvre la portière pour m'aider à descendre. Il paraît en pleine forme, plus séduisant que jamais, et on dirait bien que les bizarreries d'hier sont oubliées. Nous filons le parfait amour.

La preuve, pendant le cours de littérature, il doit se faire violence pour ne pas me toucher. Il se penche toutes les cinq minutes pour me chuchoter je ne sais quoi, au grand agacement de M. Robins. Stacia et Honor arborent des mines dégoûtées. À la pause déjeuner, il ne me quitte pas des yeux et invente n'importe quel prétexte pour me caresser la joue et me susurrer des mots doux à l'oreille, ne s'interrompant que le temps de siroter sa boisson rouge.

C'est sa façon à lui de me déclarer son amour, et le moyen qu'il a trouvé d'amortir les sons, les visions et les couleurs qui m'assaillent de partout. J'ai brisé le bouclier psychique que je m'étais fabriqué pour me protéger, depuis ma mort et mon retour à la vie avec mes nouveaux pouvoirs. Et je n'ai pas trouvé de solution de remplacement pour filtrer les énergies, séparer les bonnes des mauvaises. Damen, qui n'a pas ce problème, ne sait pas trop comment m'aider.

Mais maintenant qu'il est apparu dans ma vie, il n'y a plus d'urgence, car sa voix a le pouvoir d'imposer silence au monde. Le contact de sa peau m'enivre. Un simple regard suffit à me subjuguer, m'attirer comme un aimant, à croire que nous sommes seuls au monde et que le reste de l'humanité a cessé d'exister. Damen est mon bouclier psychique idéal. La moitié de mon âme. Lorsque nous sommes loin l'un de l'autre, les pensées et les images qu'il m'envoie par télépathie m'apportent le même apaisement.

Pour l'heure, ses délicieux mots d'amour ne sont pas tant destinés à me protéger qu'à anticiper la soirée, à me communiquer la fièvre avec laquelle il attend cette nuit que nous allons passer dans la suite réservée au Montage Resort.

Ses lèvres me frôlent l'oreille :

– As-tu idée de ce que c'est que d'attendre quatre cents ans ?

– Quatre cents ans ? J'avais cru comprendre six cents !

Ses lèvres me chatouillent le cou :

– Malheureusement, il s'est écouté deux siècles avant que je ne te retrouve. Deux cents ans de solitude.

Je déglutis avec peine. Je sais que la solitude dont il parle était loin d'être solitaire. En fait, c'était plutôt le contraire, je le sais. Mais je m'abstiens de commentaire. J'ai la ferme intention de passer outre, de surmonter mon manque de confiance et d'aller de l'avant. J'en ai fait la promesse.

Je refuse d'imaginer comment il a passé ces deux premiers siècles sans moi.

Ou comment il s'est consolé de m'avoir perdue pendant les quatre suivants.

Je ne vais pas non plus me mettre martel en tête pour les six siècles d'avance qu'il a sur moi dans l'étude et la pratique de... euh... l'art de la sensualité.

Et je ne vais certainement pas m'attarder sur les femmes magnifiques et expérimentées qu'il a connues au sens biblique du terme durant toutes ces années.

Non. Pas question. Je refuse d'y penser.

Damen rassemble mes cheveux dans sa main et les tord en une longue tresse blonde.

– Tu veux que je passe te prendre à six heures ? On pourrait aller dîner avant.

– Nous n'avons pas vraiment besoin de manger !

– Ah oui, c'est vrai. Je suis sûr qu'on peut trouver de quoi s'occuper, non ? dit-il en lâchant mes cheveux qui retombent en cascade sur mes épaules, jusqu'à ma taille.

Je souris. J'ai averti Sabine que je dormirais chez Haven, et j'espère qu'elle ne va pas vérifier. Auparavant, elle me croyait sur parole, mais depuis que j'ai été exclue temporairement pour avoir consommé de l'alcool au lycée et que j'ai pratiquement arrêté de manger, elle a une fâcheuse tendance à surveiller mes moindres faits et gestes.

– Tu es toujours d'accord, n'est-ce pas ? demande Damen, qui s'est mépris sur mon silence et mon air distant, lesquels n'expriment que ma nervosité.

Je me penche pour l'embrasser, et dissiper les doutes (les miens, surtout), au moment où Miles pose son sac sur la table :

– Haven, regarde ! Nos deux tourtereaux sont revenus parmi nous !

Je m'écarte de Damen, les joues en feu, tandis que Haven s'assoit à côté de Miles en riant.

– Où est Roman ? demande-t-elle en jetant un regard circulaire. Quelqu'un l'a vu ?

Miles décapsule son yaourt et s'absorbe dans le texte de sa pièce :

– Oui, moi, ce matin.

En effet, il était là en histoire. Je l'ai ignoré pendant tout le cours, malgré ses nombreuses tentatives pour attirer mon attention. Après la sonnerie, pour éviter de lui parler, je suis sortie la dernière sous prétexte de chercher quelque chose dans mon sac, préférant subir le regard soupçonneux de M. Munoz – aux yeux duquel mes bonnes notes compensent difficilement mon excentricité.

Haven ouvre sa boîte à gâteau :

– Tant pis. Ce fut bref, mais agréable.

– Que veux-tu dire ?

Miles relève la tête et suit le regard écœuré de Haven. Une moue dépitée aux lèvres, elle désigne Roman qui monopolise l'attention générale à la table de Stacia, Honor, Craig et les autres.

– Ne t'inquiète pas ! Il va revenir, tu verras.

Les yeux fixés sur Roman, Haven dépiaute le glaçage rouge de son gâteau :

– Tu t'avances un peu, tu ne crois pas ?

– Oh ! ce n'est pas la première fois, tu sais. Les nouveaux y ont tous fait une petite incursion à un moment ou à un autre. Mais ceux qui ont vraiment quelque chose dans le ventre n'y restent jamais bien longtemps et finissent à notre table à nous.

Il éclate de rire en martelant la table en fibre de verre jaune du bout de ses ongles roses.

Je m'empresse de détourner la conversation, consciente

d'être la seule à me réjouir que Roman nous ait abandonnés pour la clique des stars du lycée.

– Pas moi ! Je suis venue à votre table dès le premier jour, je te rappelle.

– Oui, tiens, c'est vrai ! s'esclaffe Miles. Je voulais parler de Damen. Tu te souviens quand il s'est momentanément fourvoyé de l'autre côté ? Mais il n'a pas tardé à reprendre ses esprits et à revenir parmi nous. Roman fera pareil, j'en suis sûr.

Je fais tourner ma bouteille entre mes mains. J'ai beau savoir que Damen feignait de flirter avec Stacia uniquement pour m'asticoter, pour voir si je tenais à lui, l'image du couple assis côte à côte ne me quittera jamais.

Damen a deviné mes pensées, même s'il ne peut pas les lire. Il me prend la main et dépose un baiser sur ma joue :

– C'est vrai, mais j'ai vite compris mon erreur.

– Tu vois ? Il y a de l'espoir pour Roman. Et puis s'il ne revient pas, c'est qu'il n'en vaut pas la peine, un point c'est tout.

Haven lèche une bribe de glaçage sur son pouce :

– Peut-être.

Miles lui lance un regard en coin.

– Et puis qu'est-ce que ça peut te faire ? Je croyais que tu étais folle de Josh ?

– Mais je suis folle de Josh, rétorque-t-elle en essuyant des miettes invisibles sur sa jupe pour se donner une contenance.

Son aura vacille et prend une teinte verdâtre, la couleur du mensonge. Je sais qu'elle ne dit pas la vérité. Elle est mordue. Et au cas où Roman le serait aussi, Josh n'aura plus qu'à aller se rhabiller.

Je déballe mon déjeuner, histoire de tromper mon monde en matière de nourriture, quand j'entends Roman interpeller Miles :

– Salut ! C'est à quelle heure, la première, ce soir ?

– Lever de rideau à vingt heures. Pourquoi, tu aimerais venir ?

À la façon dont ses yeux brillent et son aura scintille, il est évident que Miles espère une réponse positive.

– Pas question de rater ça.

Roman se glisse à côté de Haven en lui frôlant l'épaule sans vergogne, sachant pertinemment ce qu'il fait.

– Alors, c'était comment, chez les stars ? Tu n'es pas déçu, j'espère ?

On croirait presque qu'elle le taquine. Mais je sais qu'elle parle sérieusement, les auras ne mentent pas.

Roman écarte la mèche qui lui barre le front avec une telle douceur que Haven en rosit de plaisir.

– C'est quoi, cette histoire de stars ?

– La table où tu étais assis, balbutie-t-elle, luttant pour garder son sang-froid.

Miles repose son yaourt à moitié plein et brise l'enchantement :

– Oh, c'est pareil partout, tu sais. On se regroupe en petits cercles très fermés. Il n'y a rien à faire, c'est comme ça. Les autres, là-bas, représentent la clique des stars. Dans le système des castes scolaires, ce sont les dieux, les maîtres. Contrairement à notre cercle à nous, surnommé « les intouchables ».

Roman se détache de Haven et ouvre sa canette de soda :

– C'est complètement débile, ce truc ! Je ne peux pas y croire !

– Que tu y croies ou non, ça ne change rien, conclut Miles avec un regard d'envie vers les stars.

Il a beau répéter que nous sommes les seules personnes fréquentables du lycée, je sais bien qu'il est douloureusement conscient que la majorité des élèves de Bay View pensent le contraire.

– Parle pour toi. Moi, je ne donne pas dans la ségrégation, mon vieux. Je veux vivre dans une société libre et ouverte, où j'ai le loisir d'aller où je veux et d'explorer tous les possibles, tu vois ? Et toi, Damen, tu y crois, à ces histoires ?

Damen hausse les épaules sans détacher son regard du mien. Il se moque éperdument des maîtres et des intouchables, des gens fréquentables et de ceux qui ne le sont pas. La seule raison pour laquelle il s'est inscrit au lycée, c'est moi.

Haven s'absorbe dans la contemplation de ses ongles vernis de noir :

– Les rêves, c'est bien beau, soupire-t-elle, mais ce serait merveilleux de pouvoir les réaliser de temps en temps.

– C'est là que tu te trompes, ma douce. C'est davantage qu'un rêve. Et je compte bien le concrétiser, tu verras.

Il lui adresse un sourire qui éclaire l'aura de Haven d'un joli rose à paillettes.

– Ah ? Tu te prends pour le Che Guevara de Bay View ?

Ma voix se teinte d'une pointe de venin que je n'essaie pas de dissimuler. Une telle agressivité ne me ressemble pas. Mais l'irrésistible aura jaune orange de Roman me déstabilise.

Il me lance son sourire ravageur et me déshabille du regard. On dirait qu'il voit tout, qu'il sait tout, que je n'ai nulle part où me cacher.

– J'avoue que oui. Tu peux me considérer comme un révolutionnaire parce que, avant la fin de la semaine prochaine, ce système de castes sera aboli, c'est moi qui te le dis. On va renverser ces barrières, coller toutes les tables ensemble et faire la fête !

Je fronce les sourcils pour esquiver la formidable énergie qu'il braque vers moi :

– Parce que tu te prends pour un prophète, en plus ?

Pas du tout vexé, il pouffe d'un rire chaleureux, insouciant et communicatif. Personne ne soupçonnerait qu'il recèle une sorte de message codé, un brin de malice, quelque chose d'inquiétant et de menaçant qui ne s'adresse qu'à moi.

Haven essuie ses lèvres maculées de rouge :

– Je le croirai quand je le verrai.

– Voir, c'est déjà croire, ma belle, répond Roman sans me quitter des yeux.

À la sonnerie, Roman, Haven et Miles retournent en cours, tandis que Damen et moi restons en arrière :

– Qu'en penses-tu, toi, de cette histoire ?

– Quelle histoire ?

– La révolution selon Roman.

J'attends désespérément une réponse qui me confirme que je ne suis ni jalouse, ni possessive, ni folle, que quelque chose cloche chez Roman, que je n'ai rien inventé.

Mais Damen évacue la question d'un revers de main :

– Je me fiche de Roman. La seule qui m'intéresse, c'est toi.

Il m'attire à lui et m'embrasse à perdre haleine. Nous sommes debout au milieu de la cour, comme si nous étions seuls au monde. Comme si l'univers tout entier s'était concentré en un seul point. Quand je m'écarte de lui, le feu qui me consume m'empêche pratiquement de parler.

Je bredouille en lui prenant la main :

– On va être en retard.

Il ne bouge pas d'un millimètre. Au contraire, il promène ses lèvres dans mon cou, sur ma joue, sur ma tempe :

– Et si on séchait les cours, cet après-midi ? On serait tellement mieux ailleurs !

Son magnétisme me ferait presque flancher. Je secoue la tête et m'éloigne. Il a fini ses études il y a plusieurs siècles et trouve l'école insupportable. Moi aussi, d'ailleurs. Quand on sait déjà tout ce que les professeurs essaient de vous inculquer, on finit forcément par se demander ce que l'on fabrique là. Mais l'école reste l'une des rares choses à peu près normales de mon existence. Alors j'y tiens, sachant depuis mon accident que je ne redeviendrai plus jamais comme avant. Damen finit par me suivre en traînant les pieds.

– C'est toi qui me répètes qu'il faut sauver les apparences à tout prix. Donc, on va en classe et on fait semblant de s'appliquer !

– Personne ne trouverait curieux que deux adolescents normalement constitués sèchent l'école pour prendre un peu d'avance sur le week-end, non ?

Son sourire, la chaleur de ses magnifiques yeux noirs réussiraient presque à me convaincre.

Je ne cède pas, lui saisis fermement le bras et l'entraîne vers la salle de cours.

neuf

Comme nous projetons de passer la nuit ensemble, Damen ne m'accompagne pas chez moi après les cours. Je me contente d'un rapide baiser sur le parking avant de monter dans ma voiture et de mettre le cap sur le centre commercial.

J'ai l'intention de m'acheter quelque chose de joli pour la soirée, en l'honneur de la pièce de Miles et de mon rendez-vous – nos grands débuts à tous les deux, quoique dans des domaines différents. En consultant ma montre, je constate que je n'ai pas beaucoup de temps. J'aurais dû écouter Damen et sécher les cours cet après-midi.

Je traverse le parking en cherchant Haven des yeux. Nous ne nous sommes pas beaucoup vues depuis l'épisode Drina. Ensuite, elle et Josh sont devenus quasi inséparables, même s'il ne fréquente pas le même lycée que nous. Il est d'ailleurs parvenu à la désintoxiquer de ses groupes de dépendance, c'est tout dire. Le soir après les cours, elle avait l'habitude d'écumer les sous-sols des églises pour se bourrer de jus de fruit et de petits gâteaux, tout en inventant son addiction du jour, une histoire à faire pleurer dans les chaumières.

Elle avait l'air si heureuse que je ne lui en voulais pas. J'étais contente qu'elle ait enfin trouvé quelqu'un qui l'apprécie et lui veuille du bien. Elle commençait à me manquer, et j'aurais bien aimé passer un peu de temps avec elle.

Je la repère enfin, appuyée contre la voiture rouge de Roman – une décapotable de collection. Soudain, elle lui saisit le bras dans un grand éclat de rire. La sévérité de son jean slim noir, de son gilet étriqué de la même couleur sur son débardeur Fall Out Boy, et de ses cheveux noirs striés d'une mèche rouge vif et soigneusement ébouriffés, est tempérée par son aura rose qui s'étire et les enveloppe tous les deux. Si Roman partage ses sentiments, Josh sera bientôt remplacé, c'est évident. Je dois intervenir avant qu'il ne soit trop tard, mais quand je ralentis à leur hauteur Roman me jette un regard appuyé si lourd de sous-entendus que j'appuie sur la pédale et file en trombe.

Il fait tellement chaud que je préfère me rendre au centre commercial couvert de South Coast Plaza plutôt qu'à la galerie en plein air de Fashion Island, ce que les autochtones trouveraient aberrant.

Mais moi, je ne suis pas d'ici. Je viens de l'Oregon. Pour moi, le début du printemps, c'est un vrai printemps avec son lot d'averses, de nuages et de boue. Pas cette espèce d'été trop chaud pour être honnête. À ce qu'on dit, ça ne fera qu'empirer, ce qui me fait languir de ma terre natale plus que jamais.

D'ordinaire, je me débrouille pour éviter les lieux de ce genre, tellement chargés de lumière, de bruit et d'énergie que je finis toujours par être submergée et avoir les nerfs en pelote. Sans Damen pour me tenir lieu de bouclier, je me rabats sur mon fidèle iPod.

Je coiffe les écouteurs et règle le volume, afin que le bruit amortisse la cacophonie ambiante, à l'exception des auras qui tourbillonnent et des esprits désincarnés qui flottent – j'ai beau avoir rétréci mon champ de vision, ils me passent réellement sous le nez. J'entre chez Victoria's Secret et gagne directement le rayon des nuisettes sexy, sans remarquer la présence de Stacia et d'Honor.

Stacia se rue sur moi, comme sur un casier étiqueté « Gucci – Moitié prix » ! De son index parfaitement manucuré, elle désigne le déshabillé que je tiens à la main, fendu de haut en bas et retenu à la taille par une ceinture incrustée de strass.

– Tu ne vas quand même pas acheter ça ! s'égosille-t-elle.

Je l'avais décroché par pure curiosité, mais à voir sa tête de greluche réjouie et à entendre ses pensées moqueuses, j'ai l'impression d'être la dernière des idiotes.

Comme si de rien n'était, je remets le cintre à sa place, rajuste mes écouteurs et me dirige vers les ensembles en coton, davantage dans mon style.

Les petits caracos à rayures rose vif et orange risquent de faire sourire Damen, qui a sûrement une prédilection pour quelque chose de plus affriolant. Avec davantage de dentelle et beaucoup moins de coton. En un mot, quelque chose de plus sexy. Je n'ai pas besoin de me retourner pour savoir que Stacia et son petit caniche me suivent toujours.

– Oh, regarde, Honor ! ricane Stacia. Miss Tarée n'arrive pas à choisir entre provocant et charmant. Dans le doute, il faut choisir le provocant, toujours. On ne risque pas de se tromper. Et puis, si je me souviens bien, Damen n'est pas très porté sur le charmant.

Je me fige, la gorge serrée par une jalousie absurde. Je me contrôle, respire à fond et continue à examiner les dessous avec une feinte indifférence. Je ne vais pas lui accorder le plaisir de croire que son venin m'atteint.

Pour autant que je sache, ce qui s'est passé entre eux n'était ni provocant ni charmant, pour la bonne raison que cela n'existait pas. Damen feignait de flirter pour me faire réagir. Rien que d'y penser, j'en ai des crampes à l'estomac.

Honor consulte son téléphone pour la centième fois, pour voir si Craig a répondu à son message :

– Allez, viens ! Elle ne t'entend pas.

Stacia ne bouge pas, elle s'amuse beaucoup trop pour abandonner si facilement.

– Mais bien sûr, qu'elle m'entend ! Ne crois pas que son iPod et ses écouteurs l'en empêchent. Elle entend tout ce que l'on dit et ce que l'on pense. En plus d'être une pauvre débile, Ever est une sorcière.

Je fais demi-tour et gagne l'autre bout du magasin, jetant un coup d'œil aux soutiens-gorge rembourrés et aux corsets, en me répétant comme un mantra : « Ignore-la, ignore-la, pense à autre chose, elle va bien finir par s'en aller ! ».

Mais Stacia n'en a aucunement l'intention. Elle m'agrippe par le bras et me tire vers elle :

– Ne fais pas ta timide. Montre à Honor quelle dégénérée tu es !

Elle serre mon bras avec une force inouïe, son regard se visse au mien, et m'envoie un flot d'énergie sombre qui me perturbe. Elle s'efforce de me désarçonner, sachant exactement ce dont je suis capable, depuis cette scène mémorable dans le couloir du lycée. Seulement, cette fois-là, elle ne l'avait pas fait exprès car elle l'ignorait.

– Viens, Stacia, on y va, j'en ai assez ! couine Honor, de plus en plus mal à l'aise.

Stacia ne l'écoute pas. Elle se cramponne à mon bras, les ongles plantés dans ma chair.

– Allez, dis-lui. Dis-lui ce que tu vois !

Je ferme les yeux et mon estomac fait des vagues, tandis que ma tête s'emplit d'images similaires à celles de la dernière fois : Stacia se hissant au sommet de la pyramide de la célébrité à coups de griffes et de pied, écrasant ceux qui se trouvent au-dessous. Y compris Honor – surtout Honor, qui n'ose se rebeller, de peur de perdre sa popularité...

Je pourrais lui révéler l'effrayante personnalité de l'horrible Stacia... Je pourrais aussi, pour me dégager, envoyer valser Stacia à travers le magasin dont elle exploserait les vitres de verre blindé en se fracassant le crâne...

Mais je ne veux pas. L'autre fois, quand j'avais perdu mon sang-froid et révélé à Stacia les horreurs que je savais d'elle, c'était une bourde monumentale. Je ne peux me payer le luxe de commettre une nouvelle erreur. Il ne s'agit plus seulement de me protéger. Il y a des secrets bien plus importants en jeu, des secrets qui concernent aussi Damen. Je dois avoir l'air normal et la laisser croire qu'elle est plus forte que moi.

Honor regarde sa montre avec exaspération, impatiente de partir. Je me prépare à me libérer en bousculant accidentellement Stacia au passage, quand je perçois une image si répugnante que, de saisissement, je renverse un portant de lingerie.

Des soutiens-gorge, des strings, des porte-jarretelles vont s'écraser par terre.

Et moi par-dessus, telle la cerise sur le gâteau.

Stacia et Honor se gondolent de rire :

– Seigneur ! Elle est hystérique, cette tarée !

Sans perdre une minute, elle sort son téléphone pour filmer la scène. Elle fait un gros plan sur mes tentatives infructueuses pour me libérer d'un porte-jarretelles en dentelle rouge enroulé autour de mon cou. Elle louche pour faire la mise au point tandis que je me débats pour me relever :

– Allez, au boulot, tu n'as pas de temps à perdre pour ranger ce bazar ! Tu sais ce qu'on dit, quand on abîme quelque chose, on l'achète !

Je me redresse et les regarde se sauver en courant à l'approche d'une vendeuse. Stacia fait une halte, le temps de me lancer par-dessus son épaule :

– Je t'ai à l'œil, Ever. Je n'en ai pas encore fini avec toi. Loin de là, tu peux me croire.

dix

En entendant Damen arriver, je me précipite devant mon miroir pour inspecter ma tenue une dernière fois. Je veux m'assurer que la robe, ma nouvelle lingerie, tout est bien à sa place et le restera... Enfin, jusqu'à ce que le moment vienne de les retirer.

La vendeuse de Victoria's Secret et moi avons réparé le désordre. Et puis elle m'a aidé à choisir un charmant ensemble culotte et soutien-gorge, ni en coton ni outrageusement sexy, qui ne soutient ni ne couvre grand-chose toutefois, mais c'est le but du jeu, je suppose. Après quoi, j'ai acheté chez Nordstrom une petite robe verte et des sandales à semelles compensées avec de fines lanières, très mignonnes. Au retour, je me suis arrêtée pour une manucure-pédicure express, chose que j'ai omis de faire depuis... depuis l'accident qui a brisé mon ancienne vie, dans laquelle j'étais adulée et féminine jusqu'au bout des ongles, comme Stacia.

À la différence que je n'ai jamais ressemblé à Stacia. Bien sûr, je faisais partie des pom-pom girls et j'avais un tas d'amis, mais jamais je n'ai été une sale garce comme elle.

En l'absence de ma tante, Damen monte directement dans ma chambre. Il s'adosse au chambranle de la porte et me sourit.

– À quoi penses-tu ?

Je détaille sa tenue : jean noir, chemise noire, veste noire, et ses éternelles bottes de moto noires. Mon cœur fait un saut périlleux.

– Je pensais à ces quatre cents dernières années.

Je rectifie, en voyant ses yeux s'assombrir d'inquiétude : « Non, non, ce n'est pas ce que tu crois, je pensais à notre passé commun, où nous n'avons jamais réussi à... enfin... Je voulais dire que je suis heureuse que ces quatre siècles soient derrière nous. »

Damen s'approche, il m'enlace la taille et me serre contre lui. Je le dévore du regard. Ses yeux sombres, sa peau douce, ses lèvres sensuelles, tout me ravit chez lui.

– J'en suis heureux, moi aussi, affirme-t-il. Non, je retire ce que j'ai dit : je suis plus qu'heureux, je suis aux anges. Non, ce n'est pas ça non plus. Il va falloir inventer un mot nouveau. Tu es plus belle que jamais, ce soir, me chuchote-t-il à l'oreille. Je veux que tout soit parfait. J'ai si peur de te décevoir !

Je sursaute de surprise. Comment peut-il penser une chose pareille, alors que c'est moi qui redoute de ne pas être à la hauteur ?

D'un doigt, il me relève le menton. Je l'embrasse passionnément.

– Et si on allait directement au Montage ?

– D'accord, dis-je en l'embrassant de plus belle.

La lueur d'espoir que je décèle dans ses yeux me fait regretter ma plaisanterie.

– Non, impossible. Miles me tuera si je rate ses débuts.

Je guette un sourire complice, qui ne se vient pas.

Damen a l'air tendu, soucieux. J'ai perdu une occasion de me taire. Mes vies précédentes se sont achevées lors des nuits que nous avions projeté de passer ensemble. Je ne me souviens peut-être pas des détails, mais lui, si. Quelques secondes plus tard, son visage a repris des couleurs :

– Heureusement que tu ne risques pratiquement plus rien. Je ne vois pas ce qui pourrait nous séparer, aujourd'hui.

En entrant dans le théâtre, je remarque Haven et Roman, assis épaule contre épaule. En l'absence de Josh, elle le regarde et boit ses paroles avec adoration. Je suis moi aussi placée près de Roman, ce qui, contrairement à elle, est loin de m'enthousiasmer : Damen s'installe de l'autre côté et je l'imite à contrecœur, ne voulant pas faire d'histoires. L'énergie qui émane de Roman me submerge aussitôt et son regard insistant, que je sens sur ma nuque, me donne la chair de poule.

Pour penser à autre chose, je parcours des yeux le théâtre quasi plein. L'arrivée de Josh, mèche noire sur l'œil, en jean slim noir, ceinture à clous, chemise blanche impeccable, fine cravate à damiers, des bonbons et des bouteilles d'eau plein les bras, fait une heureuse diversion. Haven et lui sont si bien assortis ! me dis-je, soulagée. Heureusement qu'elle ne l'a pas encore plaqué...

Il s'assoit dans le fauteuil de l'autre côté de Haven, et passe deux bouteilles dans ma direction :

– Quelqu'un veut de l'eau ?

J'accepte une bouteille et propose l'autre à Damen, qui refuse d'un signe de tête, son élixir rouge à la main.

Roman se penche dans sa direction et désigne le flacon.

– C'est quoi, ce truc que tu sirotes à longueur de journée ? C'est de l'alcool ? Ne sois pas radin, fais-en profiter les copains !

Il tend la main en remuant les doigts d'un air de défi.

Je suis sur le point d'intervenir, de peur que Damen, par gentillesse, n'accepte d'en donner une gorgée à Roman, quand le rideau se lève au son de la musique. Roman n'insiste pas et se carre dans son siège, sans me quitter des yeux.

Miles est époustouflant. À tel point que je me surprends parfois à tendre l'oreille lorsqu'il joue ou chante, alors que le reste du temps j'ai la tête ailleurs... Dire que je vais perdre ma virginité, pour la première fois depuis quatre cents ans !

C'est tellement incroyable de penser que durant ces incarnations successives où nous nous aimions à la folie, nous n'avons jamais réussi à franchir cette étape cruciale.

Mais ce soir, cela va changer.

Tout va changer.

Ce soir, nous enterrerons le passé et dessinerons l'avenir de notre amour éternel.

Quand le rideau tombe, tout le monde se lève et se dirige vers les coulisses.

– Nous avons oublié d'acheter des fleurs pour Miles ! dis-je en arrivant devant la porte.

– Mais non ! Nous avons toutes les fleurs que nous voulons !

Je lève un sourcil dubitatif. Je ne vois pas le moindre pétale à l'horizon.

– De quoi parles-tu ?

Je suis électrisée par le contact de ses doigts sur mon bras nu.

– Ever, ces fleurs existent quelque part. Il suffit de les matérialiser, comme tu sais le faire.

Je jette un coup d'œil alentour pour m'assurer que personne n'écoute notre drôle de conversation. J'ai honte de lui avouer que je m'en sens incapable. J'aimerais qu'il s'en charge lui-même. De plus, ce n'est vraiment pas le moment de me dispenser un cours.

– Je n'y arriverai jamais !

– Bien sûr que si. Je ne t'ai donc rien appris ?

C'est vrai. Il a réellement essayé, mais je suis nulle, et si peu concentrée !

– Je préférerais que tu t'en occupes, je répète au risque de le décevoir. Tu es beaucoup plus rapide que moi. Si j'essaie moi-même, ça risque de faire un peu désordre. Nous serions forcés de donner des explications, et...

Damen ne mord pas à l'hameçon.

– Comment veux-tu apprendre, si tu comptes toujours sur moi ?

Je sais qu'il a raison, mais je ne veux pas perdre un temps précieux à tenter de faire surgir un bouquet de roses – qui pourrait ne jamais apparaître, d'ailleurs. J'aimerais féliciter Miles au plus tôt, lui offrir ses fleurs, mettre le cap sur le Montage et commencer enfin notre soirée. Dire qu'il y a quelques minutes à peine, Damen avait l'air aussi pressé que moi, et le voilà qui joue les professeurs zélés. J'avoue être un peu déçue.

Je lui décoche mon plus beau sourire en jouant avec le col de sa veste :

– Tu as raison, je promets de faire des efforts.

Et j'ajoute, en lui effleurant l'oreille d'un doigt caressant, sûre qu'il va craquer :

– Juste pour cette fois, allez, s'il te plaît ! Tu es tellement plus doué que moi ! On partira tout de suite après, et...

Sans me laisser le temps de terminer ma phrase, il ferme les yeux, la main tendue comme s'il tenait un bouquet. Je jette un rapide coup d'œil alentour pour vérifier que personne ne nous observe, espérant en finir au plus vite.

La panique me gagne. Il ne se passe rien, et je note pour la seconde fois en deux jours qu'une goutte de sueur dégouline le long de sa joue.

Rien d'anormal en soi. Seulement, Damen ne transpire jamais, ni ne tombe malade. Et il n'est jamais de mauvaise humeur non plus. Quelle que soit la température ou l'effort physique, il reste frais et dispos et se montre toujours à la hauteur.

Jusqu'à hier, où il n'a pas réussi à faire apparaître le portail.

Et voilà que ce soir il échoue à produire un simple bouquet de fleurs.

Je lui demande s'il va bien et lui effleure le bras, mais ne ressens qu'une vague onde de chaleur au lieu du raz-de-marée habituel.

Il lève les paupières et me lance un coup d'œil avant de refermer les yeux :

– Bien sûr, que ça va.

Un bref regard qui me glace le sang.

Ce ne sont pas des yeux débordants d'amour, mais froids, distants, presque hostiles. Comme hier. Je le regarde se concentrer, les sourcils froncés, la lèvre supérieure ourlée de sueur, déterminé à en finir une bonne fois afin que nous puissions passer une soirée de rêve dans les bras l'un de l'autre. Comme la situation menace de s'éterniser et que je n'ai pas envie qu'il échoue encore, je ferme les yeux à mon tour. J'imagine deux magnifiques douzaines de roses rouges, respire leur parfum et sens les pétales veloutés au bout de leurs tiges épineuses...

– Aïe !

Damen porte l'index à sa bouche, même si la piqûre cicatrise instantanément. Il est persuadé que les fleurs sont son œuvre, et ce n'est pas moi qui vais le détromper.

– J'ai oublié le vase ! s'exclame-t-il.

– Attends ! Laisse-moi essayer. J'ai besoin de m'exercer, tu as parfaitement raison.

Les yeux clos, je visualise le vase du salon, orné d'un joli motif à facettes scintillantes.

Damen éclate de rire :

– Du cristal de Waterford, tu ne te refuses rien ! Il va croire que nous sommes riches comme Crésus !

Ouf, la crise est passée. Il a retrouvé son sens de l'humour, on dirait. Il me fourre le vase entre les mains :

– Tu veux bien l'apporter à Miles, pendant que je vais chercher la voiture ?

Je remarque une certaine tension autour de ses yeux. Son front pâle est encore humide de sueur.

– Tu es sûr ? Pourquoi ne pas y aller ensemble ? Rien ne nous oblige à rester longtemps.

– Oui, mais si je rapproche la voiture de la sortie, on évitera les embouteillages et on pourra filer plus vite. Je croyais que tu étais pressée...

Je le suis autant que lui. En même temps, je ne peux me départir d'une certaine inquiétude à cause de son incapacité à matérialiser quoi que ce soit et de l'éclat glacial que j'ai surpris dans ses yeux.

Je le regarde avaler une gorgée de sa bouteille et, repensant à la vitesse à laquelle sa blessure s'est cicatrisée, j'essaie de me convaincre que c'est bon signe.

Je sais aussi que mon anxiété risque de l'agacer.

– D'accord, va chercher la voiture. Je t'attends dans les coulisses.

Comment ignorer la troublante fraîcheur de sa joue, lorsque je me penche pour l'embrasser ?

onze

En arrivant dans les coulisses, je trouve Miles toujours vêtu de la minirobe et des bottes blanches à semelles compensées de Tracy Turnblad dans *Hairspray*, au milieu d'un cercle de parents et d'amis.

Je lui tends les fleurs, en évitant de l'embrasser pour ne pas absorber son énergie. Je suis si nerveuse que j'ai le plus grand mal à contenir la mienne, d'énergie :

– Bravo, c'était absolument génial ! Je ne savais pas que tu chantais si bien.

Miles repousse les mèches rebelles de sa perruque et plonge son nez dans les roses :

– Bien sûr que si, je chante à tout bout de champ dans ta voiture !

– Oui, mais pas aussi bien.

C'est vrai. Il a vraiment été excellent, et j'ai l'intention de revoir la pièce un soir où je serai moins à cran.

– Où est Holt ? je demande, même si je connais la réponse, histoire de meubler la conversation en attendant Damen. Vous vous êtes réconciliés, non ?

Miles me fait les gros yeux en désignant son père du menton, et j'esquisse une petite grimace en articulant « désolée » du bout des lèvres. J'avais oublié qu'il n'avait fait son *coming out* qu'avec ses amis.

Il bat des faux cils et passe une main dans sa perruque blonde :

– Ça va, ne t'inquiète pas. J'ai eu un petit passage à vide, mais c'est passé. Tiens, en parlant du prince charmant...

Je me retourne, le cœur battant, dans l'espoir de voir apparaître Damen, et n'essaie même pas de cacher ma déception... Il s'agit de Haven et Josh.

– Qu'en penses-tu ? Tu crois que c'est parti pour durer, ces deux-là ?

Josh enlace Haven et la serre tendrement contre lui. Peine perdue, elle n'a d'yeux que pour Roman. Elle imite ses gestes, sa façon d'éclater de rire en renversant la tête en arrière ou de mettre les mains dans ses poches. Toute son attention se focalise sur lui, comme si Josh n'existait plus. J'ai malheureusement l'impression que c'est une attirance à sens unique, car Roman serait bien du genre à la séduire juste pour le sport, quitte à la laisser tomber ensuite.

Je hausse les épaules comme si je n'avais pas d'opinion sur la question.

– Heather donne une fête chez elle pour toute la troupe, vous voulez venir, Damen et toi ? C'est la fille qui joue Penny Pingleton, précise-t-il devant mon air interrogateur.

Je ne sais pas de qui il parle, mais pour ne pas l'avouer, je hoche la tête d'un air entendu.

– Ne me dis pas que vous étiez tellement occupés à vous bécoter que vous n'avez rien vu de la pièce !

– Pas du tout ! J'ai tout vu, je t'assure !

Mes joues passent par toutes les nuances du rouge. Je sais qu'il ne me croit pas, alors que je dis la vérité. Damen et moi avons été des modèles de vertu, les mains étroitement enlacées. Les messages télépathiques que nous échangions valaient bien tous les baisers du monde. J'ai effectivement suivi la pièce du début à la fin, mais j'avais la tête ailleurs, dans notre chambre au Montage, plus exactement.

Miles a deviné que la réponse est non, mais il n'a pas l'air fâché pour autant.

– Alors, vous venez, oui ou non ? insiste-t-il pour la forme. Entre nous, je ne vois pas ce que vous pourriez avoir de mieux à faire, si tu veux mon avis.

Je brûle de le mettre dans la confidence, car je sais que je peux avoir toute confiance en lui. Je suis sur le point de me livrer, quand Roman débarque, Josh et Haven sur ses talons.

Il m'enveloppe d'un regard insistant :

– On y va ? J'ai une place dans ma voiture, si ça intéresse quelqu'un.

Miles secoue la tête.

– Merci, mais Holt m'emmène, et Ever a autre chose en tête, apparemment. Un plan top secret dont elle refuse de parler.

Roman me déshabille des yeux. Et même si les commentaires qu'il formule dans sa tête sont plus flatteurs que vulgaires, ils me donnent la chair de poule.

Je louche vers la porte. Damen devrait déjà être là. Je m'apprête à lui envoyer un message télépathique pour lui demander de se dépêcher, quand Roman m'arrête dans mon élan.

– Tu as dû tellement bien le garder, ton secret, que Damen n'était pas au courant, on dirait. Je l'ai vu partir il y a cinq minutes.

Je reçois comme un coup de poing dans l'estomac et réprime un frisson.

– Mais non, il est allé chercher la voiture, je grince.

Roman me jette un regard de pitié :

– Ah bon ? Tout à l'heure, en allant fumer une cigarette, je l'ai vu sortir en trombe du parking...

douze

Je me précipite dehors, et dès que mes yeux s'accoutument à l'obscurité, je distingue une rangée de poubelles qui débordent, des éclats de verre, un chat de gouttière affamé… mais pas de traces de Damen.

J'avance en chancelant, l'œil aux aguets, le cœur battant, près d'éclater. Je refuse de croire que Damen m'a plantée là. Il ne me laisserait jamais en plan de cette façon, Roman est un sale menteur !

Appuyée au mur de pierre, je ferme les yeux pour essayer de me brancher sur son énergie. Je lui envoie un SOS télépathique, un message plein d'amour et d'inquiétude, qui reste sans réponse. Je slalome entre les voitures vers la sortie, le téléphone collé à l'oreille, lui laissant une flopée de messages, tout en inspectant l'intérieur des voitures.

Quand le talon de ma chaussure droite se casse, je m'en débarrasse et continue pieds nus. Je me fiche de mes chaussures, je peux en recréer une centaine si je veux.

Mais pas un autre Damen.

Le parking finit par se vider, et toujours pas trace de Damen. Je me laisse tomber sur le trottoir, en nage, épuisée, fourbue, pour examiner les coupures et les ampoules à mes pieds, qui cicatrisent en un clin d'œil.

Si seulement je pouvais déchiffrer ses pensées ! Mais je n'ai jamais été capable de pénétrer son esprit. C'est l'une des choses qui me plaisent le plus, chez lui. Il est le seul en qui je ne puisse pas lire, ce qui me donne l'impression d'être normale. Et comme par un fait exprès, c'est justement ce qui m'empêche de le retrouver aujourd'hui.

– Je te dépose quelque part ?

Roman se tient devant moi, ses clés de voiture dans une main et mes sandales cassées dans l'autre.

Je fais signe que non, sans le regarder. J'aimerais bien qu'il me raccompagne à la maison, mais je préférerais marcher sur des charbons ardents et du verre pilé plutôt que de monter en voiture avec lui.

– Allez, viens ! Je ne mords pas, tu sais.

Je me lève, lisse ma robe et fourre mon téléphone dans mon sac.

– Merci, ça va.

Un sourire aux lèvres, Roman s'approche de moi au point que nos pieds se frôlent presque.

– Tu en es sûre ? Parce que franchement, on ne dirait pas.

Je fais volte-face et gagne la sortie sans me retourner :

– Je veux dire que tu as vraiment l'air mal en point, ajoute-t-il derrière moi. Tu t'es regardée, Ever ? Tu es pieds nus, décoiffée, et en plus il semble bien que ton copain t'ait laissée tomber.

Je respire un grand coup et m'éloigne dans l'espoir qu'il finira par se fatiguer et me laisser tranquille.

– N'empêche que tu es toujours aussi sexy. Je me demande vraiment ce qu'il a dans le crâne, ce pauvre Damen. Parce que, si tu veux mon avis...

Je stoppe net et me retourne d'un bloc, malgré mes bonnes résolutions. Avec un frisson de dégoût, je surprends une lueur malsaine dans son regard posé sur mes jambes, ma taille, ma poitrine...

Mes mains tremblent, mais je me rappelle que je n'ai rien à craindre et suis tout à fait capable de maîtriser la situation. J'ai peut-être l'air d'une pauvre fille sans défense, mais ce n'est qu'une apparence. Je suis plus forte que jamais, et si je le voulais je pourrais l'assommer d'un coup de poing, le soulever de terre et l'envoyer valdinguer à travers le parking. Et je suis très tentée de le prouver, croyez-moi !

– Personne ne t'a rien demandé, que je sache.

Il me décoche son sourire langoureux qui semble embobiner tout le monde, sauf moi. Une telle familiarité amusée et perspicace paraît dans ses yeux bleu acier, vrillés aux miens, que ma première impulsion est de prendre mes jambes à mon cou.

Je me domine.

J'ai l'impression que ce type me lance un défi permanent, et il est hors de question que je batte en retraite.

– Je n'ai pas besoin que tu me déposes où que ce soit, vu ?

Je me remets à marcher, mais je sens sa présence, son haleine glaciale dans mon dos :

– Ever, attends ! Je ne voulais pas te vexer.

Je ne ralentis pas, au contraire. Je veux mettre la plus grande distance possible entre nous.

– Allez, quoi ! J'essaie juste de t'aider. Damen s'est fait la belle et tout le monde est parti... Je suis ta dernière chance.

Je prie pour qu'il s'en aille afin que je puisse faire apparaître une nouvelle paire de chaussures, une voiture, et rentrer à la maison.

– J'ai d'autres solutions.

– Ah bon ? Moi, je n'en vois pas.

Je continue à marcher, espérant qu'il comprendra que la discussion est close. Mais non.

– Tu préfères rentrer à pied, plutôt que je te ramène ?

J'arrive à un carrefour et presse à plusieurs reprises le bouton du feu de signalisation. J'attends avec impatience que le feu passe au vert, pour traverser et me débarrasser de lui.

Sa voix se fait suave et persuasive :

– Je ne comprends pas pourquoi, mais nous sommes visiblement partis sur de mauvaises bases. J'ai l'impression que tu me détestes.

Il a l'air sincère, comme s'il voulait vraiment tourner la page, faire amende honorable.

Je ne veux pas repartir sur de bonnes bases, ni faire amende honorable, ni rien du tout. J'aimerais qu'il s'en aille et me laisse tranquille, afin que je puisse partir à la recherche de Damen.

Pourtant, je ne peux pas me résoudre à lui laisser le dernier mot. Je tourne la tête et lance par-dessus mon épaule :

– Ne te flatte pas, Roman. Détester implique que l'on n'est pas indifférent. Donc, je ne vois vraiment pas comment je pourrais te détester.

Son regard dans mon dos me glace le sang. Je traverse la rue en courant, sans attendre le feu vert. J'évite de justesse deux voitures arrivant à toute allure.

– Et tes chaussures ? C'est dommage de les jeter, je suis sûr qu'on peut les réparer !

Je ne m'arrête pas. Je n'ai pas besoin de me retourner pour le voir esquisser une profonde révérence, les bras grands ouverts, une sandale dans chaque main. Son rire me poursuit jusqu'à l'autre côté de la rue.

treize

Parvenue sur le trottoir d'en face, je me dissimule à l'arrière d'un immeuble, pour laisser passer le roadster Aston Martin rouge cerise de Roman. Je patiente encore un peu, histoire de m'assurer qu'il ne rebrousse pas chemin.

Je veux retrouver Damen et comprendre ce qui lui est arrivé, pourquoi il a disparu sans un mot. Il attendait ce moment comme moi, depuis quatre cents ans. S'il n'est pas ce soir à mon côté, c'est que quelque chose de terrible est arrivé.

D'abord, il me faut une voiture. On ne peut aller nulle part dans le comté d'Orange sans véhicule. Je ferme les yeux et imagine la première qui me vient à l'esprit : une Coccinelle bleu ciel, pareille à celle de Shayla Sparks, la fille la plus décontractée de mon ancienne école de Hillcrest. Je la revois, cette drôle d'auto dont la capote noire résistait vaillamment aux pluies continuelles de l'Oregon. On dirait qu'elle est là, devant moi, pimpante et brillante. Je sens mes doigts se refermer sur la poignée de la portière, entends le bruissement du cuir quand je me glisse sur le siège et ajoute la touche finale, une tulipe rouge dans un petit vase à ventouse collé au pare-brise.

Mon carrosse est prêt.

Sauf que j'ai oublié la clé.

Mais ça n'a jamais arrêté Damen. Je ferme de nouveau les yeux et lui ordonne de démarrer, me rappelant le ronronnement que produisait la voiture de Shayla quand, depuis le trottoir, mon ex-meilleure amie Rachel et moi, vertes de jalousie, regardions ses amis s'entasser sur les sièges après l'école.

Dès que le moteur tourne, je me dirige vers Coast Highway. Je décide de commencer par le Montage puisque c'est là que nous devions nous retrouver, et d'aviser sur place.

La circulation est dense à cette heure, un vendredi soir, mais ça ne me décourage pas. Je me concentre, anticipe les réactions des autres conducteurs, slalome adroitement entre les voitures et parviens très vite devant l'hôtel. Je saute de ma Coccinelle et fonce vers l'entrée, lorsque le voiturier m'interpelle :

– Hé, attendez ! Vous ne me donnez pas la clé ?

Hors d'haleine, je vois son regard fixé sur mes pieds nus. Je n'ai vraiment pas de temps à perdre avec ces détails.

– Laissez tourner le moteur, je reviens tout de suite ! je lui lance au passage en reprenant ma course.

Je file à l'accueil en doublant une file de clients maussades, chargés de sacs de golf et de valises siglés à leurs initiales. Leur avion a eu quatre heures de retard, se plaignent-ils en chœur. Je suis accueillie par des protestations et des grincements de dents quand je passe devant le couple de quinquagénaires dont c'était le tour.

Ignorant ces remous dans mon sillage, je m'agrippe au comptoir pour ne pas tomber.

– Damen Auguste est-il arrivé ?

L'hôtesse adresse au couple derrière moi un bref regard signifiant : « Ne vous en faites pas, je me débarrasse de cette folle et je suis à vous ! ».

– Je vous demande pardon ?

Je répète aussi clairement que je le peux, me forçant au calme :

– Damen. Auguste.

Elle me lance un regard dédaigneux et articule, sans presque bouger les lèvres :

– Je regrette, mais je ne puis divulguer ce genre d'information.

Elle rejette sa longue queue-de-cheval brune derrière son épaule d'un geste sec et définitif, tel un point final.

Je plisse les paupières et me concentre sur son aura orange vif, témoin d'un sens de l'organisation et d'un self-control à toute épreuve. Sans doute ses deux vertus cardinales. Qualités qui, entre parenthèses, me font cruellement défaut, je viens de le prouver en passant devant tout le monde comme une sauvage. Il va me falloir entrer dans ses bonnes grâces si je veux obtenir des renseignements. Je résiste à la tentation de jouer la dignité outragée et lui explique posément que je suis l'autre occupante de la chambre réservée par Damen.

– Je suis désolée, mais vous allez devoir faire la queue comme tout le monde, déclare-t-elle.

Je comprends qu'il me reste moins de dix secondes avant qu'elle n'appelle la sécurité.

Je me penche en baissant la voix :

– Je sais, je suis vraiment désolée, mais...

Sans me quitter des yeux, elle tend la main vers le téléphone. Et soudain, en voyant son long nez droit, ses lèvres fines dépourvues de maquillage et ses yeux légèrement bouffis, je comprends.

Elle vient de se faire larguer. Et c'est tellement récent qu'elle en pleure encore la nuit. Chaque jour, elle revit cette scène horrible qui la hante jusque dans ses rêves.

– C'est que...

Je m'interromps pour faire croire que c'est trop douloureux à énoncer, alors qu'en fait je ne sais pas encore ce que je vais dire. Je décide de recommencer à zéro, en me disant que mieux vaut coller à la vérité pour qu'un mensonge soit convaincant.

– Il n'est pas venu au rendez-vous, et... je ne sais pas s'il en a encore l'intention.

Je déglutis avec peine, constatant avec agacement que j'ai les larmes aux yeux, pour de vrai.

L'expression de l'hôtesse a changé. Son visage s'est radouci : le pli sévère de la bouche, les yeux soupçonneux, le menton hautain ont disparu, effacés par la compassion et la solidarité. Ça a marché. Nous sommes comme deux sœurs à présent, deux fidèles adeptes d'une tribu exclusivement féminine, récemment plaquées par des hommes.

Je l'observe entrer des données sur son ordinateur et m'aligne sur son énergie. Les lettres s'affichent devant mes yeux en même temps que sur l'écran, et je vois que notre chambre, la suite 309, est toujours inoccupée.

– Je suis sûre qu'il a été retardé, objecte-t-elle, même si elle n'en croit pas un mot, convaincue que les hommes sont tous des ordures. Mais si vous avez une pièce d'identité, je peux...

Je me sauve sans lui laisser le temps de terminer. Que ferais-je d'une clé ? Je ne pourrais jamais entrer dans cette chambre vide et triste pour y attendre mon petit ami qui vient de me poser un lapin. J'ai besoin de bouger, de continuer mes recherches. Je vais inspecter les deux seuls lieux possibles. Je saute dans ma voiture et fonce à la plage.

quatorze

Je me gare à côté du Shake Shack, « les meilleurs milk-shakes du monde », et emprunte le chemin menant à la plage. J'ai l'intention de retrouver la grotte secrète de Damen, où je ne suis allée qu'une fois, celle où nous avons failli aller jusqu'au bout. C'est encore moi qui ai flanché. J'ai vraiment la fâcheuse manie de freiner des quatre fers ou de mourir au moment crucial. Or, cette nuit, j'espérais vraiment que ce serait différent.

En arrivant à la cachette de Damen, je m'aperçois qu'elle est exactement dans l'état où nous l'avions laissée. Les couvertures et les serviettes de bain sont toujours pliées dans un coin, les planches de surf alignées le long de la paroi, la combinaison posée sur une chaise... mais pas de Damen en vue.

Il ne reste qu'un seul endroit sur ma liste. Je croise les doigts et retourne à ma voiture. La fluidité et la rapidité de mes mouvements sont sidérants, mes pieds effleurent à peine le sable et je couvre la distance en un rien de temps. À peine ai-je quitté la grotte que j'ai réintégré ma voiture et redémarré. Je me demande depuis quand je suis capable de telles prouesses, et de quels autres dons l'immortalité m'a gratifiée.

Au portail, Sheila la gardienne, qui me connaît et sait que je figure sur la liste des invités permanents de Damen, m'ouvre la barrière de la résidence avec un sourire et un signe de la main. Au sommet de la colline, je stoppe dans l'allée et remarque immédiatement que toutes les lumières sont éteintes y compris celle du porche, laquelle est d'ordinaire toujours allumée.

Je reste assise dans ma Coccinelle, moteur en marche, les yeux fixés sur les fenêtres opaques. J'ai envie d'enfoncer la porte, de grimper les escaliers quatre à quatre et de me précipiter dans la chambre « spéciale » où il range ses trésors : ses portraits réalisés par Picasso, Van Gogh et Velázquez, les premières éditions de livres rares, souvenirs précieux de son long passé mouvementé, rassemblés dans cette pièce surchargée de dorures. En même temps, je sais que c'est inutile puisque je n'ai pas besoin d'y pénétrer pour savoir qu'il est absent. Rien dans la façade de pierre froide et austère avec son toit de tuiles et ses fenêtres obscures ne laisse deviner la présence chaleureuse de Damen.

Je me concentre pour me rappeler ses derniers propos. Il était question d'aller chercher la voiture pour qu'on puisse s'échapper au plus vite. Je suis sûre qu'il parlait de nous deux. Pour pouvoir enfin nous retrouver tous les deux, comme l'aboutissement d'une longue quête de quatre siècles dont cette merveilleuse nuit serait le point d'orgue.

Et s'il essayait de me fuir ?

Il n'aurait quand même pas osé ?

J'aspire une goulée d'air et descends de voiture. Le seul moyen d'obtenir des réponses, c'est de les chercher. Mes pieds nus et glacés glissent sur l'allée humide de rosée. Je fouille dans mon sac avant de me rappeler que j'ai laissé la clé chez moi, n'imaginant pas qu'elle me serait d'une quelconque utilité ce soir.

Je me plante devant la porte d'entrée et tente d'en mémoriser le vantail, la couleur ébène, les motifs sculptés, avant de fermer les yeux pour en imaginer la réplique exacte. Je n'ai jamais risqué pareille tentative, mais je sais que c'est possible, depuis qu'un jour j'ai vu Damen ouvrir le portail de l'école quelques minutes après sa fermeture.

En rouvrant les yeux, je me retrouve avec la porte géante que j'ai réussi à matérialiser. N'ayant aucune idée de la façon de m'en débarrasser (jusqu'à présent, je n'ai créé que des objets que je voulais garder), je l'appuie contre le mur et fais le tour de la maison.

À l'arrière, la fenêtre de la cuisine au-dessus de l'évier est légèrement entrebâillée. Je glisse les doigts sous le châssis, l'ouvre en grand et enjambe l'évier qui déborde de bouteilles vides, avant de sauter à terre avec un bruit sourd. Je me demande si une intrusion par effraction est considérée comme un délit lorsqu'il ne s'agit que d'une petite amie inquiète.

Je balaie la pièce du regard. Une table, des chaises en bois, une rangée de casseroles en inox, une cafetière, un mixeur, une centrifugeuse dernier cri... Toute une collection des gadgets les plus sophistiqués présents sur le marché (ou que Damen peut faire apparaître), soigneusement choisis pour donner l'illusion d'une vie normale et aisée, la décoration raffinée d'une maison témoin parfaitement arrangée, quoique jamais utilisée.

J'ouvre le frigo, pensant y découvrir une réserve de breuvage rouge, mais n'y trouve que quelques bouteilles. J'inspecte le cellier, où les nouvelles bouteilles fermentent, infusent, macèrent ou je ne sais quoi pendant trois jours. Je n'en crois pas mes yeux : il est presque vide.

Je reste pétrifiée à la vue des rares bouteilles restantes. Mon estomac se révulse et mon cœur se déchaîne. Quelque chose cloche dans ce tableau. Quelque chose de grave. Damen est prévoyant jusqu'à l'obsession en ce qui concerne son stock de bouteilles, surtout depuis qu'il doit m'approvisionner moi aussi. Jamais il ne laisserait s'épuiser ses réserves.

Il est vrai qu'il en boit en quantité, ces derniers temps. Sa consommation a quasiment doublé. Peut-être n'a-t-il pas eu le temps de renouveler sa provision ?

Le raisonnement se tient, mais en théorie seulement. Je n'y crois pas une seconde. Damen est extrêmement méticuleux à ce sujet, un vrai maniaque. Il ne prendrait jamais le risque de manquer de liquide, pas même vingt-quatre heures.

Sauf pour un motif grave.

Je n'en ai aucune preuve, bien sûr, mais je le ressens dans mes tripes. Il était si bizarre ces derniers temps, avec son regard atone qu'il était impossible de ne pas le remarquer, même si c'était fugace, sans parler des migraines, des suées, de son incapacité à matérialiser de simples objets ou d'accéder au portail de l'Été perpétuel. Il est sûrement malade.

Or, Damen ne tombe jamais malade !

Pourtant, quand il s'est piqué le doigt avec l'épine de rose, tout à l'heure, je l'ai vu cicatriser sous mes yeux.

Et si j'appelais les hôpitaux pour en avoir le cœur net ?

Oui, mais il n'irait jamais à l'hôpital. Ce serait un aveu de faiblesse, une défaite. Il serait plutôt du genre à se cacher dans un coin pour lécher ses blessures, comme un animal.

Comment pourrait-il se blesser, vu que ses plaies se referment aussitôt ? Et puis il m'aurait avertie.

Moi qui étais persuadée qu'il n'oserait jamais partir sans moi, voilà le résultat !

Je fouille les tiroirs à la recherche des Pages Jaunes, autre accessoire dans sa quête de normalité. Parce que Damen n'irait jamais à l'hôpital de son propre chef, d'accord, sauf dans le cas où il aurait eu un accident, ou autre chose qu'il ne contrôlerait pas, et où on l'y aurait emmené contre son gré.

Cette théorie contredit complètement la version, probablement fantaisiste, de Roman selon laquelle Damen est parti en voiture, mais ne m'empêche pas d'appeler tous les hôpitaux du comté d'Orange pour vérifier si un certain Damen Auguste n'y aurait pas été admis. La réponse est toujours négative.

Après avoir fait le tour des hôpitaux, j'hésite à appeler la police. Que pourrais-je leur dire ? Que mon petit copain, un immortel âgé de six cents ans, a disparu ?

Autant sillonner Coast Highway en espérant croiser une BMW noire aux vitres teintées, pilotée par un beau gosse, ou chercher une épingle dans une meule de foin.

Je pourrais également l'attendre ici. Il sera bien obligé de repasser à un moment ou à un autre.

En montant l'escalier, je me console à l'idée que, à défaut de pouvoir être avec lui, je serai au moins dans son monde. Je m'installe sur le canapé de velours et promène mon regard sur les objets qui lui sont le plus chers, espérant avoir encore ma place parmi eux.

quinze

J'ai le cou douloureux et le dos raide. En ouvrant les yeux, je comprends pourquoi. Je me suis assoupie sur cette antiquité de canapé, destiné aux conversations galantes plutôt qu'au sommeil.

Je me relève à grand-peine, mes muscles protestent quand je m'étire, bras tendus vers le plafond puis vers le sol. J'effectue quelques torsions de gauche à droite, et quelques-unes du cou, avant de tirer les épaisses tentures de velours. Le soleil se répand à flots. La lumière est si vive que je sens des larmes monter à mes yeux. Je m'empresse de refermer les rideaux, m'assurant que les deux pans soient hermétiquement clos, afin qu'aucun rai de lumière ne filtre. La pièce se retrouve plongée dans sa pénombre habituelle. Damen m'avait prévenue que le soleil ardent de la Californie du Sud aurait des effets désastreux sur l'ameublement.

Damen.

En pensant à lui, je sens une profonde nostalgie, une peine infinie me serrer le cœur et je suis prise de vertige. Je me rattrape à une commode, les doigts crispés sur le rebord délicatement ouvragé, et il me suffit d'un regard pour m'apercevoir que je ne suis pas seule.

Son image est omniprésente. Parfaitement captée par les maîtres les plus célèbres du monde, rehaussée de cadres dignes des plus grands musées. Le Picasso le représente tout de noir vêtu, le Velázquez sur un étalon blanc qui se cabre, chacun d'eux peignant les traits d'un visage que je croyais si familier. Mais je ne reconnais plus le regard distant et moqueur, le menton levé en signe de défi. Les lèvres pleines et douces auxquelles je rêve de goûter me sont étrangères à présent, distantes, hautaines, d'une froideur qui semble me repousser, me défendre d'approcher.

Je ferme les yeux pour reprendre mes esprits. La panique me brouille les idées, voilà tout. Je m'oblige à respirer à fond avant de le rappeler. Mais je tombe à nouveau sur le répondeur, sur lequel je laisse inlassablement le même message : « Rappelle-moi... Que s'est-il passé ?... Est-ce que tu vas bien ?... Rappelle-moi, s'il te plaît... »

Je glisse mon téléphone dans mon sac et, évitant soigneusement de regarder les portraits, embrasse une dernière fois la pièce du regard pour vérifier que je n'ai rien oublié. Pas le moindre petit indice qui pourrait me mettre sur la voie.

Avec un soupir, je ferme les yeux et me représente l'avenir qui, hier encore, me paraissait si souriant : Damen et moi, ensemble, heureux, comblés. J'aimerais tant que ce rêve se réalise, mais je ne me fais aucune d'illusion.

Il est impossible de recréer une personne. En tout cas, pas durablement.

Je pense alors à quelque chose que je suis capable de matérialiser : une tulipe rouge sans défauts avec ses pétales charnus, brillants et sa longue tige flexible, symbolisant notre amour éternel. Je la sens prendre forme dans ma main, et la pose sur le comptoir de la cuisine.

seize

Riley me manque. À en avoir mal.

Du moment où j'ai compris que je n'avais pas le choix et devais informer Sabine que Damen ne dînerait pas avec nous samedi soir – j'ai attendu huit heures moins dix pour le lui dire, histoire d'être sûre –, les questions ont commencé à fuser. Et cela s'est poursuivi sans discontinuer pendant tout le week-end. Qu'y a-t-il ? Je vois bien que quelque chose ne va pas. J'aimerais que tu m'en parles, Ever. Pourquoi ne me dis-tu pas ce qui se passe ? Cela a-t-il quelque chose à voir avec Damen ? Vous êtes-vous disputés ?

Alors je lui ai parlé pendant le dîner, où j'ai aussi réussi à manger suffisamment pour la convaincre que je n'étais pas anorexique. J'ai essayé de la rassurer en prétextant que tout allait pour le mieux avec Damen ; qu'il était très occupé et que j'étais un peu fatiguée après ma soirée mémorable chez Haven. Mais elle ne m'a pas crue. En tout cas, elle a deviné que ça n'allait pas. Heureusement, elle ne soupçonne pas que je n'ai pas passé la nuit chez Haven.

Elle me répétait avec obstination qu'il devait y avoir une explication à ma tristesse, à mes sautes d'humeur, bref, à ma cyclothymie. J'avais quelques scrupules à lui raconter des salades, mais je m'en suis tenue à ma version. Comme si mentir à Sabine m'aidait à ne pas regarder la réalité en face. Comme si raconter les faits, évoquer l'hypothèse, même si mon cœur refusait d'y croire, qu'il m'ait tout simplement laissée tomber risquait de donner consistance à cette réalité.

Si Riley avait été là, cela aurait été différent. J'aurais pu lui parler, lui raconter cette histoire sordide. Elle aurait compris et, en plus, trouvé les réponses.

On dirait que la mort lui sert de passe-partout universel. Elle peut aller où bon lui semble par la seule force de sa pensée. Il n'y a aucune zone interdite, la terre entière lui appartient. Ma sœur me serait mille fois plus utile que mes coups de fil ou mes intrusions chez Damen.

Mes tentatives maladroites et chaotiques pour mener mon enquête sont réduites à néant...

Lundi matin, je ne suis pas plus avancée que vendredi soir. Et j'ai beau appeler Miles et Haven un nombre incalculable de fois, la réponse est immuable : rien à signaler, on t'appelle si on a des nouvelles.

Si Riley était là, elle résoudrait l'énigme en un rien de temps. Elle saurait me dire quoi faire et comment m'y prendre.

Riley n'est pas là. Elle m'a promis de m'envoyer un signe, juste avant de disparaître, mais je commence à en douter sérieusement. J'ai du mal à l'admettre. Peut-être est-il temps d'arrêter pour moi d'espérer et d'apprendre à vivre sans elle ?

J'enfile un jean, une paire de tongs, un débardeur et un tee-shirt à manches longues, et avant de sortir de ma chambre pour aller à l'école, je fais demi-tour et attrape mon iPod, mes lunettes de soleil et un sweat-shirt à capuche. Je n'ai aucune idée de ce qui m'attend, mais je me prépare au pire.

Miles monte en voiture et dépose son sac sur le sol :

– Alors, tu as des nouvelles ?

Je fais non de la tête. Il me considère avec pitié, repousse ses cheveux de ses ongles fuchsia et ajoute :

– J'ai essayé de l'appeler. Je suis même passé chez lui, mais je n'ai pas pu entrer. Mieux vaut ne pas jouer au plus fin avec la Grosse Sheila. Elle se prend très au sérieux !

Il éclate de rire pour détendre l'atmosphère. J'aimerais bien l'imiter, mais j'en suis incapable. Depuis vendredi, je suis une loque humaine, et le seul remède serait de revoir Damen.

– Ne te bile pas. Je suis sûr qu'il va bien. Ce n'est pas la première fois qu'il disparaît.

Je devine ce qu'il veut dire avant qu'il n'ouvre la bouche. Il fait allusion à l'époque où Damen s'était volatilisé parce que je l'avais rejeté.

– C'était différent, je t'assure.

– Comment le sais-tu ?

Je me demande si je vais tout lui raconter. Je ne me suis livrée à personne depuis l'accident. Avant que ma vie ne bascule. Il y a des moments où garder le silence me pèse terriblement. J'aimerais pouvoir me débarrasser de ce poids et bavarder à tort et à travers, comme n'importe qui.

Je sais que je peux faire entièrement confiance à Miles. C'est plutôt de moi que je me méfie. J'ai l'impression d'être une bouteille de soda qu'on aurait secouée vigoureusement et d'où tous mes secrets s'échapperaient, telles des bulles.

– Ça va, Ever ?

J'avale ma salive et hésite avant de me lancer :

– Tu sais, vendredi soir, après le théâtre, en fait, nous avions prévu quelque chose.

– Ah ? Quoi ?

En repensant à nos projets, j'esquisse un sourire qui s'efface aussitôt que je me rappelle comment s'est terminée la soirée.

– Quelque chose d'important.

– Important comment ?

– Oh, tu sais, une suite au Montage, des dessous sexy, des fraises trempées dans du chocolat, du champagne... La routine, quoi !

– Non ! Vous n'avez quand même pas... ?

Je regarde son visage se décomposer. Il vient de comprendre.

– Pardon, je veux dire que vous n'avez pas eu le temps, puisqu'il a mis les voiles... Oh, Ever, je suis vraiment désolé !

Au moment où je stoppe au feu rouge suivant, il tend la main pour me tapoter le bras, et se ravise aussitôt. Je déteste que l'on me touche, pour éviter tout transfert d'énergie intempestif. Détail qu'il ignore, évidemment.

– Écoute, Ever, tu es splendide, surtout depuis que tu as abandonné les capuches et les jeans informes... Il me semble impossible que Damen t'ait volontairement laissée en plan. Il est fou amoureux de toi, c'est évident. Et vu votre discrétion, tout le monde le sait. Je ne crois pas une seconde qu'il ait pris la fuite.

Je brûle de lui rappeler que Roman a vu Damen filer en voiture, et d'ajouter que j'ai la désagréable impression qu'il a sa part de responsabilité dans cette histoire.

Je préfère me taire. Je n'en ai aucune preuve, pas le moindre indice.

– Tu as appelé la police ?

J'ai honte de l'avouer, mais oui, je l'ai fait. Et si tout finit bien et que Damen revient sain et sauf, il risque de ne pas être très content de l'apprendre.

Mais avais-je le choix ? En cas d'accident, la police est la première informée, non ? Donc je me suis rendue au commissariat dimanche matin, pour signaler sa disparition. J'ai rempli la fiche de signalement d'usage : blanc, sexe masculin, yeux noirs, cheveux bruns... À la rubrique « âge », j'ai failli écrire « environ six cent dix-sept ans »...

J'écrase l'accélérateur à la seconde où le feu passe au vert :

– Oui, j'ai déclaré sa disparition. Ils ont constitué un dossier et m'ont assuré qu'ils allaient enquêter.

– Tu veux rire ? Il est encore mineur !

– Oui, mais émancipé ! Ça change tout. Légalement, il est responsable de ses actes et d'autres choses encore, que je n'ai pas bien comprises. J'ignore les techniques d'investigation de la police et ils n'ont pas jugé bon de me mettre au parfum, tu vois.

Je ralentis en approchant du lycée.

– Tu crois qu'on devrait distribuer des tracts avec sa photo ? Ou organiser une veillée aux chandelles, comme à la télé ?

La nausée me tord l'estomac, même si je sais que Miles a tendance à sombrer dans le mélodrame et que cela part d'une bonne intention. Je n'aurais jamais imaginé en arriver à cette extrémité, certaine que Damen allait forcément se manifester. Il est immortel, non ? Que pouvait-il bien lui arriver ?

Parvenue sur le parking, je le vois sortir de sa voiture comme si de rien n'était, suprêmement élégant, à son habitude. Comme si ce maudit week-end n'avait jamais eu lieu.

Je freine si violemment que je fais une brusque embardée avant de m'arrêter, obligeant la voiture qui me suit à piler net. Mon cœur s'emballe. Mes mains tremblent tandis que je regarde mon magnifique petit ami, disparu depuis deux jours, se passer la main dans les cheveux avec une intense concentration, d'un geste soigneusement étudié, à croire que rien n'est plus important au monde.

Je ne m'attendais pas à cela.

– C'est quoi, ce délire ? hurle Miles pour couvrir le concert de Klaxons furieux. Et d'abord, pourquoi est-il garé ici ? D'habitude, il nous laisse la meilleure place.

Je m'arrête à la hauteur de Damen, espérant obtenir des réponses.

Je baisse la vitre et ressens une gêne inexplicable en croisant son regard impassible.

– Euh... ça va, Damen ?

Il prend acte de ma présence d'un imperceptible signe de tête, se penche dans sa voiture pour y prendre son sac et en profite pour s'admirer dans le rétroviseur.

J'avale ma salive non sans mal :

– Tu t'es évanoui dans la nature, vendredi... Je ne savais pas où tu étais, et je ne suis pas arrivée à te joindre de tout le week-end... Je commençais à m'inquiéter... Je t'ai laissé des messages... Tu les as reçus ?

Je ne puis réprimer mon dégoût en m'entendant réciter mon pathétique interrogatoire de mijaurée sans cervelle.

« Tu t'es évanoui dans la nature... Je commençais à m'inquiéter... »

Quand j'ai envie de hurler : « Mais où étais-tu passé, à la fin ? J'étais morte d'angoisse !... »

Il arrime son sac à son épaule et s'approche de moi d'un pas assuré, réduisant la distance entre nous en une poignée de secondes. La distance physique. Émotionnellement parlant, il semble à des kilomètres.

J'oublie de respirer, quand il se penche par la fenêtre, son visage tout près du mien :

– Oui, j'ai eu tes messages. Les cinquante-neuf, sans exception.

J'encaisse le choc, cherchant vainement dans ses yeux la chaleur habituelle. Mais je n'y décèle qu'une indifférence glacée qui me donne la chair de poule. Rien à voir avec l'autre jour, quand il semblait ne pas me reconnaître. Non, là, c'est pire.

Il est évident qu'il me connaît et que je le révulse.

– Damen, je...

Ma voix se brise. Un Klaxon retentit derrière nous et Miles marmonne quelques mots inintelligibles.

Je n'ai pas le temps de m'éclaircir la gorge pour terminer ma phrase que Damen me tourne le dos et s'éloigne à grands pas.

dix-sept

Le regard de Miles exprime une compassion que je suis trop anéantie pour recevoir.

– Ever, ça va ?

Évidemment que non. Comment cela pourrait-il aller, alors que je suis dans le brouillard ?

– Damen est un beau fumier ! assène-t-il d'une voix dure.

Je ne sais pas comment l'expliquer, vu que je ne comprends pas très bien moi-même, mais j'ai l'intuition que les choses sont plus compliquées qu'il n'y paraît.

Je sors de voiture et claque la porte un peu trop fort :

– Non, ce n'est pas un fumier.

– Écoute, Ever, ça crève les yeux, non ?

Je me dirige vers Haven, qui nous attend près de la grille, en me repassant mentalement la scène. Je revois son air distant, sa froideur, son indifférence hautaine...

– Tu as raison.

– Donc, c'est un minable ! insiste Miles, qui ne supporte pas de me voir humiliée de la sorte.

– Qui est minable ? demande Haven.

– Damen, répond Miles.

Haven ouvre des yeux ronds comme des soucoupes, le

cerveau visiblement en ébullition. Moi, je me débats avec des questions qui restent sans réponse.

À quoi ça rime, tout ça ?

Et... depuis quand Damen a-t-il une aura ?

– Miles va te raconter, je lance avant de m'éloigner.

Si seulement j'étais une fille comme les autres, je chercherais une consolation auprès de mes amis. Mais ils ne peuvent saisir la gravité de la situation. En tout cas, s'agissant des réponses, je vais devoir les chercher à la source.

Je n'hésite pas une seconde avant d'ouvrir la porte de la classe, contrairement à ce que je craignais. Au contraire, je fonce tête baissée. Je remarque Damen appuyé contre la table de Stacia, déployant ses charmes avec force plaisanteries pleines de sous-entendus, ce qui me laisse une curieuse impression de déjà-vu.

Ne t'en fais pas, tu as connu ça.

Il n'y a pas si longtemps, Damen avait déjà feint de s'intéresser à Stacia, mais c'était uniquement pour me faire enrager.

En m'approchant, je me rends compte que la scène qui se déroule sous mes yeux est inédite. À l'époque, je décelais dans son regard une brève étincelle de compassion, une pointe de regret qu'il ne parvenait à dissimuler.

Aujourd'hui, Stacia lui sort le grand jeu. Elle secoue ses cheveux, lui colle son décolleté sous le nez en battant des cils... Moi, je suis devenue invisible.

À mon approche, ils lèvent les yeux avec une mimique agacée.

– Désolée de vous déranger, mais... Damen, je peux te parler une seconde ?

J'enfonce mes mains dans mes poches pour les empêcher de trembler et me force à respirer normalement : inspiration, expiration, tranquillement, sans halètements ni sifflements intempestifs.

Ils échangent un coup d'œil, puis explosent de rire en même temps. L'arrivée de M. Robins interrompt Damen au moment où il ouvrait la bouche pour répondre.

– Bonjour, tout le monde, asseyez-vous, s'il vous plaît !

Je m'efface devant Damen :

– Après toi, je t'en prie.

Je le suis, résistant à l'envie de l'attraper par les épaules pour le forcer à se retourner et lui crier en face :

« Pourquoi m'as-tu laissée tomber ? Qu'est-ce qui t'a pris ? Comment as-tu pu me faire ça, surtout ce soir-là ? »

Je sais que l'attaque frontale ne peut que se retourner contre moi. Je dois me contrôler, si je veux parvenir à mes fins.

Je pose mon sac par terre et empile livre, cahier et stylo sur ma table. Je lui décoche le sourire engageant d'une camarade de classe qui n'a rien contre l'idée de commencer la semaine par un brin de causette :

– Tu as passé un bon week-end ?

Il hausse les épaules et me toise des pieds à la tête. Il me faut un bon moment pour assimiler les pensées répugnantes qui se pressent dans son esprit.

« Bon, je vais devoir supporter cette obsédée qui me suit partout. Heureusement que physiquement elle n'est pas trop mal. »

Il fronce les sourcils en me voyant sortir mon iPod pour brouiller ses réflexions. Je me ravise, ne voulant pas risquer de rater des bribes d'informations importantes, même si je souffre de les entendre. C'est la première fois que je peux lire dans son esprit. Et maintenant que c'est possible, je ne suis plus sûre d'en avoir envie.

Un petit rictus se dessine au coin de sa bouche, et il plisse les paupières en pensant : « Dommage qu'elle soit aussi débile. Quelle pauvre hystérique ! ».

La cruauté de ses propos me déchire le cœur. Et la méchanceté tranquille avec laquelle il les a formulés me prend tellement au dépourvu que j'en oublie qu'il ne les a pas prononcés tout haut :

– Pardon ? Répète un peu ce que tu viens de dire ?

Et les autres de tourner la tête vers nous, avec un regard apitoyé pour ce pauvre Damen, obligé de me supporter.

– Que se passe-t-il ? questionne M. Robins.

Je reste figée sur mon siège, incapable de prononcer une parole. On dirait que mon sang se retire de mes veines, lorsque j'entends Damen répondre :

– Rien, monsieur. C'est elle, elle déraille.

dix-huit

Je me suis mise à espionner Damen. Je n'ai aucune honte à l'avouer. J'y suis obligée, je n'ai guère le choix. Puisqu'il s'obstine à m'éviter, le surveiller est la seule option qu'il me reste.

Je l'ai suivi après le cours de littérature, puis l'ai guetté après la deuxième heure, la troisième et la quatrième. Je l'observe de loin, regrettant qu'il n'ait pas changé d'options pour que nous soyons tout le temps ensemble comme il le désirait. Je trouvais la situation un peu malsaine, pas naturelle. Et voilà que j'en suis réduite à rôder autour de sa classe pour espionner ses conversations, outre le flot de pensées déprimantes, vaniteuses, narcissiques et futiles qui lui traversent l'esprit.

Ce n'est pas le vrai Damen, j'en suis convaincue. Il ne s'agit pas non plus de l'un de ses clones, lesquels ne subsistent jamais plus de quelques minutes. Donc, il s'est passé quelque chose. Quelque chose de grave qui le contraint à agir et penser comme il le fait – à l'instar, d'ailleurs, de la plupart des garçons de cette école. Même si son esprit m'était fermé auparavant, je sais qu'il ne pensait pas ainsi. Et il ne se comportait pas de cette façon non plus. La nouvelle version de Damen n'a plus rien en commun avec sa vraie nature : seule l'enveloppe est identique, le reste n'a plus rien à voir.

Je m'installe à la table du déjeuner, me préparant au pire, et ce n'est qu'après avoir ouvert mon sac et frotté ma pomme sur ma manche que je me rends compte que je suis seule. Et pas parce que je suis en avance.

Mes amis ont déserté notre table.

Je lève les yeux en entendant le rire familier de Damen, entouré de Stacia, Honor, Craig et le reste de la troupe. Cela n'a rien de surprenant en soi, vu la tournure qu'ont pris les événements. À ma grande surprise, je découvre Miles et Haven parmi eux. Le fruit m'en tombe des mains quand, la bouche sèche, je me rends compte que toutes les tables sont alignées en une seule rangée.

Les loups déjeuneront avec les agneaux.

La prédiction de Roman s'est réalisée.

Le système des castes qui prévalait à l'heure du déjeuner à Bay View High School est aboli.

Roman se glisse sur le banc en face de moi et désigne les autres du pouce avec un grand sourire.

– Alors, qu'en penses-tu ? Désolé de m'imposer sans invitation, mais je t'ai vue admirer mon œuvre, alors j'ai eu envie de venir bavarder un peu avec toi. Tu vas bien ? ajoute-t-il avec une touchante sollicitude.

Je ne suis pas dupe.

Je soutiens son regard, déterminée à ne pas céder. Je suis certaine qu'il est responsable du comportement de Damen, de la désertion d'Haven et de Miles, et de la soudaine harmonie qui règne dans l'école, mais je manque encore de preuves.

Pour les autres – moi exceptée – il passe pour un héros, un nouveau Che Guevara, le guérillero du déjeuner.

Pour moi, c'est une menace.

Il sirote son soda sans me quitter des yeux.

– Finalement, tu es bien rentrée chez toi l'autre soir, je suppose ?

Miles confie quelque chose à Craig. Tous deux éclatent de rire, pendant que Haven chuchote à l'oreille de Honor.

J'évite de regarder Damen.

Je refuse de le voir faire les yeux doux à Stacia, lui poser une main sur le genou, la gratifier de son plus beau sourire en promenant ses doigts le long de sa cuisse...

J'en ai assez vu ce matin, en cours. Je suis à peu près sûre qu'ils n'en sont qu'aux préliminaires, les premiers pas hésitants menant à la scène écœurante entrevue dans la tête de Stacia. Cette vision m'avait tellement révulsée que, sous le choc, j'avais renversé le portant de lingerie dans la boutique. Sur le coup, je n'avais pas douté qu'elle l'ait fait exprès. J'étais loin d'imaginer que cela puisse être une sorte de prémonition. Je pense encore qu'elle avait imaginé la scène pour me blesser, et que c'est une pure coïncidence s'ils sont ensemble aujourd'hui. Je dois quand même avouer que c'est terriblement déstabilisant de voir les choses se dérouler exactement de cette manière.

Je refuse de regarder, mais j'essaie d'écouter, dans l'espoir de glaner une information significative, un échange vital. En essayant de me concentrer pour me brancher sur leur fréquence, je me heurte à un mur de sons. Les voix et les pensées autour des autres tables se fondent en une masse compacte, dans laquelle il m'est impossible de distinguer quoi que ce soit.

Roman tapote sa bouteille de ses longs doigts fuselés, refusant de s'avouer vaincu.

– Tu te souviens de vendredi soir, quand je t'ai trouvée errant dans le parking ? Dis-toi bien que ça me contrariait de t'abandonner à ton sort. N'oublie pas que c'est toi qui as insisté...

Je vois clair dans son jeu. Si je lui réponds, il finira par se fatiguer et me laisser tranquille.

– Je suis bien rentrée, merci.

Il me lance ce sourire qui doit faire fondre des milliers de cœurs, mais glace le mien. Il se penche vers moi :

– Oh, voyez-vous ça ! Mademoiselle manie le sarcasme, en plus ?

Je ramasse ma pomme et la promène machinalement sur la table.

– J'aimerais que tu me dises pourquoi tu me détestes à ce point. Il doit y avoir une solution, une manière de me racheter ?

Les lèvres pincées, je roule le fruit sous ma main avec une telle violence que la chair commence à s'écraser et la peau à se craqueler.

– Accepterais-tu que je t'invite à dîner ? Un vrai rendez-vous, juste toi et moi. Je laverais la voiture, m'achèterais de nouveaux vêtements, et réserverais une table dans un endroit branché. Soirée inoubliable garantie !

Je lève les yeux au ciel, seule réponse valable.

Mais Roman ne se laisse pas démonter.

– Allez, Ever. Donne-moi une chance ! Tu pourras partir quand tu veux, parole de scout. On choisirait même un mot de passe. Si tu as l'impression que les choses vont trop loin, tu le prononces, on arrête tout et on n'en parle plus. Allez, quoi, détends-toi, tu ne peux pas refuser !

Il repousse sa canette et avance sa main vers la mienne, mais je la retire quand ses doigts s'aventurent trop près des miens. Il prend une voix grave et persuasive, ses yeux rivés aux miens, mais je continue à jouer avec ma pomme, observant la pulpe qui s'échappe de la peau.

– Je t'assure que ça n'aura rien à voir avec les rendez-vous ringards que t'offrait ce pauvre vieux Damen. Moi, d'abord, je ne laisserais jamais une fille superbe comme toi se promener seule dans un parking. Si je suis parti la dernière fois, c'était uniquement pour respecter ta décision. Je suis à ton entière disposition, prêt à satisfaire tes moindres désirs, tu le sais.

Je finis par craquer. Je croise son regard bleu sans ciller. J'aimerais qu'il me fiche la paix et retourne à la table du bonheur où tout le monde est le bienvenu, sauf moi.

– Tu as un problème ? Tu veux que tout le monde t'apprécie ? Tu souffres d'un complexe d'infériorité, c'est ça ?

Il éclate de rire. Un gros rire à se taper sur les cuisses.

– Oh non, pas tout le monde, rétorque-t-il quand il finit par se calmer. Quoique, je l'avoue, ce soit généralement le cas. Que veux-tu ? Je suis un garçon sympathique. La plupart des gens me trouvent charmant.

J'en ai assez de jouer.

– Je suis désolée de te l'annoncer, mais il va falloir me compter parmi les rares personnes qui restent insensibles à ton charme. Ne crois pas que je te mette au défi de me faire changer d'avis. Au contraire. Retourne t'asseoir là-bas et laisse-moi tranquille. À quoi sert de réunir toute l'école à une seule table, si tu t'en exclus ?

Il se lève en souriant :

– Ever, tu es si belle ! Je croirais presque que tu t'ingénies à me rendre fou. Je ne voudrais pas abuser de ton hospitalité, et je sais reconnaître une fin de non-recevoir.

Donc je m'en vais. Mais si tu changes d'avis et décides de me rejoindre, je suis sûr que j'arriverai à les convaincre de te ménager une petite place.

Je lui fais signe de mettre les voiles. J'ai la gorge nouée, et suis incapable d'émettre un son. Malgré les apparences, je ne sors pas gagnante de cet échange. Loin de là.

Roman pose mes sandales à semelles compensées en fausse peau de serpent sur la table, telle une offrande de paix :

– Au fait, j'ai pensé que tu voudrais les récupérer. Inutile de me remercier. Arrête de t'acharner sur cette pauvre pomme qui ne t'a rien fait, c'est carrément de la torture.

Je serre les poings en le voyant se diriger vers Haven et lui caresser la nuque du bout des doigt, avant de poser ses lèvres tout contre son oreille. Brusquement, ma pomme éclate entre mes doigts, et un mélange visqueux de jus et de pulpe me dégouline le long du poignet.

Roman se retourne et éclate de rire.

dix-neuf

En cours de dessin, je vais droit au placard où est rangé l'attirail de peinture, enfile ma blouse et attrape mes couleurs. En me retournant, je remarque Damen debout dans l'encadrement de la porte, une expression étrange sur le visage. Les yeux dans le vague, la bouche béante, il a l'air hébété, perplexe, comme s'il m'appelait à l'aide.

C'est le moment ou jamais. Je m'avance doucement et pose une main sur son bras :

– Damen, ça va ? je demande d'une voix rauque.

Je surprends dans ses yeux un éclair de lucidité, mêlée de tendresse et d'amour. Je tends la main vers sa joue, les yeux brouillés de larmes, et vois son aura ocre rouge s'estomper pour me rendre mon Damen à moi...

Quand, soudain, j'entends la voix de Roman :

– Hé, mon vieux, avance ! Tu crées un embouteillage, là.

Le charme est rompu. Le vrai Damen s'évanouit, remplacé par la nouvelle version.

Qui passe devant moi l'aura en furie, avec une moue dégoûtée. Je m'aplatis contre le mur quand Roman me bouscule au passage, accidentellement bien sûr :

– Oh pardon, ma belle ! ricane-t-il.

Je m'adosse au mur. L'énergie optimiste, euphorique, exubérante qui émane de lui me donne le vertige. Son aura jaune d'or me submerge d'un tourbillon d'images pleines d'espoir et d'amitié, tellement inoffensives que j'ai honte de l'avoir soupçonné et traité si durement...

Pourtant, quelque chose ne va pas. En général, l'esprit humain est un inextricable fouillis de mots, de visions sans queue ni tête, une cacophonie de sons qui se mélangent comme les notes d'un orchestre de jazz complètement déjanté. Mais dans la tête de Roman règne un ordre absolu, ses pensée se succédant avec la régularité d'un métronome. Le tout sonne faux, tel un texte préenregistré...

– Dis donc ! On dirait que je te fais de l'effet, ma jolie ! Tu es sûre que tu n'as pas changé d'avis à propos de notre rendez-vous ?

Je sens son haleine glacée sur ma joue. Ses lèvres sont si proches que je le soupçonne de vouloir m'embrasser. Je m'apprête à le repousser, quand Damen lance :

– Laisse tomber, mon vieux, elle est folle à lier.

Elle est folle à lier, laisse tomber, elle est folle à lier, laisse tomber, elle est folle à lier, laisse tomber, elle est folle à lier, laisse tomber, elle est folle à lier, laisse tomber, elle est folle à lier, laisse...

– On dirait que tu as grandi, Ever. Ever ?

Je lève les yeux vers Sabine, debout à côté de moi, qui me tend le bol qu'elle vient de rincer. Il me faut quelques secondes pour comprendre que je suis censée le ranger dans le lave-vaisselle.

J'attrape le bol en porcelaine et le place sur le rail. Je suis incapable de penser à autre chose qu'à Damen, à ces paroles que je me répète en boucle, comme pour me torturer.

– Excuse-moi, tu disais ?

– J'ai l'impression que tu as grandi. J'en suis sûre, même. C'est bien le jean que je viens de t'acheter, non ?

Je baisse les yeux, et constate avec surprise que j'ai les chevilles à l'air. Le plus curieux, c'est que ce matin encore, l'ourlet touchait presque le sol.

– Euh... oui... peut-être, dis-je sans conviction.

– J'étais pourtant sûre que c'était la bonne taille. Il faut croire que tu fais une poussée de croissance. Remarque, à seize ans, cela n'a rien d'anormal.

Pratiquement dix-sept. Il me tarde d'avoir enfin dix-huit ans ! Ainsi, le lycée terminé, je m'en irai avec mes petits secrets, et laisserai Sabine reprendre une vie normale et bien organisée. Je me demande d'ailleurs comment je pourrai jamais la remercier pour sa générosité, sans parler d'un jean hors de prix et déjà immettable !

Elle me tend une poignée de petites cuillers :

– Moi, j'avais fini de grandir à quinze ans, mais tu as l'air partie pour me dépasser d'une bonne tête.

Je souris du bout des lèvres. Je me demande si je vais continuer à grandir encore longtemps. Ça ne me dit rien de devenir une espèce de géante, une bête de foire. Parce que prendre cinq centimètres en une journée, ce n'est pas une simple poussée de croissance. Loin s'en faut.

Maintenant que j'y pense, je m'aperçois que mes ongles croissent à une vitesse telle que je suis obligée de les couper quasiment tous les jours, et ma frange m'arrive déjà sous le menton, alors que je la laisse pousser depuis quelques semaines à peine. Sans parler de mes yeux bleus qui foncent de plus en plus, et de mes incisives qui ont enfin décidé de se rectifier après tant d'années. Et même si je néglige complètement ma peau, elle reste impeccable, sans le moindre petit bouton disgracieux.

J'aurais pris cinq centimètres depuis le petit déjeuner ?

Je ne vois qu'une explication : le jus d'immortalité. Voilà maintenant plus de six mois que je suis immortelle, mais rien n'avait vraiment changé avant que je me mette à en boire. Depuis, j'ai remarqué que j'ai amélioré mes performances physiques, et que tous mes petits défauts se corrigent les uns après les autres.

La perspective ne manque pas de m'exciter, évidemment, et je suis curieuse de voir ce que l'avenir me réserve. Mais je me rends compte aussi que l'immortalité risque de me condamner à passer l'éternité toute seule.

– Ce doit être ce drôle de jus que tu ingurgites à longueur de journée. Peut-être devrais-je essayer, moi aussi. J'aimerais bien dépasser le mètre soixante-dix sans avoir besoin de talons !

– Non ! je me récrie trop vite. (J'ajoute d'un ton faussement détaché, pour masquer ma panique :) Enfin, je ne pense pas que tu aimeras, je suis même sûre du contraire. Ça a un drôle de goût, tu sais !

– Je le saurai quand j'y aurai goûté, pas vrai ? Et d'ailleurs, où l'achètes-tu ? Je n'en ai pas trouvé en magasin. Et je n'ai pas vu d'étiquette sur la bouteille non plus. Ça s'appelle comment ?

– C'est Damen qui me le procure, dis-je, heureuse de prononcer son nom, même si cela ne compense pas le vide laissé par son absence.

– Ah bon ? Pourrais-tu lui en demander une bouteille pour moi, s'il te plaît ?

Je comprends soudain qu'il ne s'agit pas seulement du breuvage rouge. Sabine essaie de me tirer les vers du nez. Elle veut savoir pourquoi Damen n'est pas venu dîner samedi soir, ni depuis, d'ailleurs.

Le dos tourné, je referme le lave-vaisselle et feins d'essuyer le plan de travail, qui est déjà propre, pour éviter de la regarder :

– Euh... je doute que ce soit possible, parce que... nous avons plus ou moins décidé de faire une pause, dis-je d'une voix brisée par les sanglots.

Sabine s'avance pour me serrer dans ses bras, me consoler, m'assurer que tout finira par s'arranger. Je la sens s'approcher et m'écarte vivement.

Elle n'insiste pas et reste là, les bras ballants.

– Oh ! Je suis vraiment désolée, Ever. Excuse-moi, je ne savais pas...

Je me sens un peu coupable de lui manifester une telle froideur. J'aimerais pouvoir lui expliquer que si j'évite tout contact physique, c'est parce que je ne veux pas risquer de surprendre ses secrets. Je m'en sors à peine avec les miens, alors je n'ai pas vraiment envie d'avoir la tête farcie avec ceux des autres.

Je sais qu'elle n'abandonnera pas, tant que je n'aurai pas lâché quelques bribes d'information.

– Je... on ne s'y attendait pas. C'est arrivé, c'est tout, et... Je ne sais pas quoi te dire d'autre...

– Ever, je suis là, si tu as besoin de parler.

– Je crois que je ne suis pas encore prête à me confier. C'est... c'est encore trop frais. Pour le moment, j'essaie de comprendre. Plus tard, peut-être... on verra.

D'ici là, j'espère que Damen et moi serons réconciliés et que cette histoire sera définitivement oubliée.

vingt

Je suis un rien nerveuse en arrivant chez Miles, ignorant ce qui m'attend. Il est bien là, assis sur les marches du perron. Je soupire de soulagement. Au fond, rien n'est perdu.

Je m'engage dans l'allée et baisse la vitre :

– Salut Miles ! Tu montes ?

Il lève les yeux de son téléphone :

– Je croyais t'avoir prévenue. C'est Craig qui vient me chercher, ce matin.

Mon sourire s'évanouit, pendant que je digère la nouvelle.

Craig ? Le Craig qui sort avec Honor ? Cette espèce de brute de Cro-Magnon qui ne sait pas s'il marche à voile ou à vapeur, et dont j'ai appris les vrais penchants en espionnant ses pensées ? Celui qui ne vit quasiment que pour se moquer de Miles, histoire de se prouver qu'il n'est pas du même bord ?

Ce Craig-là ?

– Depuis quand es-tu ami avec Craig ?

Miles lève à contrecœur les yeux de son texto :

– Depuis que j'ai décidé d'avoir une vraie vie, de m'ouvrir un peu au monde, d'explorer de nouveaux horizons. Tu devrais essayer, un jour. Et puis, Craig est vraiment sympa, quand on le connaît.

Il recommence à agiter les doigts sur son clavier. Je nage dans la confusion la plus totale. J'ai l'impression d'avoir atterri dans un univers parallèle, totalement disjoncté, où les pom-pom girls échangent des potins avec les goths, et où les gros balourds fraternisent avec les grandes folles. Un truc bien trop improbable pour exister sur cette planète.

Et pourtant, c'est bien réel. Dans le petit monde de Bay View High, en tout cas.

– On parle bien du Craig qui t'a traité de tapette et qui t'a collé une beigne le premier jour d'école ?

– Les gens changent.

Tiens donc !

C'est faux. Les gens ne changent pas en une journée, à moins d'avoir une excellente raison, ou que quelqu'un ne tire les ficelles en coulisses. Une sorte de metteur en scène manipulant les acteurs à leur insu pour leur faire dire et accomplir des choses qui vont complètement à l'encontre de leur vraie nature.

– Désolé, je pensais te l'avoir dit, mais j'ai dû oublier. À partir de maintenant, en tout cas, tu n'as plus besoin de passer me prendre, c'est réglé.

Et voilà, Miles vient de balayer notre amitié d'un revers de main, comme s'il n'y avait entre nous qu'un simple covoiturage.

J'ai une furieuse envie de le secouer en exigeant qu'il me dise quelle mouche le pique, pourquoi il se comporte ainsi et pour quelle raison ils se liguent tous contre moi.

Je me retiens. Je crois connaître la réponse. Si j'ai raison, Miles n'y est pour rien.

Je me force à sourire.

– D'accord, merci de m'avertir. On se voit tout à l'heure ?

Je tambourine sur le levier de vitesses en attendant une réponse qui tarde à venir, et ne repars qu'à l'arrivée de Craig, lequel klaxonne en me faisant signe de libérer le passage.

Ce qui m'attend en littérature est encore pire que ce que j'avais imaginé : Damen est assis à côté de Stacia.

Mais vraiment à côté, assez près pour lui tenir la main, échanger des messages et lui susurrer des secrets à l'oreille.

Je vais rester seule au fond de la classe, rejetée de tous.

Je me dirige vers ma place et entends mes camarades reprendre en chœur les mots qui me suivent depuis le matin :

– Hé, l'hystéro ! Fais gaffe de ne pas tomber !

Je n'y comprends rien, mais ça me laisse froide, jusqu'à ce que Damen se joigne aux autres. En le voyant ricaner et grimacer avec le reste de la classe, j'ai envie de prendre mes jambes à mon cou, de retourner à ma voiture et de rentrer à la maison. En sécurité...

Je me maîtrise. Je ne peux pas m'en aller. Il me faut rester là, afin d'en apprendre davantage. Pour me rassurer, je me dis que c'est seulement temporaire, que j'aurai bientôt démêlé cet imbroglio. Il me semble inconcevable que j'aie perdu Damen pour toujours.

Cette pensée m'aide à tenir le coup. D'autant que l'arrivée du professeur rétablit le silence. À la fin de l'heure, quand tout le monde est parti, la voix de M. Robins m'arrête sur le seuil de la classe.

– Ever ? Puis-je vous parler une minute ? Ce ne sera pas long.

Je m'immobilise, la main crispée sur la poignée de la porte. J'obtempère avec un soupir et monte le volume de mon iPod en remarquant l'expression de M. Robins.

Il ne m'a jamais demandé de rester après la classe. Ce n'est pas le genre à discuter avec les élèves. Et jusque-là, j'étais persuadée qu'en rendant mes devoirs en temps voulu et en obtenant de bonnes notes aux contrôles, j'éviterais ce genre de situation.

– Je ne sais comment vous le dire, et je ne voudrais surtout pas outrepasser mes fonctions, mais il faut que je vous parle de...

Damen.

Il s'agit de mon âme sœur, de mon amour éternel depuis quatre cents ans, à qui ma seule présence répugne depuis quelque temps.

Il veut m'expliquer que c'est Damen qui a demandé à changer de place ce matin.

Parce qu'il pense que je le suis partout comme une obsédée.

Et voilà que M. Robins, mon gentil professeur de lettres récemment divorcé, qui ne comprend rien à rien sorti de ses romans poussiéreux écrits par des auteurs depuis longtemps disparus, entreprend de disserter sur les relations amoureuses.

Selon lui, les amours de jeunesse sont intenses. D'où ce sentiment d'urgence, tant que cela dure. Mais c'est un leurre. Retomber amoureux s'apprend, il suffit de s'autoriser à oublier le passé. C'est impératif.

– Et espionner quelqu'un n'est pas une solution. C'est un délit, passible de très graves conséquences.

– Je n'espionne pas Damen !

Trop tard. Je suis tombée dans le piège. Nier en bloc, sans passer par les interrogations du genre « Comment ça ? C'est lui qui vous l'a dit ? Mais de quoi parle-t-il ? », comme si j'ignorais tout de la situation, c'est plaider coupable, en quelque sorte.

– Écoutez, M. Robins, vos intentions sont louables, je n'en doute pas, et je ne sais pas ce que Damen vous a dit, mais...

Je le regarde en face et comprends ce que Damen lui a dit : que je frise l'obsession, que j'ai perdu la tête, que je surveille sa maison nuit et jour, que je l'appelle sans arrêt pour laisser des messages hystériques, pathétiques, ce qui n'est pas entièrement faux, quoique...

M. Robins n'en a pas encore fini.

– Ever, je ne veux à aucun prix choisir un camp ou m'immiscer entre Damen et vous, parce que cette histoire ne me regarde pas. Pourtant, malgré votre récente expulsion, et même si vous êtes constamment dans les nuages en classe et laissez votre iPod allumé, alors que je vous ai prié de l'éteindre, vous n'en êtes pas moins l'une de mes meilleures élèves. Et je serais vraiment attristé de vous voir mettre en péril un avenir qui s'annonce brillant à cause d'un garçon.

Je ferme les yeux, profondément humiliée. Je donnerais n'importe quoi pour disparaître dans un trou de souris.

Non, c'est pire. Je suis mortifiée, offensée, blessée, piquée au vif... bref, je voudrais mourir de honte.

J'exhorte silencieusement M. Robins à me croire :

– Ce n'est pas ce que vous pensez. Je ne sais pas ce que Damen vous a raconté, mais ce n'est pas la vérité.

Au fil des pensées qui lui traversent l'esprit, je sais qu'il aimerait me confier à quel point il se sentait perdu quand sa femme et sa fille l'ont quitté, cette impression de ne pas pouvoir survivre une journée de plus. Il craint d'en dire trop, ce en quoi il a parfaitement raison. Il est tiraillé entre l'envie de m'aider et la peur du ridicule :

– Donnez-vous du temps, concentrez-vous sur autre chose, et vous verrez que bientôt...

La cloche sonne.

Sauvée par le gong.

Je rajuste mon sac sur mon épaule. Il n'insiste pas.

– Bon, vous pouvez partir. Je vais vous faire un mot d'excuse pour le cours suivant.

vingt et un

Je suis devenue une star sur YouTube. Une vidéo de moi m'extirpant à grand-peine d'un fatras de soutiens-gorge, de strings et de porte-jarretelles chez Victoria's Secret m'a valu le surnom, ô combien original, de « foldingue », et a été visionnée 2 323 fois – ce qui, curieusement, correspond au nombre d'élèves inscrits à Bay View... si l'on y ajoute les membres du corps enseignant.

Je l'ai appris par Haven, que j'ai rencontrée par hasard devant nos casiers après m'être frayé un chemin à travers une foule hurlant : « Hé, la foldingue, fais gaffe de ne pas tomber ! ». Elle m'a aimablement renseignée sur l'origine de cette soudaine célébrité et indiqué le lien vers la vidéo, afin que je constate de visu l'ampleur des dégâts.

Ce devrait être le cadet de mes soucis, mais quand même ! Je m'écrie :

– Génial ! J'avais bien besoin de ça !

Haven referme son casier et me considère avec compassion – façon de parler, car on voit bien qu'elle n'a pas une seconde à accorder à une hystérique de mon genre.

– Oui, c'est vraiment dommage. Excuse-moi, mais je dois y aller, j'ai promis à Honor de...

Un examen plus attentif révèle que sa frange rouge vif a viré au rose, et qu'elle a troqué son look Emo – tenue noire et teint blême – contre la panoplie bronzage en spray, robe à paillettes et cheveux mousseux des clones dont elle adorait se moquer. En dépit de sa métamorphose et de sa fulgurante ascension sociale, je persiste à croire qu'elle n'y est pour rien. Haven a beau avoir la fâcheuse manie de s'accrocher aux gens dont elle imite le style, elle ne choisit pas n'importe qui. Et je ne pense pas me tromper en affirmant que, s'il n'avait tenu qu'à elle, il ne lui serait jamais venu à l'esprit de s'acoquiner avec la clique de Stacia et de Honor.

Le savoir ne me facilite pas les choses. Bien que convaincue que cela ne changera rien, j'espère qu'elle comprendra à quel point son comportement me blesse.

– Je n'arrive pas à croire que tu es amie avec ces filles. Aurais-tu oublié le mal qu'elles m'ont fait ?

Connaître sa réponse avant qu'elle ne l'exprime ne suffit pas à amortir le choc :

– Elles t'ont poussée ou tu es tombée sur ce portant toute seule, comme une grande ?

Elle me toise d'un air hautain, sourcils levés, lèvres pincées, et moi je reste sans voix, la gorge en feu, incapable d'articuler une parole.

– Relax, Ever ! poursuit-elle. Ce n'était qu'une plaisanterie ! Tu devrais te décrisper un peu. Tu te prends trop au sérieux. C'est vrai, il faut que tu apprennes à vivre ! Je suis sérieuse, réfléchis-y, d'accord ?

Sur ces mots, elle se joint à la foule qui se dirige vers la longue table du déjeuner, pendant que je me précipite dehors.

À quoi bon continuer à me torturer ? Rester là, à regarder Damen flirter avec Stacia, et entendre mes amis me traiter d'hystérique ? À quoi me servent mes facultés extralucides, si je ne m'en sers pas pour la bonne cause – sécher les cours, par exemple ?

– Tu t'en vas déjà ?

Je ne m'arrête pas. Roman est la dernière personne à qui j'aie envie de parler.

Il me rattrape :

– Hé ! Ever, attends ! Il n'y a pas le feu !

Je déverrouille la voiture, m'assois derrière le volant et m'apprête à refermer la portière, quand Roman la bloque de sa main. Je pourrais simplement la claquer et filer, puisque je suis la plus forte mais, n'étant pas encore habituée à mes nouveaux pouvoirs, j'hésite. Je ne le déteste pas au point de lui sectionner la main !

Je préfèrerais garder ce genre de ressources pour le cas où j'en aurais vraiment besoin.

– Excuse-moi, mais il faut vraiment que j'y aille.

Je tire à nouveau sur la portière qu'il retient. Avisant son sourire amusé et l'extraordinaire force de ses doigts, je ressens un nœud à l'estomac. Ces deux éléments apparemment sans lien confortent mes soupçons les plus noirs.

Quand il lève le bras pour boire une gorgée de soda, je constate que son poignet ne porte aucune marque, pas de tatouage de serpent se mordant la queue – l'ouroboros, le symbole mythique qu'arbore un immortel passé du mauvais côté de la force. Je n'y comprends plus rien.

Résumons la situation. Il mange et boit comme tout le monde, ses pensées et son aura sont accessibles – à moi, du moins –, et en plus, même si j'ai du mal à l'admettre, ses intentions n'ont pas l'air franchement hostiles.

Par conséquent, mes craintes sont manifestement infondées et paranoïaques.

Cela signifie qu'il n'est pas le vilain immortel en cavale que je craignais.

Et donc, il n'y est pour rien si Damen m'a abandonnée, ou si Miles et Haven ont coupé les ponts. Non, tout indique que c'est uniquement ma faute.

Pourtant, malgré les preuves qui semblent converger dans ce sens, je refuse d'y croire.

Parce que, en sa présence, mon pouls s'accélère, mon estomac se révulse, et une sensation de malaise et de panique m'envahit. Je n'arrive pas à croire au charmant Anglais qui, à peine débarqué dans notre école, aurait immédiatement craqué pour moi.

Une chose est sûre, tout allait bien jusqu'à son arrivée...

Et rien n'est plus pareil depuis.

– Alors, on saute le déjeuner ?

Comme si ça ne se voyait pas !

– Tu es seule ? Tu me déposes ?

Je le congédie d'un geste impatient.

– Non, désolée, je ne peux pas. Bon, maintenant, si tu veux bien ôter tes doigts de là...

Il lève les mains en signe de reddition :

– Je ne sais pas si tu as remarqué, Ever, mais tu as beau me fuir, je te rattrape toujours. Ce serait tellement plus simple si tu t'arrêtais de courir !

Je tente de percer son aura ensoleillée et ses pensées bien organisées, mais je me heurte à une barrière impénétrable. De deux choses l'une : soit il n'y a rien à voir, soit c'est le pire scénario imaginable.

Je m'efforce de maîtriser les tremblements de ma voix :

– Puisque tu t'obstines à me poursuivre, tu ferais bien de commencer à t'entraîner, parce que tu te lances dans un véritable marathon, mon vieux.

Il esquisse une petite grimace, écarquille les yeux et réprime un sursaut, comme s'il était piqué au vif. Si je ne le connaissais pas, j'y croirais presque. Mais je ne suis pas dupe. C'est un coup de bluff. Il en rajoute, comme au théâtre, voilà tout. Je n'ai pas de temps à perdre en enfantillages, moi.

Je passe la marche arrière et manœuvre pour quitter le parking, priant pour qu'il me laisse enfin tranquille.

Roman sourit en tapotant le capot de ma voiture du plat de la main :

– C'est toi qui vois, Ever. Que le meilleur gagne !

vingt-deux

Je ne vais pas à la maison.

J'avais pourtant l'intention de rentrer, de monter dans ma chambre pour m'affaler sur mon lit, la tête sur une pile d'oreillers, et verser toutes les larmes de mon corps comme un gros bébé pathétique.

En arrivant dans ma rue, j'ai eu une meilleure idée. Je ne peux pas me payer le luxe de perdre mon temps à pleurnicher. Je fais demi-tour et reprends la direction de Laguna Beach. Je me faufile dans les rues étroites et pentues du centre, et passe devant de ravissants petits cottages avec jardins jouxtant d'énormes manoirs prétentieux, pour aller voir la seule personne au monde susceptible de m'aider.

Elle repousse ses cheveux auburn et me dévisage de ses grands yeux noisette souriants :

– Ever ! Je suis si heureuse de te voir !

Je débarque sans prévenir, mais elle n'a pas l'air étonné du tout. Elle n'est pas voyante pour rien, n'est-ce pas ?

– Désolée d'arriver à l'improviste, mais je...

Je n'ai pas le temps de finir ma phrase qu'elle ouvre grand la porte, me fait signe d'entrer puis me précède dans la cuisine où je m'étais installée lors de ma précédente visite, alors que je ne savais plus à quel saint me vouer.

Au début, j'ai détesté cette femme. Viscéralement. Surtout quand elle a presque convaincu Riley de traverser le pont pour rejoindre nos parents et Caramel, notre chien, qui l'attendaient de l'autre côté. Je la haïssais presque autant que Stacia, c'est tout dire. Cela me semble une éternité, à présent. En la regardant s'affairer dans la cuisine, disposer des biscuits sur une assiette et préparer du thé vert, j'ai un peu honte de ne pas avoir donné de nouvelles et de venir la voir uniquement quand j'ai besoin d'aide.

Nous commençons par échanger les banalités d'usage, puis elle s'installe en face de moi, sa tasse entre les mains.

– Tu as monté en graine, dis donc ! D'accord, je suis petite, mais tu me dépasses carrément d'une tête !

Je ne sais trop que répondre. La réflexion s'impose. En effet, grandir de plusieurs centimètres en quelques jours ne passe pas inaperçu.

– Je dois faire une poussée de croissance tardive ou quelque chose de ce genre...

Il va falloir trouver une explication un peu plus convaincante, si je veux être crédible. Elle n'est pas dupe, mais n'insiste pas.

– Le bouclier est efficace ? demande-t-elle.

J'avais complètement oublié le bouclier psychique qu'elle m'avait aidée à déployer, lors de la disparition de Damen. Il me protégeait de la cacophonie ambiante, et je m'en étais débarrassée après la réapparition de mon ami.

Il nous avait fallu un après-midi entier pour le mettre en place.

– Euh... Je n'en ai plus besoin, dis-je avec une petite moue gênée.

Elle me dévisage par-dessus sa tasse.

– Ce n'est pas étonnant. La normalité est plutôt insipide, quand on a goûté à plus excitant.

Je détache un morceau de mon biscuit à l'avoine, sans mot dire. S'il ne tenait qu'à moi, je choisirais la normalité plutôt que ma situation actuelle. Sans hésitation.

– Dans ce cas, quelle est la raison de ta visite ?

– Vous l'ignorez ? La voyante, c'est vous, non ?

Je ris un peu trop fort de cette plaisanterie plutôt lourde.

Ava redessine le bord de sa tasse d'un doigt chargé de bagues :

– Je ne suis pas aussi douée que toi pour lire dans les pensées. En revanche, j'ai l'intuition que c'est sérieux.

– Il s'agit de Damen. Il n'est plus le même. Il est devenu froid, distant, cruel. Et je... il ne répond pas au téléphone, il refuse de me parler au lycée. Il a même changé de place en cours de littérature, et maintenant... Il sort avec une fille horrible... Une vraie peste, et il est en train de lui ressembler...

Ava m'interrompt :

– Ever...

– Non, ce n'est pas ce que vous croyez. Nous n'avons pas rompu. Nous ne nous sommes même pas disputés. Il n'y avait aucun problème, tout allait très bien, et du jour au lendemain plus rien. Terminé.

– S'est-il produit quelque chose qui aurait pu le transformer à ce point ?

Oui, Roman est arrivé.

Mais vu que je ne peux pas lui exposer ce que je soupçonne – que Roman est un immortel dévoyé (je n'en ai aucune preuve), contrôlant les faits et gestes des élèves de Bay View par une sorte d'hypnose ou de sortilège (j'ignore d'ailleurs si c'est possible) –, je me contente d'évoquer les symptômes dont Damen souffrait récemment : maux de tête, suées... Bref, des détails que je peux divulguer sans risque.

Elle boit son thé à petites gorgées en regardant par la fenêtre :

– Raconte-moi ce que tu sais de l'Été perpétuel.

Je m'abstiens de répondre. L'Été perpétuel est notre endroit secret, à Damen et moi. Je n'aurais jamais cru que de simples mortels puissent en connaître l'existence.

Ava repose sa tasse :

– Tu y es allée, n'est-ce pas ? Pendant ton expérience de mort imminente, peut-être ?

Je fais oui de la tête. Oui, je m'y suis rendue à deux reprises. La première fois à l'heure de ma mort, la seconde en compagnie de Damen. J'étais si fascinée par ce lieu magique, quasi mystique, avec ses vastes champs odorants et ses arbres qui semblent respirer, que je ne voulais plus le quitter.

– As-tu visité les temples ?

Des temples ? Quels temples ? Des éléphants, des plages, des chevaux, oui – toutes choses que Damen et moi avions matérialisées –, mais pas d'édifice ni d'habitation d'aucune sorte.

– L'Été perpétuel est célèbre pour ses temples, « les grands sanctuaires de la connaissance », comme on les appelle. Je pense que tu pourras y trouver la réponse à ta question.

– Je ne suis pas sûre de réussir sans Damen. Vivante, je veux dire... Et d'abord, comment en avez-vous entendu parler ? Y êtes-vous déjà allée ?

– Non, voilà des années que je m'y efforce, sans jamais réussir à franchir le portail, même si je m'en suis approchée de très près. Peut-être y parviendrions-nous en unissant nos énergies respectives, en quelque sorte.

Je me rappelle ma récente tentative avortée avec Damen. Bien qu'affaibli, il était plus fort qu'Ava, même dans ses meilleurs jours.

– Impossible. Contrairement à ce que vous croyez, conjuguer nos efforts ne suffira pas. C'est bien plus difficile.

Elle se lève et sourit :

– Qui vivra verra, pas vrai ?

vingt-trois

Ça ne marchera jamais, me dis-je en la suivant dans un couloir étroit moquetté de rouge, où mes tongs claquent bruyamment.

Si je n'ai pas réussi à passer le portail avec Damen, comment y parviendrais-je avec Ava ? Elle a des dons de voyance certains, je veux bien le reconnaître, mais elle exerce surtout ses talents à l'occasion de fêtes, où elle lit les cartes aux invités sur une table à tréteaux en enjolivant la vérité pour de généreux pourboires.

Elle fait halte devant une porte indigo :

– C'est voué à l'échec, si tu n'y crois pas. Il faut avoir la foi. Avant d'entrer dans cette pièce, tu dois libérer ton esprit des pensées négatives, des idées tristes ou mélancoliques, bref, de tout ce qui risque de t'entraîner vers le fond, de te faire broyer du noir.

Génial. Il fallait s'attendre à ce genre de charabia fumeux de la part d'Ava, je songe en réprimant un soupir. Je me force à sourire d'un air convaincant, histoire d'éviter sa méditation en trente-six étapes, ou je ne sais quel rituel farfelu issu de son esprit fertile.

– Ne vous inquiétez pas, je vais très bien.

Les mains sur les hanches, Ava ne s'en laisse pas conter.

Elle ne m'autorisera à entrer que si je maîtrise mes émotions.

Aussi, lorsqu'elle me demande de fermer les yeux, je m'empresse d'obéir, histoire d'accélérer les choses.

– Bon. Imagine que des racines croissent sous tes pieds et vont plonger très loin dans le sol. Elles s'enfoncent profondément sous terre, jusqu'à en toucher le noyau. Tu y es ?

J'acquiesce, non par conviction, mais pour pouvoir passer enfin aux choses sérieuses.

– Parfait. Maintenant, respire à fond plusieurs fois, détends-toi. Laisse tes muscles se relâcher et les crispations disparaître. Efface les pensées et les émotions négatives. Bannis-les définitivement de ton champ d'énergie. Penses-tu pouvoir y arriver ?

Je suis ses instructions sans trop y croire, et à ma grande surprise je sens mes muscles se dénouer, se décontracter complètement. Comme si je retrouvais enfin la paix après une dure bataille...

Je n'avais pas conscience des tensions qui m'accablaient jusqu'à ce qu'Ava m'oblige à me détendre. Même si je suis prête à faire n'importe quoi pour entrer dans cette pièce et accéder enfin à l'Été perpétuel, je dois reconnaître que ces rituels bizarroïdes ne sont peut-être pas inutiles.

– Bien. À présent, concentre-toi sur le sommet de ton crâne. Un rayon d'or compact, une lumière incandescente, la plus pure qui soit, pénètre par là et t'enveloppe tout entière en passant par le cou, le torse, les bras, les jambes, jusqu'aux doigts de pied. Cette merveilleuse lumière va te réchauffer, te guérir, baigner chaque cellule de ton corps et convertir la tristesse ou la colère en une énergie débordante d'amour. Elle te submergera, tel un flot continu de légèreté, de tendresse, de compassion. Lorsque tu te sentiras comme immatérielle, nettoyée, purifiée de l'intérieur, ouvre les yeux et regarde-moi. Seulement quand tu seras prête.

Je me plie donc au rituel, avec tout le sérieux dont je suis capable, pour la contenter. J'imagine un rayon de lumière dorée qui me traverse le corps et évalue dans combien de temps je pourrai ouvrir les yeux pour avoir l'air crédible.

Un fait étrange survient alors. Je me sens soudain plus légère, plus heureuse, plus forte et, malgré le triste état dans lequel je me trouvais en arrivant, comblée.

En rouvrant les yeux, je vois une Ava souriante, baignant dans une aura du plus magnifique mauve que j'aie jamais vu.

Elle pousse la porte, moi sur ses talons, clignant des yeux pour m'habituer au violet foncé de la petite pièce, pareille à un sanctuaire aux murs tapissés d'une impressionnante collection de cristaux, de bougies et de symboles iconiques.

– C'est ici que vous lisez l'avenir ?

Elle secoue la tête, s'installe sur un coussin brodé de motifs compliqués et m'invite d'un geste à prendre place à son côté.

– Non, la plupart de mes clients se trouvent dans une mauvaise passe émotionnelle. Je ne prendrais jamais le risque de les laisser entrer. Je m'évertue à garder intacte l'énergie, la pureté de cette pièce, sans la moindre trace d'ombre, et je n'y admets que ceux qui en sont dignes, moi y compris. L'exercice auquel tu t'es livrée est le premier que je pratique dès le réveil et répète systématiquement avant de pénétrer dans cette pièce. Je te le recommande d'ailleurs quotidiennement. Entre parenthèses, je sais que tu étais sceptique, mais avoue que tu es surprise par le résultat !

Inutile de lire dans mes pensées. Mon visage me trahit, je ne sais pas mentir.

J'observe les stores en bambou, l'étagère où s'entassent des statues de divinités du monde entier.

– La lumière guérit, j'ai compris, et je reconnais aussi que je me sens beaucoup mieux. En revanche, je n'ai pas bien saisi cette histoire de racines. À quoi ça sert ? C'est vraiment curieux.

– Cela s'appelle « s'ancrer ». Ton énergie s'éparpillait en tous sens, quand tu es arrivée devant la porte. La manœuvre aide à la réguler. Encore un exercice que je te conseille d'effectuer chaque jour.

– Mais nous ne pourrons jamais accéder à l'Été perpétuel, si nous prenons racine, non ?

Ava éclate de rire.

– Au contraire, cela t'aidera à rester concentrée sur ta destination.

La pièce est tellement surchargée qu'il est difficile d'embrasser du regard tous les objets qui l'encombrent.

– C'est votre lieu sacré ?

– Disons que c'est ici que je viens me recueillir et méditer, tenter d'atteindre les autres dimensions. J'ai la nette impression que je vais y parvenir, cette fois.

Elle s'assoit en lotus et me fait signe de l'imiter. Je ne vais jamais pouvoir croiser mes longues jambes trop vites poussées, me dis-je. Mais, ô surprise, elles se plient tout naturellement sans la moindre résistance, dans une posture, ma foi, très confortable.

Le regard noisette d'Ava se pose sur moi :

– Prête ?

Je fais un vague signe de tête, étonnée de voir les plantes de mes pieds fermement posées sur mes cuisses. Je me demande à quelle cérémonie étrange notre voyante va procéder à présent.

– J'espère bien, parce que c'est à toi de jouer à présent. Je ne suis jamais allée dans l'Été perpétuel, alors je compte sur toi pour me montrer le chemin.

vingt-quatre

J'étais loin d'imaginer que ce serait aussi facile, ni que nous serions capables d'y arriver. Tout s'est passé très vite. Les yeux clos, j'ai visualisé un portail de lumière scintillante, et main dans la main nous avons atterri sur l'herbe élastique.

Ava écarquille les yeux, bouche bée.

Je sais exactement ce qu'elle ressent. À chacune de mes visites, ce lieu me paraît toujours aussi irréel.

Je me relève et brosse l'arrière de mon jean, impatiente de jouer les guides et de montrer à Ava la magie de l'endroit.

– Imaginez quelque chose, n'importe quoi, lui dis-je. Un objet, un animal, une personne. Fermez les yeux, formez une image précise dans votre tête, et...

Je sens mon excitation croître en considérant ses yeux clos, ses sourcils froncés, son air concentré.

– Ce n'est pas possible ! s'exclame-t-elle en rouvrant les yeux. C'est à peine croyable ! Regarde, c'est lui, c'est son portrait tout craché ! Il a l'air tellement vrai !

Elle pose un genou à terre et frappe dans ses mains en riant de joie, tandis qu'un magnifique golden retriever lui saute dessus et lui lèche les joues à grands coups de langue. Elle le serre contre son cœur en répétant son nom, au point que je me sens obligée de la prévenir qu'il n'est pas réel.

– Euh... Ava... je suis désolée, mais il risque de...

Je n'ai pas le temps de terminer ma phrase que le chien commence déjà à s'effacer comme autant de pixels. L'immense déception qui se lit sur le visage d'Ava me déchire le cœur, et je m'en veux d'avoir agi de manière aussi impulsive.

– Je suis désolée, j'aurais dû vous expliquer...

Elle se relève en clignant des yeux pour ravaler ses larmes :

– Ça va, je t'assure. Je me disais bien que c'était trop beau. Je ne regrette pas de l'avoir revu, même brièvement... même si ce n'était pas réel. Ne t'en fais pas, ajoute-t-elle en me pressant la main, il m'a tellement manqué ! Ces quelques secondes passées avec lui étaient un cadeau inespéré. Grâce à toi.

Je déglutis avec peine, espérant qu'elle est sincère. Nous aurions beau passer des heures à réaliser nos moindres désirs, moi je n'en ai qu'un, de désir. Et après avoir assisté aux retrouvailles d'Ava et de son chien adoré, je trouve les biens matériels très ternes.

– Alors, c'est cela, l'Été perpétuel ? reprend-elle en promenant ses regards autour d'elle.

– Oui. Je ne connais que le champ, le ruisseau, et deux ou trois autres choses que j'ai créées de toutes pièces. Oh, et puis vous voyez le pont, là-bas, dans le brouillard ? Ne vous en approchez pas, il mène de l'autre côté. C'est celui dont Riley vous a parlé, et que je l'ai finalement convaincue de traverser... après que vous m'avez un peu forcé la main.

Ava plisse les yeux.

– Je me demande ce qui se passe quand on essaie de traverser. Vivant, je veux dire.

J'avoue que je n'ai pas la moindre envie de tenter l'expérience. En surprenant son regard, je comprends qu'elle pèse le pour et le contre et envisage d'y aller, ne serait-ce que par curiosité.

Je tente de lui exposer la gravité de la chose, qu'elle n'a pas l'air de comprendre. J'imagine que l'Été perpétuel produit ce genre d'effet : c'est tellement beau et magique qu'on est incité à tenter le diable, ce qu'on n'aurait garde de faire en temps normal.

– Moi, je n'essayerais pas à votre place. Vous risqueriez de ne jamais revenir.

Elle n'a pas l'air convaincu, mais préfère explorer les lieux plutôt que rester plantée là, les bras ballants.

– Alors, par où commence-t-on ? questionne-t-elle.

Nous nous mettons en route au petit bonheur. Nous traversons la prairie émaillée de fleurs dansantes, parcourons la forêt des arbres qui respirent, puis franchissons le ruisseau arc-en-ciel dans l'eau duquel évolue une incroyable variété de poissons, avant d'aboutir à un sentier qui déroule ses méandres jusqu'à une longue route déserte.

Loin d'être pavée de briques d'or, c'est une rue banale, goudronnée, comme on en voit tous les jours.

Sauf qu'elle est en bien meilleur état que les autres, sans nids-de-poule ni traces de pneus. D'ailleurs, un bref regard alentour nous apprend que tout a l'air neuf, tout propre, comme si rien n'avait jamais servi. Alors que, d'après Ava, l'Été perpétuel est vieux comme le monde.

J'avise un immense bâtiment de marbre blanc aux colonnes sculptées d'anges et autres créatures mythiques, me demandant s'il n'est pas celui que nous recherchons.

La décoration est d'une élégante sobriété, et l'ensemble reste imposant sans intimider pour autant.

– Que savez-vous exactement au sujet de ces temples ? Pardon – ces grands sanctuaires de la connaissance ?

Ava hausse les épaules, comme si le sujet ne l'intéressait guère. Une réaction un peu trop désinvolte à mon goût.

Elle était sûre que la réponse se trouvait ici et débordait d'enthousiasme à l'idée de combiner nos énergies et d'entreprendre le voyage ensemble. Or, maintenant que nous y sommes, elle a l'air un peu trop captivée par son pouvoir de matérialisation instantanée pour s'intéresser à autre chose.

Elle examine ses mains, étendues devant elle :

– Je sais qu'ils existent, c'est tout. Je suis tombée dessus à plusieurs reprises au cours de mes recherches.

« Pourtant, recherches ou pas, la seule chose qui vous intéresse, ce sont ces énormes bagues ornées de pierres précieuses que vous venez de fabriquer à vos doigts ! » Je me garde bien de tenir ce discours à voix haute, mais si elle daignait lever les yeux, elle remarquerait l'agacement qui se peint sur mon visage.

Elle sourit en contemplant ses mains et se fabrique une rangée de bracelets assortis à ses nouvelles bagues. En la voyant lorgner ses pieds d'un air rêveur, qu'elle imagine chaussés de souliers neufs, je pense qu'il est temps de la faire revenir sur terre.

Je cherche le moyen d'attirer son attention sur la véritable raison de notre présence. J'ai rempli ma part du contrat en l'amenant ici, alors le moins qu'elle puisse faire serait de m'aider à son tour. À trouver le moyen d'obtenir mes réponses, par exemple.

– À votre avis, que ferons-nous quand nous serons à l'intérieur ? Et comment saurons-nous que nous avons trouvé ce que nous cherchons ? Par de soudains maux de tête ? D'abondantes suées incontrôlables ? Et d'ailleurs, nous laissera-t-on entrer, à votre avis ?

Je tourne la tête, me préparant à un sermon sur mon état d'esprit négatif, le pessimisme excessif auquel je cède trop souvent. Seulement, elle n'est plus là.

Elle s'est volatilisée.

Je tourne en rond en criant son nom, fouillant du regard la brume scintillante, le rayonnement éternel, qui émane de nulle part mais imprègne toutes choses. Je me précipite dans la longue rue vide, jetant au passage un coup d'œil aux vitrines. Pourquoi autant de magasins, de restaurants, de galeries d'art, de salons de beauté, alors qu'il n'y a personne ?

– Ava ! Où êtes-vous ?

– Tu ne la trouveras pas.

Je me retourne et aperçois une fillette brune et menue, campée derrière moi. Ses cheveux, raides comme des baguettes, lui arrivent aux épaules et ses grands yeux noirs sont encadrés d'une frange qu'on dirait taillée au rasoir.

– On se perd tout le temps, ici.

Je détaille son chemisier blanc amidonné, sa jupe plissée, son blazer bleu et ses chaussettes, l'uniforme typique d'un collège privé, même si, du moment qu'elle se trouve ici, je me doute qu'il ne s'agit pas d'une écolière comme les autres.

– Comment t'appelles-tu ?

– Romy.

Ses lèvres n'ont pas bougé. La voix venait en fait de derrière moi.

Je me retourne et me trouve nez à nez avec sa copie conforme, hilare.

– Et elle, c'est Rayne.

Les deux petites se plantent devant moi. Elles sont parfaitement identiques, à l'exception de leurs chaussettes : celles de Romy ont glissé le long de ses mollets, alors que celles de Rayne sont impeccablement tirées.

Romy me sourit, tandis que Rayne me dévisage avec méfiance.

– Bienvenue à l'Été perpétuel. Nous sommes désolées pour ton amie.

Elle donne un coup de coude à sa jumelle, qui refuse d'ouvrir la bouche.

– Rayne aussi est désolée, poursuit-elle. Seulement, elle ne veut pas l'admettre.

Je me demande d'où elles peuvent bien sortir.

– Savez-vous où elle est ?

– Elle ne veut pas qu'on la retrouve, répond Romy. C'est pour cela qu'on t'a localisée toi, à sa place.

– Mais de quoi parles-tu ? Et d'ailleurs, d'où venez-vous ?

Je ne me souviens pas avoir rencontré âme qui vive, les autres fois.

– C'est parce que tu ne voulais voir personne, dit Romy en réponse à ma question muette. Tu ne le désirais pas, jusqu'à maintenant.

Prise d'un léger vertige, je blêmis en comprenant qu'elle peut lire dans mes pensées.

– Les pensées, c'est de l'énergie, et l'Été perpétuel n'est que de l'énergie rapide, intense, démultipliée. À tel point qu'on peut la lire.

Lors de ma dernière visite avec Damen, je me rappelle, nous avions pu communiquer par télépathie. Comme nous étions seuls, je n'avais pas trouvé la chose surprenante.

– Dans ce cas, pourquoi n'ai-je pas pu lire dans l'esprit d'Ava ? Et comment a-t-elle réussi à disparaître dans la nature ?

– Il faut le désirer pour que cela arrive, m'explique patiemment Romy, comme si elle parlait à un petit enfant, alors que sa sœur et elle ont l'air beaucoup plus jeunes que moi. L'Été perpétuel ouvre le champ des possibles, de tous les possibles. Mais il faut d'abord désirer la chose pour qu'elle se produise. Sinon, cela reste une simple éventualité parmi les autres, imparfaite puisque non advenue.

Je m'efforce de donner un sens à ses propos.

– Si tu ne voyais personne, c'est parce que tu ne voulais voir personne. Maintenant, regarde autour de toi et dis-moi ce que tu remarques.

J'obéis. Elle a raison. Il y a foule dans les restaurants et les magasins, on accroche une nouvelle exposition dans une galerie, et un petit attroupement patiente sur les marches du musée. Je me concentre sur le flux d'énergies et de pensées, et j'ai une petite idée de la formidable diversité des lieux. Toutes les nationalités, toutes les religions sont représentées et coexistent paisiblement.

Génial, me dis-je, ne sachant plus où donner de la tête.

– Donc, reprend Romy, quand tu as exprimé le désir de trouver les temples, nous sommes apparues pour te montrer le chemin, tandis qu'Ava disparaissait.

Je commence à comprendre.

– Tu veux dire que c'est moi qui l'ai fait partir ?

Romy éclate de rire, pendant que Rayne me regarde comme si j'étais attardée.

– Bien sûr que non !

– Et ces gens-là, ils sont... morts ?

Je m'adresse à Romy, ayant renoncé à tirer quoi que ce soit de Rayne, laquelle se penche pour murmurer quelque chose à l'oreille de sa jumelle.

– Ma sœur trouve que tu poses trop de questions.

À quoi Rayne rétorque par une bourrade sur le bras.

Romy éclate de rire.

Quelles chipies, ces deux-là ! Rayne me fusille du regard et Romy parle par énigmes. C'était peut-être drôle au début, mais ma patience est à bout. Je n'ai pas une minute à perdre. Je dois trouver les temples, et ces vains bavardages me font perdre un temps précieux.

Je me rappelle trop tard qu'elles peuvent lire dans mes pensées.

– Comme tu veux, dit Romy. Viens, nous allons te montrer le chemin.

vingt-cinq

Je suis mes deux petits guides à travers un dédale de ruelles. Elles marchent si vite que j'ai du mal à les suivre. Je remarque des échoppes proposant toutes sortes de marchandises – des bougies artisanales, des petits jouets en bois... Les clients se bornent à un sourire ou un mot de remerciement en échange de ces objets, qui leur sont offerts soigneusement emballés. Nous dépassons des étals de fruits, des confiseries, des boutiques branchées, avant de nous arrêter à un carrefour que traverse une voiture à cheval, suivie d'une Rolls-Royce avec chauffeur.

J'ouvre la bouche pour demander comment d'antiques bâtiments peuvent coexister avec ces constructions ultramodernes aux lignes épurées, quand Romy devance ma question.

– Je te l'ai déjà dit. L'Été perpétuel est le monde des possibles. Et comme les désirs des uns et des autres sont multiples, ce que tu vois autour de toi est le fruit de l'imagination de chacun.

Je regarde autour de moi, ébahie.

– Ceci est donc imaginaire ? Mais de qui est-ce l'œuvre ? De visiteurs occasionnels, comme moi ? Ou bien sont-ils déjà morts ?

La question concerne également Romy et Rayne. Même si elles ont l'air parfaitement normales, il y a chez elles quelque chose d'irréel, d'intemporel.

Rayne se décide enfin à m'adresser la parole :

– Nous voulons bien t'aider à trouver les temples, mais rien ne nous oblige à répondre à tes questions. Certaines choses dans l'Été perpétuel ne te regardent pas.

J'accuse le coup et jette un coup d'œil à Romy pour voir si elle va intervenir et rabrouer sa sœur, mais elle tourne dans une rue animée, s'engage dans une allée déserte et un boulevard silencieux, avant de s'arrêter devant un somptueux monument.

Les deux jumelles me dévisagent avec attention.

– Dis-moi ce que tu vois, demande Romy.

Je reste béate d'admiration face à l'impressionnant édifice, les mille et une sculptures raffinées, la courbe de l'immense toit, les colonnes imposantes, les portes majestueuses, évoquant à la fois le Parthénon, le Taj Mahal, la grande pyramide de Gizeh ou le temple du Lotus. J'ai le vertige en voyant la façade prendre l'apparence des plus grands temples et merveilles du monde à un rythme effréné.

Je vois... Je vois tout ! La renversante beauté du lieu me coupe le souffle, m'ôtant l'usage de la parole.

Romy donne un coup de coude à sa sœur :

– Je te l'avais bien dit ! Ce temple a été construit à partir de l'énergie, de l'amour et de la connaissance de tout ce que la Terre a de meilleur, ajoute-t-elle à mon intention. Seuls ceux qui peuvent le voir ont le droit d'y pénétrer.

À peine a-t-elle prononcé ces mots que je m'élance dans l'escalier de marbre, impatiente de découvrir ce qui se cache derrière cette façade sublime.

– Vous venez ? je demande, arrivée devant les gigantesques portes en bois.

Rayne ne cache pas son agacement.

– Non. Les réponses que tu cherches sont à l'intérieur, répond sa sœur. Tu n'as plus besoin de nous, maintenant.

– Mais par où dois-je commencer ?

Romy échange un regard avec sa sœur :

– Tu dois chercher l'*Akasha,* ou « Livre de Vie ». La totalité des paroles, des pensées et des faits passés et futurs s'y trouve consignée. Tu ne le trouveras que si tel est ton destin. Sinon... tu ne le trouveras pas, c'est aussi simple que cela, conclut-elle en me voyant prête à succomber à la panique.

Je suis loin d'être rassurée.

– Maintenant, mademoiselle Ever Bloom, nous devons y aller, déclare Romy avant de me quitter. Je ne doute pas que nous nous reverrons un jour.

Je suis sûre de ne pas lui avoir révélé mon nom. Soulagée, je les regarde s'éloigner, quand il me vient une dernière question :

– Et comment dois-je m'y prendre pour repartir, quand j'aurai fini ?

Rayne se raidit, mais Romy fait volte-face :

– De la même façon que tu es entrée... par le portail, dit-elle avec un charmant sourire.

vingt-six

La porte s'ouvre devant moi. Comme il ne s'agit pas du portillon automatique d'un supermarché, j'en conclus que j'ai le droit d'entrer.

Je pénètre dans un vaste hall, baigné d'une lumière chaude et brillante – un flot de clarté surgi de nulle part, qui s'infiltre dans chaque recoin, dissipant l'obscurité. Je m'avance dans une galerie flanquée d'une rangée de colonnes de style dorique, où des moines en robes de bure sont assis à côté de prêtres, de rabbins, de chamans, de chefs spirituels de toutes les religions de la terre. Installés devant des boules de cristal, des tablettes en lévitation, ils observent les images qui apparaissent sous leurs yeux.

J'hésite à les interrompre pour leur demander mon chemin. Je crains d'être impolie, et la pièce est si calme, ils ont l'air tellement concentrés, que je ne peux me résoudre à les déranger et poursuis ma route. Je dépasse de magnifiques statues sculptées dans le marbre blanc le plus pur, et parviens à une salle richement ornée qui me rappelle les grandes cathédrales italiennes (les photos que j'en ai vu, en tout cas). Je me trouve sous un immense dôme décoré de vitraux et de fresques dignes de Michel-Ange. Éblouie, la tête renversée en arrière pour essayer de tout embrasser d'un regard, je tourne sur moi-même jusqu'au vertige. Mais il me faudrait la journée pour scruter chaque détail, et j'ai déjà perdu assez de temps. Je ferme les yeux et suis le conseil de Romy : désirer quelque chose pour le faire apparaître. Je demande à trouver les réponses que je cherche, et en rouvrant les yeux je découvre un long corridor ouvert devant moi.

Il y filtre une lueur diffuse, incandescente. Je n'en vois pas le bout, mais commence à marcher en foulant l'épais tapis persan qui se déroule à l'infini. Du bout des doigts, j'effleure le mur couvert de hiéroglyphes, dont le sens m'apparaît en pensée, l'histoire entière se révélant à moi comme en une sorte de braille télépathique.

Je débouche dans une autre pièce, tout aussi élégante. Ce n'est pas le même raffinement. Ici, pas de fresques ni de sculptures, mais une absolue simplicité.

Les murs blancs sont circulaires et lisses, sans aspérité aucune. Un examen plus attentif révèle que ce n'est pas un blanc quelconque, mais une blancheur immaculée provenant de la combinaison de toutes les couleurs, de toutes les fréquences du spectre, réunies pour former la couleur primaire de la lumière, comme nous l'avons étudié en cours d'arts plastiques. Excepté une grosse grappe de fleurs blanches suspendue au plafond, des milliers de cristaux finement taillés, miroitant et lançant des éclats colorés se reflétant sur les murs, comme dans un kaléidoscope géant, le seul objet qui meuble cette pièce est un banc de marbre étrangement confortable.

Dès que je suis assise, les mains croisées sur les genoux, les murs se referment derrière moi sans laisser de trace, à croire que le couloir qui m'a menée ici n'a jamais existé.

Je ne suis pas inquiète. Seule dans cette pièce sans issue, je me sens en sécurité, en paix avec moi-même. Comme si ce lieu me rassérénait, que ses murs circulaires m'enlaçaient dans une chaleureuse étreinte de bienvenue.

Je respire profondément, espérant trouver les réponses à mes questions, quand devant moi, là où il n'y avait que du vide, apparaît un large écran de cristal qui semble attendre mes ordres.

Maintenant que je suis près du but, je change l'intitulé de ma question.

« Qu'arrive-t-il à Damen, comment l'aider ? » devient « Montrez-moi ce que j'ai besoin de savoir à propos de Damen ».

C'est peut-être ma seule chance d'en savoir plus sur ce passé dont il fait mystère. J'essaie de me convaincre que je ne suis pas motivée par une curiosité morbide... Non, je veux trouver une solution, et toute information me sera utile dans ma quête. Et si je ne mérite pas de le savoir, je ne verrai rien, voilà tout. Il n'y a donc aucun risque à essayer. Dès la question formulée, le cristal commence à ronronner, à vibrer d'énergie, tandis qu'un flot d'images haute définition emplit l'écran.

Je vois un petit atelier encombré, aux fenêtres voilées de coton brun, éclairé par une profusion de bougies. Vêtu d'une tunique marron qui lui arrive sous le genou, Damen est là. Il ne doit pas avoir plus de trois ans. Installé à une table envahie d'éprouvettes en ébullition, d'un petit tas de cailloux, de boîtes en fer blanc remplies de poudres de toutes les couleurs, de mortiers munis de leurs pilons, de tas d'herbes et de fioles de colorants, il gribouille sur un bout de papier pour imiter son père – lequel trempe sa plume dans un petit encrier et note les résultats du labeur de la journée en une série de symboles compliqués, marquant parfois une pause, le temps de consulter un volume intitulé *Corpus Hermeticum,* d'un certain Ficino.

Damen est adorable, avec ses bonnes joues rondes de bébé, ses boucles châtain qui tombent sur ses yeux et frisent sur sa nuque potelée. Je ne peux m'empêcher de tendre la main pour le toucher. Tout semble si réel, si accessible, si proche... Si j'arrivais à établir le contact, je pourrais vivre ses expériences en même temps que lui, j'en suis convaincue.

Mais quand j'approche les doigts de l'écran, le cristal chauffe subitement et je retire ma paume brûlée, qui se couvre de cloques avant de cicatriser. Au moins, c'est clair : toucher avec les yeux, regarder sans les mains.

L'image défile jusqu'au dixième anniversaire de Damen, jour important si l'on en croit les cadeaux et les friandises. En fin d'après-midi, Damen et son père se rendent à l'atelier, et il est évident que le père et le fils ont davantage en commun que leur chevelure brune, leur peau mate et leur mâchoire bien dessinée. Tous deux partagent la même passion : parachever la solution alchimique, qui promet non seulement la métamorphose du plomb en or, la fameuse pierre philosophale, mais aussi la vie éternelle.

Ils se mettent au travail selon un rituel parfaitement rodé. Damen réduit les herbes en poudre à l'aide du mortier et du pilon, puis mesure les différents sels, huiles, liquides colorés et minerais que son père verse ensuite dans les éprouvettes. À chaque nouvelle étape, il marque une pause pour expliquer à son fils ce qu'il va entreprendre.

– Notre objectif est la transmutation des métaux, pour passer de la maladie à la santé, de la vieillesse à la jeunesse, du plomb à l'or, et peut-être même à l'immortalité. Tout procède d'un seul élément fondamental, et si nous parvenons à en isoler le noyau, nous pourrons créer ce que nous voulons.

Damen l'écoute religieusement, buvant littéralement ses paroles, même s'il a déjà maintes fois entendu ce discours. Et bien qu'ils parlent italien, une langue que je n'ai jamais étudiée, je comprends parfaitement ce qu'ils disent.

Le père de Damen nomme chaque ingrédient avant de l'ajouter au mélange, mais décide de ne pas inclure le dernier, convaincu que cette composante ultime, une plante d'aspect étrange, sera plus efficace après que la mixture aura mijoté pendant trois jours.

Damen verse le liquide rouge opalescent dans un tube plus petit, qu'il rebouche soigneusement avant de le ranger dans un placard dissimulé dans le mur. Ils finissent à peine de ranger et nettoyer la table, quand la mère de Damen vient les avertir que le dîner est prêt. Elle est très belle, la peau crémeuse, vêtue d'une simple robe de soie moirée, ses cheveux dorés relevés en chignon sous un petit bonnet. Son amour transparaît dans le sourire qu'elle réserve à son mari et le regard qu'elle adresse à Damen. Leurs yeux noirs se reflètent comme dans un miroir.

Ils s'apprêtent à quitter l'atelier, lorsque trois hommes à la mine patibulaire font irruption. Ils enfoncent la porte puis molestent le père de Damen pour lui faire avouer où se trouve l'élixir, pendant que sa mère pousse précipitamment Damen dans le placard où est cachée la fiole, lui ordonnant de ne pas bouger ni faire de bruit jusqu'à ce que tout danger soit passé.

Il s'accroupit dans cet espace restreint, sombre et humide, et regarde par un nœud ouvert dans le bois. Les trois hommes détruisent tout dans l'atelier de son père, l'œuvre de sa vie. Ce dernier leur livre ses notes, mais cela ne suffit pas à le sauver. Tremblant et impuissant, Damen assiste au meurtre de ses parents.

Assise sur le banc de marbre, j'ai la tête qui tourne, l'estomac révulsé, j'éprouve les émotions que ressent Damen, son désespoir incommensurable. J'ai les yeux brouillés par ses larmes, tandis que mon souffle court et irrégulier se mêle au sien. Dévorés de chagrin, nous ne faisons plus qu'un.

Nous partageons la même expérience du deuil.

Et le même sentiment de culpabilité.

Je le regarde panser les blessures et laver les corps de ses parents, convaincu que dans trois jours il pourra ajouter l'ingrédient final, l'herbe bizarre, et les ramener à la vie. Mais trois jours plus tard, alertés par l'odeur, des voisins viennent le cueillir au réveil et le trouvent endormi à côté des cadavres, une bouteille à la main.

Il se débat et parvient in extremis à introduire l'herbe dans le flacon. Il tente de faire boire la potion à ses parents, mais les voisins l'empêchent d'approcher.

Convaincus d'avoir affaire à un sorcier, ils le confient à la garde de l'église. Dévasté par le chagrin et arraché à tout ce qu'il connaissait et aimait, il est battu par les prêtres, décidés à le débarrasser du démon qui le possède.

Il souffre en silence pendant des années, jusqu'à l'arrivée de Drina. Damen, alors un bel adolescent de quatorze ans, est immédiatement subjugué par cette jeune beauté rousse aux yeux d'émeraude et au teint d'albâtre.

Je suffoque en voyant le tendre lien qui se tisse entre eux. Je regrette d'avoir demandé à tout voir. C'était le vœu impulsif d'une tête brûlée. Je n'avais pas réfléchi à ce que cela impliquait. J'ai beau savoir que Drina est morte et ne représente plus une menace, il m'est insupportable de voir Damen tomber sous son charme.

Avec un soin et un respect immenses, il soigne les blessures que les prêtres ont infligées à la jeune fille, refusant d'admettre l'indéniable attirance qu'elle lui inspire, pour s'employer à la protéger et l'aider dans sa fuite. Ce jour arrive plus vite qu'ils ne l'escomptaient en raison de l'épidémie décimant Florence, où la terrible peste noire a fait des millions de victimes, masses informes et purulentes brisées par la souffrance.

Impuissant, il assiste à la maladie puis à la mort d'autres orphelins. Lorsque Drina est atteinte à son tour, il reprend les travaux paternels et reconstitue l'élixir qu'il s'était juré d'oublier, l'associant à la perte de tout ce qui lui était cher. À présent, il n'a plus guère le choix : il refuse de voir Drina mourir. Il lui en fait boire et en garde juste assez pour lui et ses compagnons, espérant ainsi se prémunir contre la maladie, sans imaginer un instant qu'ils puissent tous accéder à l'immortalité.

Forts d'un pouvoir qu'ils ne comprennent pas, insensibles aux cris d'agonie des prêtres, leurs anciens bourreaux, les adolescents se dispersent dans les rues de Florence, où ils pillent les cadavres, tandis que Damen, en compagnie de Drina, se fixe un but unique : venger la mort de ses parents. Il finit par retrouver les trois meurtriers qui, ignorant tout du dernier ingrédient manquant, sont eux aussi consumés par la maladie.

Il les regarde mourir en leur promettant jusqu'au dernier moment un remède qu'il n'a aucunement l'intention de leur procurer. Mais c'est une victoire à la Pyrrhus. Déçu, Damen trouve le réconfort dans les bras de Drina...

Je ferme les yeux pour ne pas voir. Trop tard, l'image

est gravée à jamais dans mon esprit. Savoir qu'ils ont été amants pendant près de six cents ans, hormis quelques interruptions, c'est une chose. Regarder leur amour s'approfondir en est une autre.

Et bien que je répugne à l'admettre, je ne puis m'empêcher de remarquer que le Damen d'antan, cruel, cupide, d'une vanité sans bornes, a beaucoup en commun avec le nouveau Damen, celui qui m'a quittée pour Stacia.

Aussi, après avoir vu défiler deux siècles de leur vie commune caractérisée par une lascivité et une soif de richesses infinies, n'ai-je même plus envie d'assister à notre rencontre, à Damen et moi. Mes précédentes incarnations ne m'intéressent plus. S'il faut encore endurer un siècle du même acabit, je dis pouce.

Je supplie : « S'il vous plaît, montrez-moi la fin, je n'en peux plus ! ». Aussitôt le cristal crépite et s'emballe, les images s'accélèrent au point de devenir floues, et je peine à les distinguer. Je ne perçois plus que des bribes, Damen, Drina, et moi sous mes diverses apparences, brune, rousse, blonde, méconnaissable hormis mes yeux.

Je change d'avis et demande au cristal de ralentir, mais les images continuent de fuser, pour culminer sur Roman, un sourire carnassier aux lèvres, une joie mauvaise dans le regard fixé sur Damen, un Damen très âgé et aussi mort qu'on peut l'être.

Et ensuite ?

Ensuite... plus rien.

Le cristal devient opaque.

Je pousse un cri qui ricoche sur les murs de cette grande pièce vide et me revient, répercuté par l'écho.

– Non, je vous en prie, n'arrêtez pas, je vais faire attention ! Je promets de ne plus être jalouse ni susceptible.

J'accepte de tout regarder depuis le début, s'il vous plaît, revenez en arrière !

J'ai beau tempêter, supplier, l'écran de cristal a disparu.

Je regarde autour de moi pour chercher de l'aide, espérant rencontrer une sorte de documentaliste de l'*Akasha,* par exemple, mais je suis seule. La tête enfouie dans mes mains, je me demande comment j'ai pu être assez stupide pour laisser mes petites jalousies et faiblesses reprendre le dessus.

J'étais pourtant au courant, à propos de Damen et Drina. Je savais à quoi m'attendre. Au final, parce que j'ai été trop lâche pour serrer les dents et me concentrer sur les informations qui m'étaient fournies, je n'ai toujours pas la moindre idée de ce qui peut sauver Damen. Et j'ignore aussi comment nous avons pu tomber de notre petit nuage pour en arriver là.

Une chose est sûre, Roman en est responsable. Piètre confirmation de ce que j'avais déjà pressenti. Il s'évertue à affaiblir Damen, à le priver de son immortalité. Il me faut découvrir comment, à défaut du pourquoi, si je veux avoir une chance de le sauver.

En tout cas, Damen ne vieillit pas. Il a plus de six cents ans, et toujours l'air d'un adolescent.

Je m'en veux d'avoir été mesquine, ridicule et bornée. J'ai tout gâché. J'aimerais pouvoir rembobiner, recommencer, revenir en arrière.

– Tu ne peux pas revenir en arrière.

La voix de Romy me fait sursauter. Je me retourne, curieuse de savoir comment elle a pu pénétrer dans cette pièce. Mais je me rends compte que je ne suis plus dans la belle salle circulaire. Me revoilà dans le vestibule, là où se trouvaient tout à l'heure les moines, prêtres, chamans et autres rabbins.

– Et tu ne devrais jamais te projeter dans le futur. Sinon, tu te prives du voyage, du moment présent, alors que c'est finalement la seule chose qui compte.

Je me demande si elle fait allusion au lamentable fiasco du cristal, ou à ma vie en général.

Elle me sourit.

– Ça va ?

Je hausse les épaules. À quoi bon expliquer ? Elle doit déjà tout savoir.

– Faux, rétorque-t-elle. Je ne sais rien. Ce qui se passe là-dedans n'appartient qu'à toi. Je t'ai entendue crier, et j'ai décidé de venir voir. Ni plus ni moins.

– Et où est ta jumelle infernale ? je questionne, n'apercevant Rayne nulle part.

– Dehors, elle garde ton amie à l'œil.

– Ava est là ?

Mon soulagement me surprend. En même temps, je suis furieuse qu'Ava m'ait laissée en plan avec une telle désinvolture.

Romy se dirige vers le perron, où Rayne et Ava nous attendent.

– Où étiez-vous passée ? je demande à Ava sur un ton accusateur.

– Disons que je me suis un peu égarée. Cet endroit est hallucinant ! Je...

Elle me scrute pour voir si je me suis radoucie et suis prête à lui pardonner, mais se rend vite compte qu'il n'en est rien.

– Et comment m'avez-vous retrouvée ? C'est Romy et Rayne qui vous ont...

Je m'interromps, m'apercevant qu'elles ont disparu.

Ava fronce les sourcils en triturant les anneaux dorés qu'elle vient de matérialiser à ses oreilles.

– J'ai exprimé le désir de te retrouver, et j'ai atterri ici. Impossible d'aller à l'intérieur, en revanche. Alors, c'est bien le temple que tu cherchais ?

Je hoche la tête, les yeux rivés sur ses chaussures de luxe et son sac de grande marque. Je sens mon irritation redoubler. Je l'emmène dans l'Été perpétuel, et tout ce qui l'intéresse, c'est de faire du shopping, quand c'est une question de vie ou de mort.

Elle devine mes pensées.

– Je sais, je suis désolée ! Je me suis laissé emporter, pardonne-moi. Maintenant je suis là, si tu as encore besoin de moi... As-tu obtenu les réponses que tu cherchais ?

J'ai honte de ma tentative avortée. J'ai réussi à me mettre des bâtons dans les roues toute seule, comme une grande. Non, mais quelle andouille !

– Je... j'ai eu quelques petits soucis, et... me revoilà à la case départ.

– Je pourrais peut-être t'aider ? propose-t-elle.

Je hausse les épaules sans répondre.

– Allons, ne te laisse pas abattre ! C'est l'Été perpétuel, ici tout est possible !

Elle n'a pas tort. J'ai encore du pain sur la planche, dans notre bonne vieille dimension à nous. Et pour cela, je vais avoir besoin de toute ma concentration. Je n'ai plus droit à l'erreur.

– Il y a effectivement une chose que vous pourriez faire, dis-je en l'entraînant au bas de l'escalier.

vingt-sept

Ava n'avait aucune envie de s'en aller, et j'ai presque dû la forcer à m'accompagner. On avait gaspillé assez de temps et j'avais encore une multitude de choses à faire.

Nous avons atterri sur les coussins de sa petite pièce mauve.

– Oh, non ! se lamente-t-elle en regardant ses mains. J'espérais pouvoir les garder.

Les bagues en or serties de pierreries, le sac à main et les chaussures de luxe n'ont apparemment pas survécu au voyage.

– Je me posais la question, justement, dis-je en me relevant. Savez-vous que vous pouvez matérialiser des objets ici aussi ? N'importe quoi, il suffit d'être patient.

J'ai peut-être été trop dure avec elle. Visiter cet endroit pour la première fois a de quoi vous tourner la tête. Afin de partir sur une note positive, je lui ressers le discours rassurant que m'avait tenu Damen, lors de nos premières leçons. Si seulement j'avais été plus appliquée ! Moi qui croyais que l'immortalité signifiait avoir l'éternité devant soi !

Ava me raccompagne à la porte.

– On y retournera ? Tu ne comptes pas y aller sans moi, n'est-ce pas ?

Cette aventure l'a complètement chamboulée, et je commence à me demander si je n'ai pas commis une erreur en l'emmenant avec moi. Je me dirige vers ma voiture et lui lance, en évitant de la regarder :

– Je vous appelle, d'accord ?

Le lendemain matin, je me gare sur le parking et me dirige vers ma salle de cours. Je me mêle aux autres, comme tous les jours, sauf que cette fois je n'essaie pas de garder mes distances. Au contraire, je m'abstiens de réagir si on me bouscule par inadvertance, et j'ai laissé mon iPod, ma capuche et mes lunettes de soleil à la maison.

Je n'ai plus besoin de ces béquilles qui, de toute façon, n'ont jamais été très efficaces. Dorénavant, j'ai ma télécommande quantique avec moi.

Hier, alors qu'Ava et moi étions sur le point de repartir, nous avons fabriqué un nouveau bouclier. J'aurais pu retourner dans le temple et obtenir la solution pendant qu'elle m'attendait dehors, mais elle tenait à m'aider, et je me suis dit que cela lui donnerait l'occasion d'apprendre quelque chose. Donc, nous avons uni nos efforts pour obtenir une protection qui nous permette de nous connecter ou nous déconnecter, à volonté – enfin, moi surtout, puisque Ava ne lit pas dans les pensées et qu'il ne lui suffit pas de toucher quelqu'un pour connaître sa biographie. Deux secondes plus tard, nous nous sommes exclamées en chœur : « Une télécommande quantique ! ».

De sorte que si je veux entendre les pensées de quelqu'un, je me branche sur son énergie en mode lecture. Et quand je veux avoir la paix, je coupe le son. Exactement comme avec une télécommande. À la différence que celle-ci est invisible, ce qui me permet de l'emporter partout avec moi.

J'arrive plus tôt en cours de littérature, pour pouvoir observer ce qui se passe sans en perdre une miette. Savoir que Roman est responsable de ce qui arrive à Damen ne m'avance pas beaucoup. Il faut à présent que je m'attaque au comment et au pourquoi.

Espérons que ce ne sera pas trop long. D'abord, parce que Damen me manque. Et aussi parce que ma réserve d'élixir d'immortalité est presque épuisée. Je suis donc forcée de me rationner. Damen ne m'a jamais donné la recette, je ne sais pas comment m'en procurer, ni ce qui se passera si je me trouve à court. À n'en pas douter, rien de bon.

Au début, Damen pensait qu'il lui suffisait de boire de ce breuvage une seule fois pour être guéri des maux les plus divers. Tel fut le cas pendant un siècle et demi, jusqu'à ce qu'il remarque de légers signes de vieillissement et décide d'en reprendre. De plus en plus. Et ainsi de suite, jusqu'à devenir complètement accro.

Il ne se doutait pas non plus qu'un immortel pouvait être éliminé, avant que je supprime Drina, son ex-femme. Nous étions persuadés que le seul moyen d'y parvenir était de viser le point faible – le cœur, dans le cas de Drina – et, d'après ce que j'ai vu hier dans l'*Akasha,* je suis convaincue que nous sommes les seuls à le savoir. Roman semble avoir trouvé un autre stratagème. Si je veux avoir une chance de sauver Damen, il me faut apprendre le plus vite possible ce que Roman peut bien avoir en tête.

La porte s'ouvre et les élèves s'engouffrent dans la classe comme un seul homme. Ce n'est pas la première fois que j'assiste à ce phénomène, et cela me fait toujours un drôle d'effet de les voir tous copains comme cochons, alors que la semaine dernière encore ils ne s'adressaient pratiquement pas la parole. C'est le genre de tableau qu'on aimerait voir dans une école mais, compte tenu des circonstances, la scène me laisse froide.

Pas seulement parce que je suis exclue, condamnée au rôle d'observatrice, mais surtout parce que c'est un spectacle étrange, inquiétant, peu naturel. Quand on y pense, l'école ne fonctionne pas comme cela. Personne ne fonctionne comme cela ! Qui se ressemble, s'assemble. C'est sur cette règle de base qu'est construite la vie en société. En outre, personne n'a choisi de se comporter de la sorte. Comment pourraient-ils se douter que ces bisous, ces câlins, ces fous rires, ces clins d'œil ridicules n'ont rien à voir avec l'affection toute neuve qu'ils se portent les uns aux autres, mais sont essentiellement l'œuvre de Roman ?

C'est lui qui manipule ce petit monde, tel un montreur de marionnettes. Je ne sais ni comment ni pourquoi, et suis même incapable de le prouver, mais j'ai l'intuition d'avoir raison. En tout cas, je sens mes tripes se nouer, et j'ai la chair de poule chaque fois qu'il traîne dans les parages.

Damen se glisse sur son siège, tandis que, penchée sur lui, Stacia lui fourre sa généreuse poitrine sous le nez en rejetant ses cheveux en arrière et en riant comme une baleine de la plaisanterie débile qu'elle vient de lancer. Je ne l'ai pas entendue, ayant bloqué le son pour écouter Damen. Lequel, c'est bon signe, la trouve également stupide.

Une petite bulle d'espoir se forme dans ma poitrine.

Qui éclate instantanément dès que le décolleté de Stacia accapare son attention.

Damen est si conformiste, si puéril que j'en ai honte. Et pour moi qui, hier encore, étais jalouse de l'intimité qu'il partageait avec Drina, ce n'était rien comparé à ce que j'ai sous les yeux.

Parce que Drina, c'est du passé, une belle image lisse sur un écran, superficielle et sans consistance.

Alors que Stacia est là, en chair et en os.

Et même si elle est aussi belle, superficielle et inconsistante, elle est bien réelle et vivante.

En écoutant le cerveau ramolli de Damen s'extasier sur l'opulente poitrine de Stacia, je suis prise d'un doute. Et si c'était réellement son genre de fille ? Et s'il préférait les pestes vaniteuses et cupides ? Et si je n'étais qu'une bizarrerie, une lubie, un caprice auquel il céderait de temps en temps depuis quatre siècles ?

Je ne le quitte pas des yeux pendant le cours, depuis le fond de la classe où je suis assise. Je réponds aux questions de M. Robins comme un robot, sans réfléchir. Il me suffit de lire les réponses que je déchiffre dans son esprit. Je n'ai qu'une pensée en tête, Damen. Je ne cesse de me répéter que, malgré les apparences, c'est quelqu'un de bon, loyal, attentionné, le grand amour de mes multiples vies, et que la version présente dans cette classe n'en est qu'une pâle copie. Et même si je retrouve chez lui certains comportements observés hier, sur l'écran de cristal, ce n'est pas vraiment lui.

À la fin de l'heure, je ne le quitte pas d'une semelle. Je reste branchée sur lui pendant la deuxième heure de sport (que je sèche), postée devant la porte de sa classe au lieu de faire des tours de stade. Je m'esquive quand je sens un surveillant approcher, et reprends la garde dès le danger écarté. Je l'observe à la dérobée par la fenêtre, espionne ses pensées, comme l'obsédée qu'il m'accuse d'être. Je ne sais si je dois être accablée ou soulagée de constater que ses attentions ne sont pas strictement réservées à Stacia. En fait, il les distribue généreusement à toute personne de sexe féminin, pourvu qu'elle ne soit pas trop moche.

Sauf à moi, bien entendu.

Je passe la troisième heure à l'épier. À la quatrième, je prends Roman pour cible. J'ai les yeux vissés sur lui en allant m'asseoir pour le cours d'histoire. Je lui souris chaque fois que je sens son regard posé sur moi. Ses pensées sont aussi ridicules et insipides que celles de Damen, mais je m'interdis de rougir ou de réagir. Je ne me départis pas de mon sourire, car l'éviter comme la peste n'est pas une solution si je veux apprendre à le connaître.

À l'heure du déjeuner, je décide de sortir du rôle de paria intouchable et hystérique qui me colle à la peau et me dirige vers les tables alignées. Résolue à trouver une place parmi les autres, je m'efforce d'ignorer le signal d'alarme qui résonne dans mon ventre et s'affole un peu plus à chaque pas. Le geste de bienvenue que m'adresse Roman, médiocrement surpris par mon apparition, me déçoit un peu.

Il tapote le banc près de lui.

– Ever ! Je n'ai pas halluciné ? Le courant passait bien entre nous tout à l'heure, en histoire, non ?

Je me glisse près de lui avec un petit sourire. Mes yeux se tournent instinctivement vers Damen, mais je me force à détourner la tête. C'est sur Roman que je dois concentrer mon attention, sans me laisser distraire.

Il approche son visage si près du mien que je distingue l'iris de ses yeux, pailletés d'un violet étonnant, où il serait si facile de sombrer...

– J'étais sûr que tu finirais par nous rejoindre, quel dommage que tu aies attendu si longtemps ! On a du retard à rattraper... C'est sympa, hein, ose dire le contraire ! Tout le monde, réuni comme une grande famille. Tu étais notre chaînon manquant, mais maintenant que tu es là, ma mission est accomplie. Et toi qui disais que c'était impossible !

Là-dessus il éclate de rire, la tête renversée, les yeux fermés, ses dents blanches et ses cheveux blonds accrochant les rayons du soleil. Je l'avoue à ma grande honte, il est d'une sidérante beauté.

Rien à voir avec Damen, bien sûr, loin de là. Roman me rappelle ma vie passée, le charme superficiel et la séduction affectée. C'est le genre de garçon pour qui j'aurais facilement craqué auparavant, quand je prenais les choses comme elles venaient, sans trop me poser de questions.

Je le regarde mordre dans son Mars, puis mes yeux reviennent à Damen et son profil d'archange. Mon cœur se gonfle de nostalgie, j'éprouve une impression de manque presque physique, insoutenable. Ses mains s'agitent en tous sens pour ponctuer l'histoire qu'il raconte à Stacia. Ce ne sont pas tant ses propos qui me fascinent que ses mains, la sensation merveilleuse sur ma peau, je me souviens...

Roman ne me quitte pas des yeux.

– Je suis absolument ravi de t'avoir parmi nous, mais j'aimerais savoir ce qui t'amène.

Je regarde Damen, qui embrasse Stacia sur la joue, lui effleure l'oreille, laisse glisser ses lèvres le long de son cou...

– Je veux bien croire que tu aies fini par succomber à mon charme irrésistible, mais je ne me fais pas d'illusions. Alors, Ever, pourquoi es-tu là ?

La voix de Roman ronronne dans mon dos, tel un bruit de fond horripilant. Je ne lâche pas Damen du regard. L'amour de ma vie, mon âme sœur pour l'éternité ne semble même pas s'apercevoir de ma présence. Des crampes me tordent l'estomac, tandis qu'il dépose un baiser sur l'épaule de Stacia avant de remonter le long de son cou pour lui murmurer quelque chose à l'oreille – il tente de la convaincre de sécher les cours de l'après-midi pour venir chez lui...

Il tente de la convaincre ? Cela voudrait-il dire qu'elle ne veut pas, qu'elle n'est pas prête ? Suis-je la seule à m'être imaginé autre chose ?

Je m'apprête à me connecter sur Stacia pour comprendre quel jeu elle joue, quand Roman me serre le bras :

– Allez, Ever, ne sois pas timide. Dis-moi ce que tu fais là. Tu veux m'expliquer pourquoi tu as changé d'avis ?

– Eh, l'hystérique, tu t'es assez rincé l'œil ? lance Stacia, avant que j'aie le temps de répondre.

Je préfère l'ignorer. Les yeux toujours rivés sur Damen, je voudrais qu'il me regarde vraiment, comme avant. Lorsqu'il finit par le faire, on dirait que son regard me traverse sans me voir, comme si j'étais devenue transparente, invisible.

Je demeure muette, immobile et glacée.

– Allô, l'hystérique, tu as besoin d'aide ? hurle Stacia, assez fort pour que tout le monde l'entende.

Je jette un œil vers Miles et Haven, assis non loin de moi, qui détournent la tête comme s'ils ne me connaissaient pas. Je déglutis péniblement, me rappelant qu'ils ne sont plus maîtres de leurs faits et gestes. C'est Roman le scénariste, le metteur en scène et le producteur de cette ignoble mascarade.

Je croise le regard de Roman et, l'estomac en boule, je plonge dans son esprit. J'essaie de briser ses pensées superficielles, curieuse de voir ce qui se cache derrière la caricature de l'adolescent séducteur, exaspérant et accro au sucre qu'il prétend être. Je n'y crois plus. La scène que j'ai vue sur l'écran de cristal, son sourire triomphant et cruel semblaient révéler un abîme de noirceur cachée. Brusquement, son sourire s'élargit, ses yeux se plantent dans les miens et tout s'efface.

Tout, sauf Roman et moi.

Je glisse dans un tunnel, attirée à une vitesse folle dans les abîmes de son esprit par une force que je ne contrôle plus. Il choisit soigneusement les séquences qu'il veut me montrer. Damen, organisant dans notre suite au Montage une fête où il a invité Stacia, Honor, Craig et tous ceux qui ne nous ont jamais adressé la parole. Au bout de plusieurs jours, la direction de l'hôtel décide de les mettre dehors à cause des dégâts. J'assiste malgré moi à quelques pratiques répugnantes, des scènes que j'aimerais mieux ne pas voir, et dont l'apothéose est la dernière image que j'ai visionnée hier dans le cristal.

Je m'écarte le plus loin possible, tombe à la renverse et m'étale par terre. Roman ne m'a toujours pas lâchée. Je reprends mes esprits à temps pour entendre mes petits camarades entonner : « L'hystérique, l'hystérique ! », leur refrain favori. Ma bouteille s'est renversée et son contenu dégouline sur la table, maculant le sol d'une traînée pourpre.

– Ça va, Ever ? s'inquiète Roman, tandis que je me relève tant bien que mal. C'est dur à encaisser, hein ? Je suis déjà passé par là. Mais c'est pour ton bien, crois-moi. D'ailleurs, tu n'as pas vraiment le choix.

– Je savais que c'était toi, depuis le début ! j'éructe, tremblante de rage.

– Tu le savais ? Bravo ! Un point pour toi, si ça peut te faire plaisir. Seulement, moi, j'ai au moins dix longueurs d'avance, grosse maligne !

Horrifiée, je le regarde tremper l'index dans la flaque écarlate étalée sur la table, et sucer son doigt avec une lenteur délibérée qui semble signifier quelque chose, mais quoi ? Une vague idée germe dans ma tête.

– Tu ne t'en tireras pas comme ça, Roman.

– C'est là que tu te trompes, ma belle. Je m'en suis déjà tiré, Ever. C'est fini. J'ai gagné.

Il se passe la langue sur les lèvres en tournant la tête, de façon à faire surgir le tatouage au creux de son cou – l'ouroboros, le serpent qui se mord la queue...

vingt-huit

J'ai aussi séché le cours d'arts plastiques et suis partie immédiatement après le déjeuner.

Petite précision : j'ai pris la fuite au milieu du déjeuner. Deux secondes après ma confrontation avec Roman, je me suis précipitée vers le parking, poursuivie par « l'hystérique ! » scandé en chœur par la joyeuse tablée, ai sauté dans ma voiture et démarré en trombe.

Il fallait que je m'éloigne de Roman, que je mette de la distance entre moi et cet effrayant tatouage, identique à celui que Drina arborait au poignet.

Ce symbole le désigne comme un immortel perverti, ainsi que je l'avais pressenti.

Damen avait omis de me mettre en garde à leur propos. D'ailleurs, jusqu'à la désertion de Drina, il ignorait jusqu'à leur existence. Quoi qu'il en soit, je ne me pardonne pas d'avoir été si longue à comprendre. En effet, si Roman mange et boit comme vous et moi, même si son aura est visible et ses pensées accessibles (pour moi en tout cas), ce n'est qu'une façade, telle l'architecture en trompe-l'œil des décors de cinéma, plus vrais que nature. Roman projette l'image d'un joyeux drille fraîchement débarqué d'Angleterre, à l'aura ensoleillée et aux pensées charmeuses, alors qu'au fond il est tout le contraire.

Le vrai Roman a l'âme noire.

Sinistre.

Vile.

Tout ce que le mot mal recèle derrière ses trois lettres. Et il projette de tuer mon petit ami sans que je sache pourquoi.

Au cours de ma brève et inquiétante incursion dans les méandres de son esprit, je n'ai pas vu les motivations qui l'animent.

Or, si je suis obligée de le tuer, il me faut les connaître, car il est impératif de déceler ses faiblesses pour pouvoir me débarrasser de lui. Sinon, je cours à l'échec.

Est-il animé par la colère, la violence, l'avidité ? L'envie ou la jalousie ? Si j'ignore ce qui le pousse à agir, je risque de faire fausse route. Cela ne le tuerait pas mais, au contraire, redoublerait sa fureur ! Quant à l'effet de surprise, on repassera !

En outre, tuer Roman trop tôt signifierait qu'il emporterait avec lui le secret du mal qu'il a fait à Damen et à toute l'école. Voilà un risque que je ne veux pas prendre. D'autant que tuer les gens n'est pas vraiment ma tasse de thé. J'en suis arrivée là à deux reprises par le passé, parce que c'était une question de vie ou de mort. Mais quand j'ai réalisé ce que j'avais fait à Drina, j'ai espéré ne plus jamais avoir à recommencer. Même si elle a assassiné mes incarnations précédentes, ma famille et mon chien, cela n'atténue en rien ma culpabilité. J'ai du mal à admettre que je suis la seule responsable de sa disparition.

Me voilà revenue à la case départ. Du coup, je décide de repartir de zéro. Je tourne à droite dans Coast Highway, ayant décidé de me rendre chez Damen, et de profiter des deux prochaines heures où il sera à l'école pour m'introduire chez lui et fouiller la maison de fond en comble.

Je stoppe devant le poste de garde, salue Sheila de la main et redémarre en direction du portail. Je m'attends à le voir s'ouvrir devant moi, et pile à la dernière minute pour éviter d'emboutir ma voiture.

La gardienne sort en trombe de sa guérite et fonce dans ma direction. On dirait que je suis une intruse, qu'elle ne m'a jamais vue de sa vie. Alors que la semaine dernière encore, je venais pratiquement tous les jours.

– Excusez-moi, mademoiselle, excusez-moi !

Je lui décoche un sourire innocent.

– Bonjour, Sheila, je vais chez Damen, si vous voulez bien m'ouvrir le portail, je...

– Je vous prie de partir.

– Pardon ? Mais pourquoi ?

– Vous ne figurez plus sur la liste.

Plantée devant moi, les mains sur les hanches, après des mois de sourires et d'amabilité, elle n'a pas l'air gênée le moins du monde.

Je reste interdite. Il me faut un moment pour digérer l'information.

Je ne suis plus sur la liste ! Je ne fais plus partie des invités permanents. Ostracisée, blackboulée... je ne sais comment on qualifie une *persona non grata* pour une durée indéterminée.

S'entendre confirmer ma rupture par la Grosse Sheila, quelle humiliation !

Je me cramponne au levier de vitesses, qui menace de me rester dans la main, avale ma salive et regarde Sheila dans les yeux.

– Vous n'ignorez pas que Damen et moi avons rompu. Je suis venue récupérer des affaires que j'avais laissées chez lui. D'ailleurs, vous voyez, j'ai toujours la clé.

Joignant le geste à la parole, j'ouvre mon sac et brandis ladite clé, qui réfléchit les rayons du soleil au zénith.

Elle me l'arrache des mains et la fourre dans la poche de sa chemise – le contour de la clé est visible sous l'étoffe, tendue à craquer sur ses énormes seins.

– Je vous demande de quitter les lieux immédiatement. Allez, reculez, je ne voudrais pas avoir à vous le dire deux fois, insiste-t-elle en me laissant à peine le temps de transférer mon pied de la pédale de frein sur celle de l'accélérateur.

vingt-neuf

En arrivant au pays de l'Été perpétuel, cette fois, je n'atterris pas dans la prairie enchantée, mais au milieu de ce que j'imagine être l'artère principale. Je me relève et brosse mon pantalon, étonnée de voir chacun vaquer à ses occupations comme si de rien n'était, à croire que voir quelqu'un tomber du ciel n'a rien d'inhabituel ici.

Je dépasse les bars à karaoké et les salons de coiffure, en suivant le chemin emprunté par Romy et Rayne. Il me suffirait sans doute d'en exprimer le vœu pour arriver directement au temple, mais je tiens à apprendre à me repérer. Je longe la ruelle qui débouche sur le boulevard, et monte quatre à quatre les marches de marbre menant aux impressionnantes portes en bois, lesquelles s'ouvrent instantanément devant moi.

Je pénètre dans l'immense antichambre de marbre, où se presse une foule plus nombreuse que l'autre jour. Je me repasse les questions qui me préoccupent : « Qui est vraiment Roman ? Qu'a-t-il fait à Damen ? Que dois-je entreprendre pour l'empêcher de nuire et sauver la vie de Damen ? ». Au fond, ai-je vraiment besoin de consulter l'*Akasha* pour obtenir une réponse ? Ces interrogations requièrent-elles un huis clos comme la dernière fois ?

Je dois simplifier ma requête, l'abréger en une formule

synthétique : pour résumer, que dois-je faire pour que tout redevienne comme avant ?

Aussitôt, une porte s'ouvre et la chaude lumière que j'aperçois par l'embrasure semble m'inviter à entrer. Je pénètre dans une pièce immaculée, le même arc-en-ciel blanc que la dernière fois, exception faite du banc de marbre, remplacé par un gros fauteuil en cuir fatigué.

Je m'approche, m'affale sur le siège, déplie le repose-pieds et m'installe confortablement. Je finis par comprendre qu'il s'agit de la réplique exacte du siège préféré de mon père en remarquant les initiales R. B. et E. B. gravées sur le bras – les marques que j'avais persuadé Riley de pratiquer avec son couteau suisse de scout. Ces entailles nous désignaient comme les coupables, et nous avaient valu d'être privées de dessert pendant une semaine.

Dix jours plus exactement, en ce qui me concerne, lorsque mes parents avaient découvert que j'avais entraîné ma sœur, ce qui, à leurs yeux, faisait de moi la seule responsable d'un acte prémédité et justifiait pleinement une punition exemplaire.

J'effleure les lettres incrustées dans le cuir du bout des doigts, et enfonce un ongle dans le rembourrage, là où la courbe du R est un peu plus profonde. Je refoule un sanglot en repensant à cette époque. À chacune de ces journées délicieuses que je croyais bêtement banales, mais qui me manquent, insupportable souffrance.

Je ferais n'importe quoi pour revenir en arrière et que tout redevienne comme avant.

À peine ai-je exprimé ce souhait que la pièce se transforme. L'espace vacant se module pour devenir la copie conforme de notre ancien salon dans l'Oregon.

L'air embaume les fameux brownies de ma mère, et les

murs passent du blanc nacré à une teinte beige pastel que me mère appelait « sable du désert ». Brusquement, j'ai sur les genoux le plaid que ma grand-mère avait réalisé au crochet dans trois nuances de bleu et, levant les yeux vers la porte, je découvre la laisse de Caramel accrochée à la poignée et les vieilles baskets de Riley alignées à côté de celles de mon père. Les pièces du puzzle, chaque photo, chaque livre, chaque bibelot se mettent une à une à leur place. Ce nouveau décor procède-t-il de la question où je demandais que tout redevienne comme avant ?

En fait, je faisais allusion à Damen et moi.

À moins que...

Serait-il vraiment possible de remonter le temps ?

Ou cette petite maquette plus vraie que nature du salon de la famille Bloom est-elle la seule chose que je puisse espérer ?

Je me creuse la cervelle à propos du décor qui m'entoure et du sens réel de ma question, quand la télévision s'allume et un jet de couleur traverse l'écran de cristal, comme lors de ma dernière visite.

Je m'emmitoufle dans la couverture de ma grand-mère, tandis que les mots *L'Heure bleue* envahissent l'écran. Je me demande ce que cela veut dire, et aussitôt une définition s'inscrit d'une belle écriture calligraphiée :

« Expression d'origine française qui fait référence aux heures du crépuscule, au seuil du jour et de la nuit, entre chien et loup. Ce laps de temps est réputé pour la qualité de la lumière, et correspond au moment où le parfum des fleurs est le plus intense. »

Les lettres s'effacent pour laisser place à la lune, une pleine lune magnifique, d'une teinte bleutée incroyable, presque aussi profonde que la couleur du ciel...

Brusquement, je me reconnais sur l'écran. En jean et pull noir, cheveux détachés, je contemple la lune par la fenêtre, puis consulte ma montre comme si j'attendais quelque chose d'imminent. Quelle impression bizarre de se regarder soi-même, un soi qui n'est pas vraiment soi, comme dans un rêve ! Pourtant, je ressens ce que ressent la fille de l'écran, j'entends ce qu'elle pense. Elle se prépare à partir pour une destination qu'elle croyait inaccessible. Elle attend avec impatience que le ciel prenne la même couleur que la lune, un bleu vif d'une profondeur sublime, qui ne porte plus trace du soleil. Elle sait que ce moment signifiera son unique chance de revenir dans cette pièce et de retrouver une vie qu'elle croyait avoir perdue.

Je la vois lever la main, la poser sur l'écran de cristal et remonter le temps.

trente

Je quitte le temple et dévale les marches en courant comme une dératée. J'ai la vue brouillée, le cœur qui tambourine, et dans ma hâte je bouscule les jumelles. Lorsque je me rends compte de leur présence, il est trop tard, Rayne perd l'équilibre et tombe à la renverse.

– Oh pardon, je suis vraiment désolée !

Je tends la main pour l'aider à se relever sans cesser de m'excuser, et rougis de confusion car elle m'ignore et se redresse tant bien que mal par ses propres moyens. Elle rajuste sa jupe plissée et remonte ses chaussettes. Ses genoux écorchés guérissent instantanément sous mes yeux ébahis. Je n'aurais jamais cru qu'elles étaient comme moi.

– Est-ce que vous...

Sans me laisser le temps de finir, Rayne secoue vigoureusement la tête :

– Sûrement pas. Nous ne sommes pas du tout comme toi.

Elle vérifie que ses chaussettes sont à la même hauteur et brosse son blazer bleu marine de la main, avant de lancer un regard à sa sœur, qui fronce les sourcils :

– Rayne, quelle grossièreté !

– Mais c'est vrai, nous ne sommes pas comme elle, rétorque celle-ci d'un ton un peu moins acide.

– Dois-je en conclure que vous savez qui je suis ?

Pff, évidemment ! pense Rayne, tandis que Romy se contente de hocher la tête.

– Et vous estimez que je suis une méchante fille ?

– Je t'en prie, Ever, ne fais pas attention à ma sœur, répond gentiment Romy, pendant que Rayne lève les yeux au ciel. Nous ne pensons rien, nous ne sommes pas en position de juger.

Avec leur teint blême, leurs immenses yeux noirs, leurs lèvres fines, leurs franges taillées au rasoir, leurs traits accentués, on dirait deux personnages de mangas. De nouveau, je me demande comment deux personnes peuvent se ressembler et être si différentes à la fois.

Romy se met en route, et nous lui emboîtons spontanément le pas.

– Alors, dis-nous, qu'as-tu appris ? Tu as obtenu les réponses que tu cherchais ?

Le mot est faible.

Je suis encore bouleversée par ce que j'ai vu sur l'écran. Je ne sais trop que penser des faits qui m'ont été révélés, mais j'ai compris qu'ils sont susceptibles de changer ma vie, voire de transformer le monde. J'ai conscience de l'inestimable privilège qui m'est accordé et de la responsabilité écrasante que cela implique.

Que suis-je censée faire ? Cette information m'a-t-elle été confiée pour une raison précise ? Ne suis-je qu'un infime rouage de la vaste machine cosmique ? Quel rôle s'attend-on à me voir jouer ? Dans le cas contraire, à quoi bon m'avoir montré cette image ?

Pourquoi moi, en somme ?

Serais-je la première à me poser cette question ?

La seule réponse plausible à mes yeux est que je suis destinée à revenir en arrière, à remonter le temps.

Pas pour empêcher des assassinats, éviter des guerres, bref, changer le cours de l'Histoire. Non, je ne me vois pas dans ce rôle.

Je persiste à croire que l'on ne m'a pas instruite pour rien. Il semblerait que l'accident, mes pouvoirs extralucides, mon immortalité ne seraient qu'une gigantesque erreur. Si je parvenais à remonter le temps et à empêcher mon accident, je pourrais changer le cours des choses et tout remettre en ordre, comme avant. Je rentrerais dans l'Oregon et me glisserais dans mon ancienne vie, comme si la nouvelle n'avait jamais existé – ce dont je rêve depuis le début.

Auquel cas, qu'arrivera-il à Damen ? Remontera-t-il le temps à son tour ?

Retrouvera-t-il Drina, qui s'acharnera à me tuer, et tout recommencera-t-il à l'identique ?

Ne ferais-je que retarder l'inévitable ?

Autre scénario. Rien ne changera, à part moi. Roman réussira à se débarrasser de Damen, pendant que je retournerai dans l'Oregon, ne sachant rien de son existence.

Si tel est le cas, comment pourrais-je laisser les choses se faire ?

Tourner le dos à la seule personne que j'aie jamais réellement aimé ?

Je pousse un gros soupir et m'aperçois que Romy et Rayne sont suspendues à mes lèvres. Ne sachant que dire, je reste plantée là, la bouche ouverte, comme une grosse niaise épaisse du cerveau. Même ici, au cœur de l'Été perpétuel, un monde de perfection et d'amour absolus, je me sens toujours aussi cruche.

Souriante, Romy ferme les yeux et m'offre une brassée de tulipes rouges qui viennent de surgir dans ses bras.

Mais au lieu de les prendre, je m'écarte d'un bond, interloquée.

– Qu'est-ce c'est ? je demande d'une toute petite voix. Qu'as-tu fait ?

Romy a l'air aussi déboussolée que moi.

– Je suis désolée, dit-elle, je ne sais pas ce qui m'a pris. L'idée m'est passée par la tête, et...

Les tulipes se volatilisent entre ses doigts. Mais le mal est fait, et j'aimerais que les jumelles prennent le même chemin.

– Personne ne respecte donc la vie privée, ici ? je hurle, hors de moi.

Ma réaction est exagérée, je le sais, mais je ne me contrôle plus. Et si les tulipes étaient une sorte de message ? Si Romy avait lu dans ma tête et voulait me persuader d'oublier mon passé, de rester là où je suis ? Cela ne la regarde pas. Les jumelles savent peut-être ce qu'il est possible de connaître sur l'Été perpétuel, mais elles ignorent tout de moi, et n'ont absolument pas le droit de se mêler de mes affaires. Elles n'ont jamais dû avoir à prendre pareille décision. Et elles n'ont pas idée de l'effet que produit la perte de ceux que l'on aime.

Je recule encore d'un pas. Rayne a l'air interloqué, mais Romy reprend :

– Nous n'avons aucune information, Ever. Promis juré. Nous ne sommes pas autorisées à lire dans toutes tes pensées. Seulement quelques-unes. Ce que tu as vu dans l'*Akasha* n'appartient qu'à toi et tu n'as pas à nous en faire part. Nous voulons t'aider à sortir de la mélasse, un point c'est tout.

Je la considère avec méfiance. Je ne la crois pas. Les deux sœurs se sont probablement amusées à fouiner dans ma tête depuis le début. Sinon, pourquoi Romy m'aurait-elle offert les tulipes ?

– Cette fois, c'était différent...

L'odeur des brownies de ma mère et la douceur du plaid de ma grand-mère me reviennent à l'esprit. Il ne tient qu'à moi de les revoir. Le temps de retrouver ma famille et mes amis.

– L'*Akasha* a plusieurs visages, en fonction de ce que tu as besoin de voir, Ever. Nous sommes ici pour t'aider, pas pour te contrarier ou t'embrouiller les idées.

– Ah oui ? Vous êtes mes anges gardiens, peut-être ? Deux gentilles fées en uniforme d'école privée ?

Romy éclate de rire.

– Non, pas vraiment !

– Alors, qui êtes-vous ? Que fabriquez-vous ici ? Et comment se fait-il que vous parveniez toujours à me retrouver ?

Rayne me lance un regard venimeux et tire sa sœur par la manche. Romy ne bouge pas.

– Nous sommes ici pour te venir en aide. C'est tout ce que tu as besoin de savoir.

Je la dévisage un moment sans répondre avant de tourner les talons. Elles peuvent bien s'entourer de mystère, si ça leur chante. Moi, je ne marche pas et suis à peu près sûre que leurs intentions sont malhonnêtes.

Romy me crie de revenir, mais je fais la sourde d'oreille. J'aperçois une femme aux cheveux auburn devant le théâtre. De dos, elle ressemble étrangement à Ava.

trente et un

À ma grande déception, la femme aux cheveux auburn n'était pas Ava. Dommage ! J'aurais aimé lui parler. Je quitte l'Été perpétuel pour atterrir au volant de ma voiture, garée devant Trader Joe's, dans Crystal Cove Promenade. Mon entrée fracassante effraie une malheureuse femme qui en lâche ses deux sacs, remplis de boîtes de café et de soupe, lesquelles s'en vont rouler sous les voitures. Je me promets *in petto* d'opérer avec plus de discrétion la prochaine fois.

Ava est occupée à tirer les cartes à une consultante. Je m'installe dans sa jolie cuisine ensoleillée pour l'attendre. Je sais que la curiosité est un vilain défaut, mais je ne peux m'empêcher de sortir ma « télécommande quantique » pour écouter ce qu'elles disent. Les informations précises que livre Ava ne laissent pas de m'étonner.

Après le départ de sa cliente, elle vient me rejoindre dans la cuisine.

– Impressionnant. Vous m'épatez !

Elle s'active à faire bouillir de l'eau pour le thé et dépose quelques biscuits sur une assiette qu'elle pousse ensuite vers moi, selon le rituel convenu.

Après quoi, elle prend place en face de moi.

– De ta part, je le prends pour un compliment ! Pourtant, si je me souviens bien, nous nous sommes déjà livrées à une petite séance, toi et moi, non ?

J'attrape un cookie et lèche quelques grains de sucre du bout de la langue, sans grande conviction.

Ava ne me lâche pas du regard.

– Tu te souviens de la soirée de Halloween ?

Je hoche la tête. J'avais découvert qu'elle était capable de détecter la présence de Riley. Moi qui croyais être la seule capable de communiquer avec ma défunte petite sœur, je n'avais pas été enchantée d'apprendre que tel n'était plus le cas.

Je brise mon gâteau en deux et quelques miettes tombent sur mon jean.

– Donc, vous avez annoncé à votre cliente qu'elle sort avec un minable qui la trompe avec une fille qu'elle croit être son amie, et qu'elle ferait mieux de les larguer tous les deux d'urgence.

Ava se lève pour prendre la bouilloire, qui commence à siffler.

– En substance, oui. Mais j'espère que tu adouciras un peu le message, si tu envisages d'exercer ce métier un jour.

Une vague de tristesse m'envahit, je repense à la dernière fois où j'ai réfléchi à ce que je voulais faire plus tard. C'est tellement loin ! J'ai dû envisager des dizaines de métiers : garde forestière, enseignante, astronaute, mannequin, chanteuse... La liste n'en finissait pas. Et maintenant que je suis immortelle, donc susceptible d'expérimenter ces diverses options au cours des quelques milliers d'années à venir, je n'ai plus les mêmes ambitions.

Ces derniers temps, je n'avais qu'une idée en tête : comment retrouver le vrai Damen.

Et depuis mon dernier voyage dans l'Été perpétuel, je ne songe plus qu'à reprendre ma vie d'autrefois.

Avoir le monde à ses pieds n'est pas très excitant, s'il n'y personne avec qui partager.

– Oh, je ne sais pas encore ce que je veux faire. Je n'y ai jamais réfléchi sérieusement.

Mensonge ! Je me demande si je réussirais à me glisser dans mon ancienne peau, au cas où je le déciderais, bien entendu. Aurais-je toujours le projet de devenir une pop star, ou les expériences vécues ici m'influenceront-elles là-bas ?

Ava porte sa tasse à ses lèvres et souffle deux fois pour refroidir le liquide brûlant. Je ne suis pas venue lui parler de mon avenir, mais de mon passé. J'ai décidé de lui révéler quelques-uns de mes secrets. Elle est digne de confiance et saura me prêter main-forte, j'en suis sûre.

J'ai besoin de quelqu'un sur qui compter. Je n'ai aucune chance d'y arriver seule. Il ne s'agit pas de m'aider à décider si je dois partir ou rester. Je n'ai pas vraiment le choix. L'idée de ne plus jamais revoir Damen est certes très douloureuse, mais quand je pense à ma famille, je me dis que je le leur dois bien. Parce qu'à leur insu ils se sont sacrifiés pour moi – à cause d'un stupide sweat-shirt oublié, pour lequel j'ai forcé mon père à faire demi-tour, sans quoi nous n'aurions pas eu cet accident ; ou par la faute de Drina, qui s'est débrouillée pour que la biche se jette sur notre voiture, afin de m'éliminer et de garder Damen pour elle seule.

Dans les deux cas, je suis responsable. C'est ma faute s'ils ont perdu la vie. Riley a beau soutenir que ce qui doit arriver arrive, le fait que j'ai le choix prouve que je dois sacrifier mon avenir avec Damen pour que ma famille puisse redevenir maîtresse de sa destinée.

C'est la meilleure solution.

L'unique.

Au train où vont les choses, vu mon statut de paria à l'école, Ava est la seule amie qu'il me reste. Elle devra vérifier que je n'ai rien oublié après mon départ.

Je porte ma tasse à mes lèvres et la repose sans avoir bu, en jouant avec l'anse.

– Je pense que quelqu'un empoisonne Damen. Je crois que quelqu'un a trafiqué son élixir... sa boisson préférée. Et du coup, il a l'air... normal, mais pas dans le bon sens du terme. Et puisque je ne peux plus me rendre à son domicile, j'aurai besoin de vous pour m'introduire chez lui incognito.

trente-deux

– **Voilà, nous y sommes.** Restez zen, souriez, et donnez-lui le nom que vous savez.

Accroupie à l'arrière de la voiture d'Ava, je replie les jambes pour me faire toute petite, invisible, ce qui aurait été plus facile il y a encore deux semaines, avant que je commence malgré moi cette ridicule poussée de croissance. Je m'aplatis le plus possible et tire la couverture sur moi, tandis qu'Ava baisse sa vitre, adresse un grand sourire à Sheila et se présente comme Stacia Miller – ma remplaçante sur la liste des invités permanents de Damen. Pourvu qu'elle ne soit pas venue assez souvent pour que la grosse gardienne la reconnaisse.

La grille s'ouvre et nous prenons la route qui mène chez Damen. Je rejette la couverture et grimpe sur le siège passager, à côté d'Ava qui promène un regard envieux sur les villas alentour :

– C'est chicos, ici.

Le panorama me laisse indifférente. Pour moi, cet endroit est une interminable succession d'imitations kitsch de fermes toscanes et d'haciendas de luxe, avec des jardins taillés au cordeau et des parkings souterrains, qu'il faut traverser pour atteindre le faux château français qu'habite Damen.

– C'est grandiose ! s'extasie Ava en tournant dans l'allée. Comment peut-il se l'offrir ?

– Il joue aux courses.

J'examine la porte basculante du garage, l'étudiant dans ses moindres détails avant de fermer les yeux, afin de l'ouvrir par la seule force de ma volonté.

Je l'imagine se relever et nous laisser passer, et ouvre les yeux à temps pour la voir hoqueter et se soulever péniblement, avant de retomber avec une violente secousse, dans un fracas retentissant. Apparemment, je ne maîtrise pas encore la télékinésie, qui consiste à déplacer des objets plus lourds qu'un sac Prada.

– Euh... je crois qu'on ferait mieux de passer par derrière, je bredouille, la honte au front. C'est ce que je fais d'habitude.

Mais Ava ne l'entend pas de cette oreille. Elle attrape mon sac et se dirige vers la porte d'entrée. Je traîne les pieds derrière elle en répétant que nous ne pourrons pas entrer, puisque la porte est verrouillée. Visiblement, rien ne l'arrête.

– On va l'ouvrir, cette porte. Fais-moi confiance.

– Ce n'est pas si simple, vous savez. J'ai déjà essayé.

Preuve en est le simulacre de porte que j'ai matérialisé par mégarde la dernière fois, toujours appuyé contre le mur où je l'avais laissé. Damen doit être trop occupé à conter fleurette à Stacia pour trouver le temps de s'en débarrasser.

Cette pensée me rend malade. Je suis écœurée, désespérée, bien plus que je ne voudrais l'admettre.

– Oui, mais cette fois je suis là pour t'aider. Et nous avons déjà fait nos preuves toutes les deux, non ?

Elle me regarde avec tant d'espoir que je n'ai pas le

cœur de refuser. Les yeux clos, je lui prends la main et me figure voir la porte s'ouvrir devant nous. Quelques secondes plus tard, le verrou glisse et le battant s'écarte devant nous.

– Après toi, dit Ava en consultant sa montre. Combien de temps nous reste-t-il ?

Je fixe le bracelet en forme de mors à cheval incrusté de cristaux que Damen m'avait offert au champ de courses. Mon cœur a des ratés chaque fois que je le regarde. Pourtant, je ne peux me résoudre à l'ôter. Impossible. C'est le seul souvenir qui me reste.

Ava me jette un regard inquiet.

– Ever ? Tu es sûre que ça va ?

– Oui. Nous avons le temps. Seulement, Damen a une fâcheuse tendance à sécher les derniers cours pour rentrer plus tôt.

– Dans ce cas, on ferait mieux de ne pas traîner.

Elle me précède, observant au passage le lustre monumental de l'entrée, la rampe de fer élégamment travaillée qui court le long de l'escalier.

– Et tu dis que ce garçon a dix-sept ans ?

Je passe devant elle sans mot dire – elle connaît déjà la réponse – et gagne la cuisine. J'ai autre chose à faire que de discuter de surface habitable et de l'improbabilité qu'un ado de dix-sept ans, qui n'est ni une star de cinéma ni la vedette d'une série télé, habite pareil endroit.

Ava me saisit le bras au passage.

– Hé, attends ! Qu'y a-t-il là-haut ?

– Rien.

Une fois de plus, j'ai répondu beaucoup trop vite pour être crédible. Je n'ai pas envie qu'Ava aille fourrer son nez dans la pièce « spéciale ».

Elle me décoche un sourire de minette rebelle dont les parents se seraient absentés pour le week-end.

– Allez ! Les cours finissent à quelle heure, trois heures moins dix ? Combien de temps lui faut-il pour rentrer, dix minutes ?

– Vous rêvez ? Deux minutes au maximum ! Disons plutôt trente secondes. Damen conduit vite, vous n'imaginez pas à quel point !

Elle regarde à nouveau sa montre, avec un petit sourire en coin.

– Dans ce cas, nous avons largement le temps de visiter en vitesse, d'échanger les bouteilles et de mettre les voiles.

J'entends une petite voix intérieure me crier : « Dis non ! Refuse catégoriquement ! Non ! ». Une petite voix que je ferais mieux d'écouter. Aussitôt dominée par celle d'Ava :

– Allons, Ever, je n'ai pas tous les jours l'occasion de visiter un palais pareil. Et puis, nous allons peut-être découvrir quelque chose d'utile. Y as-tu pensé ?

J'acquiesce à contrecœur et me force à la suivre. Elle fonce dans l'escalier, telle une gamine surexcitée ayant enfin l'occasion de voir la chambre du garçon qu'elle aime en secret, alors qu'Ava est au moins de dix ans mon aînée. Parvenue à l'étage, elle s'engouffre dans la première pièce, qui se trouve être la chambre de Damen. Je la suis, autant surprise que soulagée de voir que rien n'a changé depuis la dernière fois.

Excepté le désordre.

Un fouillis indescriptible.

Je ne cherche même pas en deviner la cause.

En revanche, les draps, les meubles, la couleur des murs sont identiques – ceux que je l'avais aidé à choisir, il y a quelques semaines, refusant de passer une minute de plus dans l'espèce de mausolée déprimant qui, croyez-le ou non, lui servait de chambre à coucher. L'idée de s'embrasser au milieu de ces souvenirs poussiéreux commençait sérieusement à me glacer le sang.

Et tant pis si, techniquement parlant, je me compte au nombre de ces vieux souvenirs poussiéreux.

Mais même après avoir installé la nouvelle chambre, je préférais le voir chez moi. Je m'y sentais... je ne sais pas, plus en sécurité ? Comme si le risque que Sabine débarque à tout moment pouvait m'empêcher de faire quelque chose que je n'étais pas encore sûre d'assumer. Avec le recul, c'est grotesque...

– Wouah ! Tu as vu cette salle de bains incroyable !

Ava est en admiration devant la douche, avec sa mosaïque de style romain et ses multiples pommeaux.

Elle s'assoit sur le bord du Jacuzzi et tourne les robinets.

– Elle est géniale, cette maison ! J'ai toujours rêvé d'avoir un Jacuzzi ! Tu as déjà essayé ?

J'évite de la regarder, mais elle a eu le temps de me voir piquer un fard. Ce n'est pas parce que je lui ai confié quelques secrets et que je l'ai autorisée à venir ici qu'elle a le droit de tout connaître de ma vie privée.

– J'ai le même à la maison.

Voilà qui, je l'espère, va clore notre petite visite. Je dois redescendre à la cuisine pour échanger l'élixir de Damen contre le mien. Mais si je la laisse seule, j'ai bien peur qu'elle ne reparte jamais.

Je tapote du doigt le cadran de ma montre, histoire de la rappeler à la réalité.

– Bon, d'accord...

Ava consent à me suivre, sans enthousiasme. À peine

sortie de la salle de bains, elle stoppe net devant une autre porte.

– Une seconde ! Et là-dedans, qu'y a-t-il ?

Je n'ai pas le temps de l'en empêcher qu'elle est entrée dans l'espace sacré de Damen. Son sanctuaire. Son mausolée sinistre.

Plus rien n'est pareil.

Complètement, radicalement, intégralement.

Toute trace de l'aberration temporelle que représente Damen a disparu. Une table de billard à tapis rouge, un bar de marbre noir généreusement approvisionné, des tabourets en chrome brillant et une rangée de fauteuils confortables, alignés en face d'un écran plat immense se sont substitués au Picasso, au Van Gogh et au canapé de velours...

Je me demande ce que sont devenues ses affaires, ces objets sans prix qui mettaient mes nerfs à rude épreuve, mais prennent la valeur de symboles perdus de temps meilleurs, à présent que leur ont succédé des lignes modernes bien lisses.

Damen me manque. Mon bel amour génial, chevaleresque, qui tenait tant à son passé Renaissance...

Le Damen du nouveau millénaire est un étranger. Je me demande d'ailleurs s'il n'est pas déjà trop tard pour le sauver.

– Qu'est-ce qui t'arrive ? Tu es toute pâle ?

Je l'attrape par le bras et l'entraîne vers l'escalier.

– Dépêchons-nous, il n'y a plus une seconde à perdre !

trente-trois

Je dévale l'escalier et fonce à la cuisine en criant :

– Apportez-moi le sac posé devant la porte, s'il vous plaît !

Je me rue sur le réfrigérateur pour le vider et remplacer son contenu avant le retour de Damen.

Une surprise de taille m'attend en l'ouvrant. Je m'attendais à tout, sauf à cela.

Le frigo est rempli de nourriture. Mais alors plein à craquer, comme si Damen avait prévu d'organiser une grande fiesta durant trois jours.

Je dénombre des côtes de bœuf, des steaks monstrueux, d'énormes morceaux de fromage, un poulet, deux grosses pizzas, du ketchup, de la mayonnaise, diverses boîtes de traiteurs... Incroyable ! Sans parler des packs de bière alignés sur les clayettes du bas.

Rien que de très normal, me direz-vous... mais voilà, Damen n'est pas normal. Il n'a pas vraiment mangé au cours des six cents dernières années.

Et il ne boit pas de bière.

De l'élixir d'immortalité, de l'eau, un verre de champagne à l'occasion, oui.

Mais de la Heineken ou une Corona, non.

– Qu'y a-t-il ? demande Ava en posant le sac par terre.

Elle regarde par-dessus mon épaule pour essayer de comprendre ce qui me chagrine. Elle ouvre le congélateur et y trouve des bouteilles de vodka, des pizzas surgelées, et plusieurs pots de Ben & Jerry's...

– Il est allé au supermarché, il n'y a pas longtemps. Je ne vois rien d'inquiétant. Je ne comprends pas... Vous faites apparaître de la nourriture quand vous avez faim, d'habitude ?

Je secoue la tête. Je ne peux quand même pas lui avouer que Damen et moi n'avons jamais faim. Elle sait que nous sommes extralucides et capables de matérialiser des objets, ici comme dans l'Été perpétuel, mais je ne crois pas qu'elle ait besoin de savoir que nous sommes immortels.

Je me suis bornée à lui confier que je soupçonne fortement quelqu'un d'empoisonner Damen. Mais je me suis gardée de lui dire que cela détruit en même temps ses capacités extralucides, sa force surnaturelle, son immense intelligence, les dons fabuleux qu'il a reçus au cours des siècles, et jusqu'à sa mémoire à long terme. Tout cela s'efface à mesure qu'il redevient un simple mortel.

Et même s'il ressemble à un adolescent comme les autres – sauf qu'il est émancipé, beau comme un dieu, riche à millions, sans parler de son somptueux palace –, il ne va pas tarder à vieillir.

À se délabrer.

Et à mourir, comme je l'ai vu sur l'écran de cristal.

Donc, il faut absolument échanger les bouteilles pour que l'élixir non frelaté renforce ses défenses, en espérant que cela suffise à réparer au moins une partie des dégâts. En attendant, je chercherai un antidote qui, je l'espère, le sauvera et le fera redevenir lui-même.

Mais à en juger par la pagaille qui règne chez lui, la

nouvelle décoration et le contenu de son frigo, son état se détériore beaucoup plus vite que je ne le pensais.

– Je ne vois pas les bouteilles dont tu parles, remarque Ava dans mon dos. Tu es sûre que c'est ici qu'il les conserve ?

Je fouille parmi une invraisemblable collection de condiments.

– Sûre et certaine. Elles sont forcément là. Ah, voilà, j'ai trouvé.

J'extirpe plusieurs bouteilles que je tends à Ava.

– Tu ne trouves pas bizarre qu'il continue à en prendre ? demande-t-elle. Si c'est vraiment empoisonné, il aurait dû sentir une différence, non ?

Il n'en faut pas davantage pour instiller le doute dans mon esprit.

Et si j'avais tort ?

Si je faisais fausse route ?

Si Damen s'était lassé de moi ? Si tout le monde s'était lassé de moi ?

Si Roman n'avait rien à voir dans tout cela ?

Non, impossible, il a pratiquement avoué.

Je débouche une bouteille et l'approche de mes lèvres.

– Non, c'est dangereux ! intervient Ava.

Je hausse les épaules et avale un peu de liquide, en espérant qu'une petite gorgée ne me fera aucun mal. C'est le seul moyen d'en avoir le cœur net. Je comprends pourquoi Damen n'a pas perçu la différence : il n'y en a pas. Mis à part un arrière-goût atroce.

– De l'eau ! je hurle, en me précipitant vers l'évier.

J'incline la tête et bois goulûment au robinet pour éliminer cette épouvantable amertume, avant de m'essuyer la bouche sur ma manche.

– C'est horrible à ce point-là ?

– Pire. Mais si vous voyiez Damen en boire, vous comprendriez pourquoi il n'a rien senti. Il a une sacrée descente, comme si... (Je m'interromps avant de dire « comme si sa vie en dépendait », mais c'est trop proche de la vérité)... comme s'il venait de traverser le désert.

Je passe les dernières bouteilles à Ava, qui les aligne le long de l'évier, après avoir repoussé la vaisselle sale. Cela fait, j'attrape dans mon sac les bouteilles « non contaminées », que j'ai l'intention de substituer aux autres. Damen n'y verra que du feu.

– Que fait-on des vieilles bouteilles ? s'enquiert Ava. On les jette, ou on les garde comme pièce à conviction ?

Je relève la tête pour répondre, lorsque Damen surgit par la porte de derrière.

– Ever ! Qu'est-ce que tu fabriques dans ma cuisine ?

trente-quatre

Je me fige, deux bouteilles d'élixir à la main. J'étais tellement absorbée dans mes réflexions que je ne l'ai pas senti approcher.

Saisie d'une panique que, contrairement à moi, elle ne parvient pas à dissimuler, Ava écarquille les yeux d'épouvante.

Je m'éclaircis la gorge.

– Ce n'est pas ce que tu crois !

La réplique la plus crétine et la plus ridicule du monde, vu que c'est exactement ce qu'il croit. Ava et moi sommes entrées chez lui par effraction pour trafiquer ses provisions. C'est aussi simple que cela.

Il se débarrasse de son sac et s'avance vers moi, sans me quitter du regard.

– Tu n'as aucune idée de ce que je crois.

Oh, que si ! Je vacille sous le choc des pensées horribles qui lui passent par la tête. Je suis une espèce d'obsédée, une psychopathe, et j'en passe.

– Et d'abord, comment as-tu fait pour entrer ?

Je joue avec la bouteille que je tiens toujours à la main, ne sachant que répondre.

– C'est Sheila... euh... elle m'a laissée passer.

Une veine bat à sa tempe. Il crispe les poings et les

mâchoires. Je ne l'avais encore jamais vu en colère. J'ignorais même qu'il en était capable, et je trouve écœurant qu'il s'en prenne à moi.

J'ai conscience qu'il lutte pour garder son sang-froid.

– Je m'occuperai de Sheila plus tard. Pour le moment, je veux savoir ce que tu es venue faire chez moi, dans ma maison ? Et ce que tu fabriques dans mon frigo. Tu as complètement disjoncté, ou quoi ?

Je suis mortifiée qu'il me parle sur ce ton devant Ava, dont Damen finit par remarquer la présence.

– Et elle ? Qu'est-ce qui te prend de trimballer cette voyante de foire avec toi ? Tu voulais me jeter un sort, ou quoi ?

Je croyais qu'il avait tout oublié. C'est peut-être idiot, mais le fait qu'il se souvienne d'Ava m'apporte une lueur d'espoir.

– Tu te rappelles la fête de Halloween ?

C'est ce soir-là que nous nous sommes embrassés pour la première fois au bord de la piscine. Sans nous être concertés, nous étions déguisés, moi en Marie-Antoinette, et lui en Axel de Fersen, son amant.

– Oui. Mais au cas où tu n'aurais pas compris le message, c'était un moment de faiblesse qui ne se reproduira plus jamais, tu saisis ? Tu l'as pris beaucoup trop au sérieux. Pff ! Si j'avais su que tu étais dingue à ce point, je me serais abstenu. Ça ne valait vraiment pas le coup.

Je ravale mes larmes à grand-peine. Je me sens vidée, comme si on avait ouvert mon ventre et jeté mes entrailles. Mes chances de regagner son amour, la seule chose qui donne un sens à ma vie s'amenuisent de minute en minute. J'ai beau me dire que ce sont là les mots de Roman, que le vrai Damen serait incapable de traiter qui que ce soit de la sorte, il n'empêche que cela fait horriblement mal.

– S'il te plaît, Damen, écoute-moi. Les apparences sont contre nous, je le sais. Mais je peux tout expliquer. En fait, nous sommes là pour t'aider, tu comprends ?

Il me jette un regard moqueur qui m'accable de honte. Mais je ne m'avoue pas battue.

– On essaie de t'empoisonner. Quelqu'un que tu connais.

Il n'en croit pas un mot, convaincu que je suis complètement ravagée et qu'il faudrait m'enfermer.

– Ah oui ? Et ce quelqu'un qui m'empoisonne la vie et que je connais, ce ne serait pas toi, par hasard ? Tu entres chez moi par effraction, tu fouilles dans mon frigo, tu touches à mes bouteilles. Je crois que c'est suffisant comme preuve, non ?

– Non ! Tu dois me croire, je n'irais pas inventer un mensonge pareil, je te jure que c'est vrai !

Il s'avance plus près, tel un félin s'apprêtant à bondir sur sa proie. Tant pis, je me lance. Je n'ai plus rien à perdre.

– C'est Roman, le coupable. Ton nouvel ami est en fait...

Un bref coup d'œil à Ava m'impose silence. Comment annoncer à Damen ce que Roman est vraiment, un immortel passé du côté sombre de la force, qui a décidé de le tuer pour une raison inexplicable ? Cela n'a pas d'importance, de toute façon. Damen ne se souvient ni de Drina, ni de son statut d'immortel. Il est si mal en point qu'il ne comprendra pas de quoi je parle.

Il me fixe d'un regard qui me glace jusqu'au cœur.

– Va-t'en ! Tu as intérêt à déguerpir avant que j'appelle la police.

Du coin de l'œil, j'observe Ava qui vide les bouteilles empoisonnées dans l'évier. Damen sort son téléphone et compose le 911. Il presse le neuf, le un, puis...

Je dois l'arrêter. Il est hors de question que la police s'en mêle. Je plonge mes yeux dans les siens et me concentre de toutes mes forces pour lui envoyer un flux d'énergie. Je répands un flot de lumière incandescente remplie d'amour et de compassion, accompagnée d'un bouquet de tulipes rouges.

– Pas la peine d'en faire un scandale, nous partons. Tu n'as pas besoin d'appeler qui que ce soit.

Ça marche, on dirait. Il fixe son téléphone d'un air hébété, sans comprendre ce qui l'empêche d'appuyer encore sur les touches.

Quand il relève les yeux, le vrai Damen refait surface. Il me regarde comme autrefois et je sens une vague de chaleur remonter le long de ma colonne vertébrale. Cela ne dure qu'une fraction de seconde, mais je ne vais pas bouder mon plaisir.

Il lance son téléphone sur le comptoir avec un haussement d'épaules. J'ai intérêt à me dépêcher, avant que le charme ne se dissipe. J'attrape mon sac, tourne les talons, me retournant juste à temps pour le voir sortir toutes mes bouteilles du frigo, et les vider dans l'évier, persuadé qu'elles sont empoisonnées.

trente-cinq

– **Que va-t-il se passer,** maintenant qu'il n'a plus sa boisson ? Ira-t-il mieux ou son état va-t-il empirer ? a questionné Ava en regagnant la voiture.

N'ayant pas de réponse – je n'en ai d'ailleurs toujours pas –, j'ai préféré garder le silence.

Elle avait l'air sincèrement désolée.

– C'est ma faute, Ever, a-t-elle ajouté en se tordant les mains. Je m'en veux, tu ne peux pas savoir.

Je secoue la tête. Elle nous a fait perdre du temps en insistant pour visiter la maison, c'est vrai, mais nous introduire chez Damen était mon idée. En outre, je m'étais tellement prise au jeu que j'avais oublié de surveiller Damen. Donc, si quelqu'un est à blâmer, c'est moi.

Le pire n'est pas de m'être fait pincer. Non, c'est que Damen ne me prend plus seulement pour une pauvre fille un peu tarée qui le suit partout, mais pour une dangereuse psychopathe, une pauvre demeurée. Il est persuadé que j'ai essayé de remplacer sa boisson rouge par de la magie noire, une décoction vaudoue qui l'aurait rendu fou amoureux de moi.

C'est ce que Stacia lui a affirmé, quand il lui a raconté l'histoire.

Et c'est ce qu'il a décidé de croire.

En fait, tout le monde à l'école en est persuadé. Y compris les professeurs. Et cela me rend la vie encore plus pénible qu'auparavant. Outre les « hystérique ! » et « tarée ! » coutumiers, j'ai à présent droit à « sorcière » ! Deux professeurs ont même demandé à me voir après les cours.

Venant de M. Robins, cela ne m'a pas guère étonnée puisque nous avions déjà discuté de mon impuissance à oublier Damen et à reconstruire ma vie sans lui. Je mentirais si je disais avoir été surprise quand, à la fin de l'heure, il m'a demandé de rester pour discuter de l'incident.

Ma riposte, en revanche, m'a étonnée. J'ai eu recours à la dernière tactique dont je me serais crue capable, j'ai joué au plus fin.

Je ne lui laissai pas le temps de finir sa phrase. Je n'avais pas envie d'entendre le discours dégoulinant de bonnes intentions, quoique légèrement déplacé, sur la manière de gérer ses relations amoureuses, que mon gentil professeur de lettres fraîchement divorcé et à moitié alcoolique s'apprêtait à me servir.

– Excusez-moi, mais si je ne me trompe pas, il ne s'agit que d'une rumeur, n'est-ce pas ? Des ragots concernant un incident censé avoir eu lieu, mais dénués de preuves ?

Je l'ai dévisagé avec aplomb, même si je mentais comme un arracheur de dents. Damen nous a surprises en flagrant délit, Ava et moi, mais comme il n'a pas pris de photos, cette fois pas de vidéo de moi circulant sur YouTube.

– Donc, tant que je ne suis pas officiellement inculpée pour un délit précis... (je me suis éclairci la gorge pour ménager mes effets)... je suis innocente jusqu'à preuve du contraire.

M. Robins s'apprêtait à répliquer, mais je n'avais pas fini.

– Donc, à moins que vous ne vouliez discuter de mon comportement en classe, que vous et moi savons exemplaire, ou de mes résultats, lesquels le sont davantage encore… je pense que la discussion est close.

Heureusement, avec M. Munoz c'était un peu plus facile. Probablement parce que j'avais pris l'initiative de lui parler. J'espérais qu'un professeur d'histoire, spécialiste de la Renaissance, était l'homme de la situation et m'aiderait à identifier le dernier ingrédient nécessaire à la fabrication de l'élixir d'immortalité.

La veille au soir, en faisant des recherches sur Google, je m'étais rendu compte que je ne savais même pas comment formuler ma demande. Et avec Sabine qui surveille mes faits et gestes, alors que je mange et bois à peu près normalement, m'éclipser pour l'Été perpétuel, ne serait-ce que cinq minutes, était hors de question.

M. Munoz est mon dernier espoir, voire l'unique. Damen ayant vidé les bouteilles dans l'évier hier, c'est la moitié de ma réserve, déjà bien maigre, qui est partie dans les égouts. Donc, je dois fabriquer de l'élixir d'immortalité. Une grande quantité. Assez pour garder des forces d'ici mon départ, mais surtout pour que Damen puisse se rétablir en mon absence.

Et puisqu'il ne m'en a jamais donné la recette, j'en suis réduite à ce que j'ai vu sur l'écran de cristal, quand son père préparait le mélange en énumérant le nom de chaque plante. Sauf la dernière, qu'il avait murmurée à l'oreille de son fils d'une voix si basse que je n'avais aucune chance de l'entendre.

Malheureusement, M. Munoz ne se révèle d'aucune utilité. Il fait mine de feuilleter quelques vieux bouquins, dans lesquels il ne trouve rien.

– Je suis désolé, Ever, cela dépasse mes connaissances. Puisque vous êtes là, je...

Je lève la main pour l'empêcher de poursuivre. Je ne suis pas particulièrement fière de la façon dont j'ai rabroué M. Robins, mais si M. Munoz s'entête je lui réserve le même traitement.

– Je sais ce que vous allez dire, mais vous vous trompez. Ce n'est pas ce que vous croyez.

Génial. En matière de démenti, je tiens le pompon. Je viens de sous-entendre que, s'il s'est peut-être passé quelque chose, ce n'était pas dans les circonstances qu'il croit ! Bref, c'est comme si je plaidais coupable avec circonstances atténuantes.

Je me sonne intérieurement les cloches. Bien joué, Ever. Si tu continues, tu pourras toujours demander à Sabine de te défendre au tribunal.

M. Munoz et moi échangeons un regard qui en dit long et décidons d'un commun accord d'en rester là.

J'attrape mon sac et tourne les talons pour gagner la porte, quand il me pose une main sur l'épaule :

– Ne vous en faites pas, ça va s'arranger.

Ce geste suffit à me montrer que Sabine va chez Starbucks quasiment tous les jours, et que mon professeur et ma tante ont entrepris un petit jeu de séduction qui, heureusement, n'a pas encore dépassé le stade des sourires. Mon professeur attend avec impatience l'occasion de lui adresser la parole. Je devrais les empêcher de sortir ensemble – quelle horreur ! –, mais je n'ai pas une minute à perdre.

Je tente de me ressaisir, et j'ai à peine franchi la porte que Roman m'accoste et règle son pas sur le mien.

– Alors, Munoz a pu t'aider ? questionne-t-il avec un rictus sardonique, tandis que son haleine froide me donne le frisson. Tu n'as plus beaucoup de temps, poursuit-il d'une voix caressante. Les choses commencent à se précipiter, tu ne trouves pas ? Tout sera bientôt terminé. Ensuite, il ne restera plus que toi et moi.

Ce n'est pas tout à fait exact. J'ai vu ce qui s'est passé dans l'église florentine. Si je ne me trompe, six orphelins immortels errent toujours sur cette terre. J'ignore si Roman le sait, et ce n'est certainement pas moi qui vais le mettre au parfum.

Je résiste à l'attraction de son regard bleu marine.

– J'ai une chance folle, on dirait !

– Et moi donc ! Tu auras besoin qu'on t'aide à guérir ton petit cœur brisé. Quelqu'un qui te comprenne, sache exactement qui tu es, ou plutôt ce que tu es.

Il me caresse le bras, et son contact me glace à travers le coton de ma manche.

– Tu ne sais absolument rien de moi, Roman. Tu me sous-estimes. À ta place, j'éviterais de crier victoire trop vite. Si tu veux mon avis, tu n'as pas encore gagné.

J'ai beau crâner, le tremblement de ma voix me trahit. Je presse le pas, laissant derrière moi Roman et son rire moqueur, et me hâte vers ma table habituelle, où Miles et Haven sont déjà installés.

Je m'assois sur le banc près d'eux. Ils m'ont tellement manqué que leur présence me rend ridiculement heureuse.

– Salut, vous deux !

Je leur souris. Ils échangent un regard entendu en

hochant la tête à l'unisson, comme s'ils avaient répété la scène.

Miles sirote un soda, lui qui n'aurait jamais touché une boisson sucrée auparavant. Il tapote la canette de ses ongles fuchsia. J'hésite à me brancher sur leurs pensées, histoire de me préparer au pire. Je finis par y renoncer, n'ayant pas franchement envie d'entendre deux fois ce qu'ils se préparent à me dire.

– Il faut qu'on parle, Ever, lance Miles. C'est à propos de Damen.

– Pas exactement, corrige Haven en sortant un sachet de carottes crues, le déjeuner officiel garanti zéro calories des minettes du groupe. Il s'agit de Damen et de toi...

Je la coupe :

– Il n'y a rien à dire. Il est avec Stacia, et moi... je m'en sors.

Ils échangent un regard lourd de sens.

– Tu es sûre ? reprend Miles. Tu trouves normal d'entrer chez lui par effraction et de trafiquer dans son frigo ? Une personne saine d'esprit ne ferait pas ce genre de choses...

– De quoi parlez-vous ? Vous ajoutez foi aux ragots qui circulent sur mon compte ? Nous sommes amis, non ? Vous êtes venus chez moi je ne sais combien de fois, et pourtant vous pensez que je suis capable de... ?

Inutile de poursuivre. Si, malgré le lien qui nous unit depuis des siècles, je n'ai pu obtenir de Damen qu'un éclair de lucidité avant qu'il ne m'accable de son mépris, que pourrais-je espérer de la part de Miles et d'Haven que je connais depuis un peu moins d'un an ?

– Je ne vois pas pourquoi Damen aurait inventé cette histoire, intervient Haven.

Son regard est dur, accusateur. Elle n'a pas la moindre intention de m'aider. Elle prétend être de mon côté, mais en réalité elle se réjouit de ma déchéance. Damen m'a préférée à elle, Roman continue à me faire la cour, alors qu'elle lui a fait comprendre qu'il lui plaisait. Elle se venge et jubile de me voir au tapis. Aujourd'hui, elle n'est là que pour savourer ma défaite.

Je suis mortifiée. J'essaie de ne pas lui en vouloir, de ne pas la juger. Je n'ignore pas que se débattre dans les affres de la jalousie est totalement irrationnel.

Elle pose sa joue dans sa main aux ongles rose bonbon au lieu du noir habituel.

– Tout le monde sait que tu l'espionnes et que tu t'es introduite chez lui à deux reprises. Tu disjonctes complètement. C'est un comportement de psychopathe.

J'attends la fin du sermon sans mot dire.

– Nous qui sommes tes amis, nous voudrions te convaincre de laisser tomber. Arrête de délirer et reviens sur terre. Parce que là, franchement, c'est grave. Sans parler du fait que...

Haven continue à énumérer tous les points sur lesquels Miles et elle ont dû se concerter. J'ai cessé d'écouter après la petite phrase « Nous sommes tes amis ». Je voudrais m'y raccrocher, même si c'est un mensonge.

Assis à l'autre table, Roman ne me quitte pas des yeux. Il désigne Damen du doigt et tapote sa montre d'un geste si menaçant que je bondis sur mes pieds et me précipite au parking, furieuse d'avoir perdu mon temps, alors que j'ai des priorités bien plus urgentes.

trente-six

J'en ai terminé avec l'école. Fini cette odieuse torture quotidienne. À quoi bon ? Je n'arrive à rien avec Damen, Roman ne cesse de me narguer, mes professeurs et mes ex-amis, qui disent vouloir mon bien, me font la morale. En outre, si tout se passe comme prévu, je retrouverai bientôt mon ancienne école de l'Oregon, ma tranquille petite vie d'avant. Je ne vois vraiment pas pourquoi je devrais continuer à subir ces humiliations.

Je descends Broadway, dépasse la foule des piétons et prends la direction du centre commercial. Je cherche un coin isolé, où je pourrais faire apparaître le portail sans terroriser quiconque. La voiture garée, je m'aperçois que je me trouve à l'endroit précis de ma première bataille contre Drina, dont Damen m'avait sauvée en me montrant l'accès à l'Été perpétuel.

Je me tasse sur mon siège, imagine un voile de lumière dorée flottant au-dessus de ma tête et atterris devant le grand sanctuaire de la connaissance. Sans prendre le temps d'admirer la magnifique façade protéiforme, je me rue à l'intérieur en me concentrant sur les deux questions suivantes...

Existe-t-il un antidote capable de sauver Damen ?

Où puis-je trouver l'herbe secrète, le dernier ingrédient nécessaire pour préparer l'élixir ?

Je les répète encore et encore, en espérant voir surgir les portes de l'*Akasha*...

Mais rien.

Pas de globe. Pas d'écran de cristal. Pas de salle circulaire immaculée ni de télévision hybride.

Rien de rien. Néant.

– C'est trop tard, susurre une voix douce dans mon dos.

Je me retourne, croyant voir Romy, mais c'est Rayne qui répète ces mots en m'emboîtant le pas, tandis que je me dirige vers la sortie.

Je n'ai pas une minute à perdre. Pas question de déchiffrer les élucubrations cryptiques de l'inquiétante fillette. Même si le concept de temps n'existe pas en ce lieu, où règne le présent perpétuel, je sais d'expérience que les minutes passées ici me seront décomptées dans notre dimension terrestre. Ce qui signifie que je dois agir le plus vite possible. Il faut impérativement que je sauve Damen avant de remonter le temps pour rentrer chez moi. Et si les réponses à mes questions ne se trouvent pas là, j'irai les chercher ailleurs.

Je me mets à courir, et au moment de tourner dans la petite allée, terrassée par une douleur soudaine, je m'écroule, les mains sur les tempes, la tête comme transpercée de coups de poignard, assaillie par un flot d'images. On dirait une succession de croquis illustrant les pages d'un livre, chacun accompagné d'une légende précisant ce qu'il représente. À la troisième page, je finis par comprendre : il s'agit des instructions pour fabriquer l'antidote destiné à Damen – des herbes plantées à la pleine lune, des cristaux rares, des minéraux dont je n'ai jamais entendu parler, des bourses de soie brodées par des moines tibétains, le tout devant être rassemblé en une suite d'étapes très précises afin d'absorber l'énergie de la prochaine pleine lune.

Je vois enfin la plante dont j'ai besoin pour achever de concocter le breuvage, puis la vision s'interrompt et la douleur cesse. Vite, je pêche un bout de papier et un stylo dans mon sac pour noter ces informations. J'ai presque terminé, quand Ava surgit, la mine radieuse.

– J'ai réussi à faire apparaître le portail. Je ne pensais pas en être capable seule, mais ce matin, quand je me suis installée pour ma séance de méditation, je me suis dit que je ne risquais rien à essayer. Et hop, me voici...

– Tu es là depuis ce matin ?

Je détaille sa jolie robe, ses chaussures de star, ses bracelets en or massif, ses doigts couverts de bagues.

– Le temps n'existe pas ici.

– Peut-être, mais chez nous il est plus de midi.

Elle affiche un air boudeur, refusant de se laisser engluer dans les règles fastidieuses de la dimension terrestre.

– Et alors ? Qu'est-ce que je rate ? Un défilé de clients attendant que je leur affirme qu'ils deviendront extrêmement riches et célèbres malgré toutes les preuves du contraire ? J'en ai assez de cette routine stérile. Cet endroit est si merveilleux ! Je me demande si je ne vais pas rester...

– Vous ne pouvez pas.

Elle lève les bras et exécute une pirouette.

– Qu'est-ce qui m'en empêche ? Donne-moi une bonne raison.

– Parce que...

J'aimerais pouvoir m'arrêter là, mais ce n'est pas une enfant, donc je dois trouver un argument plus convaincant.

– Parce que ce ne serait pas normal, pas juste. Vous avez un travail à accomplir, comme tout le monde. Se cacher ici, ce serait tricher, en quelque sorte.

– D'où sors-tu ça ? Ne me dis pas que les gens qui nous entourent sont morts ?

Je regarde les trottoirs animés, les files d'attente devant les cinémas et les bars à karaoké, sans trouver de réponse. Au fond, combien d'entre eux sont-ils pareils à Ava, des âmes fatiguées, blasées, désabusées, qui ont échoué ici et décidé de fuir la dimension terrestre pour toujours ? Et combien parmi eux sont décédés, mais ont refusé de traverser le pont, à l'instar de Riley ?

À la réflexion, je ne vois pas de quel droit je lui dirais comment mener sa vie, surtout au vu de ce que j'ai décidé de faire de la mienne.

Je lui prends la main en souriant.

– Je n'en sais rien. Pour le moment, j'ai besoin de vous. Dites-moi ce que vous savez de l'astrologie.

trente-sept

– **Alors ?**

Je me penche vers Ava, les coudes sur la table, pour essayer d'attirer son attention distraite par le spectacle de Saint-Germain.

Elle a l'air plus fascinée par la Seine, le Pont-Neuf, la tour Eiffel, le Sacré-Cœur et la cathédrale Notre-Dame – tout ce qu'elle imagine dans cet ordre – que par moi.

– Je sais que je suis bélier, annonce-t-elle.

Je tourne ma cuillère dans mon cappuccino, sans trop savoir pourquoi je l'ai commandé au garçon – qui semble droit sorti d'un dessin animé, avec sa chemise blanche, son veston noir et sa moustache à frisettes –, étant donné que je n'ai pas l'intention de le boire.

– C'est tout ?

– Détends-toi, Ever, profite du panorama. Depuis quand n'es-tu pas venue à Paris ?

Je pousse un soupir exaspéré.

– Je ne suis jamais allée à Paris. En revanche, sans vouloir vous vexer, je sais que le Printemps n'est pas coincé entre le Louvre et le musée d'Orsay. Votre Paris ressemble à un décor version Disney. C'est une compilation de brochures, de cartes postales, et de scènes de *Ratatouille,* cet adorable dessin animé. Le tout assemblé de bric et de broc.

Et le garçon ? Il fait tournoyer son plateau à toute vitesse sans rien faire tomber. Je doute que les serveurs lui ressemblent, dans la vraie vie.

J'ai beau jouer les rabat-joie, cela fait rire Ava.

– Peut-être, mais c'est exactement comme dans mes souvenirs. Ces monuments ne se situent peut-être pas ainsi dans la réalité, mais je les trouve plus beaux de cette façon. J'ai fait mes études à la Sorbonne, tu sais. Je ne t'ai jamais raconté la fois où...

– C'est passionnant, Ava, j'en suis sûre. J'adorerais entendre cette histoire, mais je n'ai pas le temps ! La seule chose qui m'intéresse, c'est ce que vous savez de l'astrologie, ou de l'astronomie, bref, ce qui concerne les cycles de la Lune.

Elle rompt un morceau de baguette, qu'elle entreprend de beurrer.

– Tu pourrais être plus précise ?

Je tire de ma poche le papier sur lequel j'ai gribouillé les informations récoltées pendant ma vision, et l'étudie un moment.

– Qu'est-ce que la nouvelle lune ?

Elle souffle sur son café et m'observe par-dessus sa tasse.

– On parle de nouvelle lune quand elle se situe en conjonction avec le Soleil. De sorte que de la Terre, on dirait que la Lune et le Soleil occupent le même espace dans le ciel. Donc, la Lune ne reflète pas les rayons du Soleil. La face cachée est éclairée, mais de la Terre elle est invisible.

– Y a-t-il une signification précise ? Une valeur symbolique ?

Elle beurre une deuxième tartine avant de répondre :

– Oui, le renouveau. Tu sais, le rajeunissement, les

nouveaux départs, l'espérance, etc. C'est une bonne période pour amorcer des changements, abandonner ses mauvaises habitudes, les relations non constructives...

Elle me gratifie d'un regard appuyé. Je sais qu'elle veut parler de Damen et de moi. Elle ignore que non contente de rompre cette relation, je vais carrément l'effacer. J'ai beau aimer Damen de tout mon cœur, ne pas concevoir l'avenir sans lui, je reste persuadée que c'est le meilleur choix. Rien de tout cela n'aurait dû arriver. Lui et moi ne devrions même pas exister. C'est contre nature, ce n'est pas normal. Et maintenant, c'est à moi de remettre de l'ordre dans ce chaos.

– Et où se situe-t-elle par rapport à la pleine lune ?

Ava finit de mastiquer avant de répondre.

– La pleine lune est visible environ deux semaines après la nouvelle lune. Lors de cette phase, presque toute la surface lunaire est éclairée par le Soleil. De sorte que, depuis la Terre, elle a l'air pleine, alors qu'en réalité il en est toujours ainsi. Quant à la symbolique, j'imagine que ça t'intéresse ? La pleine lune évoque l'abondance, la plénitude, lorsque les choses atteignent la maturité, leur développement complet. L'énergie de la Lune étant la plus forte à ce moment-là, elle a également des propriétés magiques.

J'essaie de digérer ces informations, et commence à comprendre pourquoi les phases de la Lune sont primordiales dans l'exécution de mon plan.

– Les phases de la Lune ont une importance symbolique, m'explique Ava. La Lune est très présente dans le folklore ancien, et l'on pense qu'elle conditionne les marées. Et vu que le corps humain est essentiellement composé d'eau, on peut dire qu'elle nous contrôle aussi.

Savais-tu que le mot « lunatique » vient du latin *luna*, et que la légende des loups-garous est liée à la pleine lune ?

Les loups-garous, les vampires, les démons... ça n'existe pas. À l'exception des immortels, et des mercenaires déterminés à les annihiler.

Ava termine son espresso et repousse sa tasse.

– Puis-je savoir en quoi cela t'intéresse ?

– Dans une minute. J'ai une dernière question à vous poser. Quel rapport y a-t-il entre la pleine lune et l'heure bleue ?

Elle ouvre de grands yeux.

– Tu veux parler de la lune bleue ?

Je me rappelle l'image que j'ai vue. La Lune était si bleue qu'elle se confondait presque avec le ciel. La couleur était intense et lumineuse.

– Oui, je veux parler de la lune bleue pendant l'heure bleue.

– L'opinion la plus répandue est que lorsqu'il y a deux pleines lunes dans le même mois, la deuxième est une lune bleue. Mais il existe un autre courant de pensée, plus ésotérique, qui soutient que la véritable lune bleue ne se produit pas quand deux pleines lunes apparaissent deux fois dans un même mois, mais dans le même signe astrologique. Il est considéré comme sacré entre tous, ce jour où la connexion entre les dimensions est très forte, donc idéal pour la méditation, la prière, la transe mystique. On prétend que si l'on parvient à capter l'énergie de la lune bleue pendant l'heure bleue, la magie devient possible. Les seules limites sont humaines, comme toujours.

Elle me dévisage avec insistance, mais je ne suis pas encore disposée à satisfaire sa curiosité.

– La lune bleue est un phénomène rarissime, ajoute-t-elle. Cela n'arrive que tous les trois ou cinq ans.

Mon estomac se révulse et mes mains se crispent.

– Savez-vous quand aura lieu la prochaine ?

Pourvu que ce soit bientôt, pourvu que ce soit bientôt !

– Aucune idée.

Bien sûr. L'information cruciale dont j'ai absolument besoin, elle l'ignore !

– En revanche, je sais où chercher.

Je m'apprête à lui dire que, autant que je sache, je n'ai plus accès à l'*Akasha,* quand elle ferme les yeux et fait surgir un iMac argenté, qu'elle pousse vers moi :

– Google, mademoiselle ?

trente-huit

Je me serais giflée, quand Ava a matérialisé ce portable – quelle cruche, j'aurais pu y penser la première... Par chance, nous avons très vite trouvé la réponse.

Malheureusement, ce n'était pas la bonne nouvelle que j'espérais.

En fait, c'était plutôt le contraire.

Alors que les pièces du puzzle avaient l'air de s'emboîter parfaitement, ce mécanisme bien huilé a basculé lorsque j'ai appris que la lune bleue – ce prodige qui ne s'opère que tous les trois ou cinq ans et se trouve être ma seule et unique fenêtre pour remonter le temps – était prévue pour... demain.

Ava descend de voiture et se dirige vers le parcmètre pour y introduire la petite pile de pièces qu'elle tient au creux de sa main.

– Je n'arrive pas à y croire, dis-je en m'extirpant de mon siège à mon tour. Je pensais que c'était une pleine lune normale, j'ignorais qu'il y avait une différence, et que les lunes bleues étaient si rares. Que vais-je faire, maintenant ?

Ava referme son porte-monnaie d'un geste brusque.

– À mon avis, tu as trois options.

Je pince les lèvres, n'ayant pas très envie d'en savoir plus.

– Tu ne fais rien et te contentes de regarder les êtres qui te sont chers disparaître en fumée, tu ne t'occupes que d'un problème au détriment des autres, ou tu me dis ce qui se passe réellement et je verrai ce que je peux faire.

Elle arbore sa tenue habituelle – jean délavé, bagues en argent, tunique de coton blanc et tongs de cuir brun. Toujours là, toujours disponible, toujours prête à aider, parfois même avant que j'aie conscience d'en avoir besoin.

Même au début, quand je refusais de l'écouter – pour être franche, j'étais carrément désagréable –, Ava a attendu avec patience que je change d'avis, sans jamais me tenir rigueur de mon refus buté, me tourner le dos ou me rabrouer, alors que je ne m'en étais pas privée. Comme si, pendant tout ce temps-là, elle attendait de jouer le rôle de grande sœur extralucide. À présent, c'est quasiment la seule sur qui je puisse compter, celle qui me connaît le mieux, avec tous mes secrets. Enfin, presque.

Et à la lumière de ce que je viens d'apprendre, je n'ai pas le choix. Il faut être réaliste, je ne pourrai jamais réussir seule, comme je l'espérais.

J'essaie encore de me convaincre que c'est le seul choix possible.

– D'accord, alors voilà ce que vous allez faire.

Tout en marchant, je lui rapporte avec le maximum de détails ce que j'ai vu ce jour-là dans le cristal, sans prononcer le mot qui commence par I, fidèle à la promesse faite à Damen de ne jamais révéler notre immortalité. Je lui explique qu'il a besoin de l'antidote, puis de sa « boisson rouge spéciale » pour retrouver des forces. Je lui confie enfin que j'ai le choix entre ne pas quitter le garçon que j'aime, et sauver quatre vies qui n'auraient jamais dû s'interrompre.

Quand j'ai fini, nous sommes arrivées devant la boutique où elle travaille et où je m'étais juré de ne jamais mettre les pieds.

Ava ouvre la bouche, puis la referme. Elle renouvelle ce petit manège à deux ou trois reprises.

– Demain, Ever ? finit-elle par dire. Tu dois vraiment t'en aller si vite ?

Je hausse les épaules, l'estomac noué. Je ne peux pas me payer le luxe d'attendre encore cinq ans.

– C'est pour ça que j'ai besoin de votre aide, pour fabriquer l'antidote, puis pour le faire parvenir à Damen, avec l'élix... je veux dire, sa boisson rouge, pour qu'il guérisse. Maintenant que vous savez comment pénétrer chez lui, vous pourriez peut-être verser l'antidote dans une bouteille de soda, par exemple. Et quand il ira mieux et sera redevenu lui-même, vous lui expliqueriez ce qui s'est passé et lui remettriez le... euh... la boisson rouge.

Le plan le plus nul qui soit, sans aucun doute, mais j'essaie de me persuader que ça va marcher. Ava me regarde d'un drôle d'air que je ne suis pas sûre de savoir déchiffrer.

– Vous pensez que j'ai choisi de l'abandonner, mais vous vous trompez. En fait, il y a de grandes chances pour que rien de tout cela ne soit nécessaire. Il se peut que, quand je serai rentrée chez moi, tout redevienne comme avant, ici aussi.

– Tu l'as vu dans l'*Akasha* ?

– Non, ce n'est qu'une théorie, mais elle me paraît plausible. Pourquoi en irait-il autrement ? Ce que je viens de vous dévoiler est une simple précaution qui se révélera probablement inutile. Vous ne vous rappellerez d'ailleurs même pas cette conversation, car en fait ce sera comme si elle n'avait jamais eu lieu. Si je me trompe – j'en doute, mais quand même –, je dois prévoir un plan B. Au cas où...

Je ne sais laquelle des deux je cherche à convaincre.

Elle me prend la main, le regard plein de compassion.

– Tu fais le bon choix, Ever. Et tu as de la chance. Ce n'est pas donné à tout le monde de pouvoir revenir en arrière.

– Pas à tout le monde ?

– Oui, enfin à personne, à ma connaissance.

Nous éclatons de rire.

– Plaisanterie mise à part, Ava, je ne peux pas imaginer qu'il arrive quoi que ce soit à Damen. J'en mourrais, si... j'apprenais un jour qu'il a souffert par ma faute.

Elle me serre gentiment les doigts avant de pousser la porte de la boutique :

– Ne t'inquiète pas, tu peux compter sur moi.

Je la suis dans le magasin, en passant devant des étagères croulant sous les livres, un mur entier de CD, un coin dédié à des statuettes d'anges, une machine qui prétend photographier les auras, avant d'arriver à un comptoir derrière lequel est assise une vieille femme avec une longue natte grise, plongée dans un livre qu'elle pose à notre arrivée.

– Je ne savais pas que vous travailliez aujourd'hui, Ava.

– Non, c'est mon jour de congé, mais mon amie Ever aurait besoin de la pièce du fond.

La femme m'observe, probablement pour apercevoir mon aura et lire mon énergie mais, ne voyant rien, elle lance un coup d'œil interrogateur à Ava.

Ava sourit et lui fait signe que je suis digne de confiance.

La vieille femme me dévisage encore un moment, ses doigts serrant le petit pendentif en turquoise qu'elle porte au cou.

– Tu t'appelles Ever, c'est ça ?

Pendant ma recherche éclair sur les minéraux et les cristaux, j'ai appris que la turquoise a été utilisée depuis des siècles pour fabriquer des amulettes protectrices. Si l'on en juge par la façon dont cette femme a prononcé mon nom et son air méfiant, je n'ai pas besoin de lire dans son esprit pour comprendre. Elle se demande si elle a besoin de se protéger de moi.

Elle nous considère à tour de rôle, avant de déclarer :

– Je m'appelle Lina.

Voilà tout. Pas de main tendue, pas le moindre contact. Elle me dit son nom, puis se dirige vers la porte pour retourner le panneau « Ouvert » en position « Je reviens dans dix minutes ». Cela fait, elle nous précède dans un petit couloir menant à une porte peinte en violet vif.

Elle fourrage dans sa poche pour trouver la bonne clé, hésitant encore à nous laisser entrer.

– De quoi avez-vous besoin, si je puis me permettre ?

Ava m'encourage à répondre. Je m'éclaircis la gorge et plonge la main dans la poche de mon jean, matérialisé depuis ce matin, et dont les ourlets, Dieu merci, arrivent encore jusqu'au sol. J'en sors mon bout de papier un peu chiffonné :

– Euh... j'ai besoin de plusieurs choses.

Lina me prend la feuille des mains pour l'étudier. Sourcils levés, elle grommelle quelque chose et me regarde à nouveau.

Et alors que je m'attendais à ce qu'elle nous mette à la

porte, elle me fourre le papier dans la main, ouvre la porte et nous fait entrer dans une pièce surprenante.

Lorsque Ava m'avait signalé que cette salle contenait ce dont j'avais besoin, j'étais plutôt sur mes gardes. Je m'attendais à un sous-sol glauque, rempli d'un bric-à-brac étrange et effrayant, servant à des rituels bizarres, des fioles de sang de chat, des ailes de chauves-souris, des têtes réduites, des poupées vaudoues, le genre de gadgets que l'on voit au cinéma ou à la télé. Mais cette pièce n'a rien à voir. En fait, c'est une réserve plus ou moins bien rangée, rien que de très normal, en somme ! Excepté, peut-être, les murs violet vif chargés de totems et de masques sculptés. Sans parler des portraits de déesses, appuyés contre des étagères croulant sous le poids de vieux grimoires et de divinités de pierre. Quant à la commode, elle est on ne peut plus ordinaire. Lina déverrouille un tiroir et fourrage à l'intérieur. Je tente de jeter un coup d'œil par-dessus son épaule, en pure perte. Elle finit par en extraire une pierre, qui ne me plaît pas du tout.

– C'est une pierre de lune, explique-t-elle en remarquant mon désarroi.

Je fixe la pierre. Elle n'a pas l'aspect qu'elle devrait. Quelque chose cloche, je ne peux pas expliquer quoi. Je n'ose vexer Lina, qui n'hésiterait certainement pas à me jeter dehors. J'avale ma salive et prends mon courage à deux mains :

– Euh... c'est-à-dire que j'ai besoin d'une pierre brute non polie, sous sa forme la plus pure. Celle-ci est un peu trop lisse et brillante.

Elle opine d'un mouvement presque imperceptible, une très légère inclinaison de tête accompagnée d'un rictus. Et elle remplace la pierre par ce que je lui ai demandé.

Et voilà, j'ai réussi le test. Je contemple ma pierre de lune, qui n'est ni aussi brillante ni aussi belle que l'autre, mais devrait convenir, c'est-à-dire favoriser les nouveaux départs.

– Il me faut aussi un bol taillé dans du quartz, harmonisé au septième chakra, une bourse en soie rouge brodée par des moines tibétains, quatre quartz roses polis, une petite star... non, pardon, staurolite, et la plus grosse zoïsite brute que vous ayez.

Lina se plante devant moi, les mains sur les hanches. Je devine qu'elle se demande ce que je vais faire de ces ingrédients pour le moins hétéroclites.

– Oh, et aussi une turquoise, à peu près de la taille de celle que vous portez.

Avec un dernier regard et un mouvement de tête un peu raide, elle entreprend de rassembler les pierres, qu'elle emballe sans cérémonie. J'ai presque l'impression de faire des emplettes chez Whole Foods.

En attendant, je lui remets la seconde liste.

– Et voici des herbes dont j'aurais également besoin. Elles doivent avoir été plantées pendant la nouvelle lune et cultivées par des religieuses hindoues aveugles.

Elle la consulte sans sourciller. Sidérant !

– Pourrais-tu me dire à quoi tout cela va te servir ?

Je fais non de la tête. J'ai eu un mal fou à le révéler à Ava, qui est une amie. Il est hors de question que je me confie à cette dame, malgré ses airs de grand-mère inoffensive.

– J'aime mieux pas, désolée.

Pourvu qu'elle ne se vexe pas et ne refuse pas de me servir, parce que les herbes ne me seront d'aucune utilité si je les matérialise. Il est impératif qu'elles proviennent de la terre, leur source originelle.

Lina et moi croisons le fer du regard. Je me prépare à tenir aussi longtemps qu'il le faudra, mais très vite elle retourne à la commode et recommence à fureter parmi les centaines de petits paquets qui encombrent les tiroirs.

J'en profite pour chercher dans mon sac à dos le croquis de la plante rare, très prisée au cours de la Renaissance florentine. L'ingrédient qui donnera sa touche finale à l'élixir. Je tends le bout de papier à Lina.

– Encore une chose. Cette plante vous rappelle-t-elle quelque chose ?

trente-neuf

Une fois en possession de tous les ingrédients requis, excepté l'eau de source, l'huile d'olive vierge extra, les chandelles blanches – curieusement, Lina n'en avait plus, alors que c'était l'article le plus courant que je lui demandais –, l'écorce d'orange et la photo de Damen – elle ne pouvait pas l'avoir en magasin, évidemment –, nous retournons à ma voiture.

– Je crois que je vais rentrer à pied, j'habite à deux pas d'ici, annonce Ava au moment où je déverrouille les portières.

– Vous en êtes sûre ?

Elle écarte les bras pour embrasser la nuit, un sourire aux lèvres.

– Il fait si bon ce soir, j'ai envie d'en profiter !

Je me demande ce qui lui inspire cette joie subite, alors qu'elle n'a pas pipé mot tout à l'heure dans la boutique.

– Comme dans l'Été perpétuel ?

Elle rit à gorge déployée, la tête renversée en arrière.

– Ne t'inquiète pas, je n'ai pas l'intention de disparaître de la surface de la terre pour m'installer là-bas. Mais c'est agréable de savoir que je pourrai m'y rendre quand l'envie me prendra de m'évader.

J'y vais de ma mise en garde, ainsi que Damen l'avait fait pour moi, tout en sachant qu'elle agira à sa guise et y retournera le plus tôt possible.

– Attention de ne pas y aller trop souvent, on devient vite accro.

– Entendu. Tu as tout ce qu'il te faut ?

– Oui, je m'arrêterai pour prendre le reste en route.

– Tu es sûre d'être prête ? questionne-t-elle, soudain rembrunie. Je veux dire, prête à tout laisser, à quitter Damen ? Parce que, quand ce sera fait, tu ne pourras plus revenir en arrière.

Je préfère ne pas y penser et me concentrer sur une tâche à la fois, jusqu'à ce que le moment des adieux soit venu.

– La preuve que si...

Elle incline légèrement la tête, et coince derrière l'oreille une mèche dérangée par le vent.

– Oui, mais de retour à la normalité, as-tu conscience que tu auras oublié tout ce que tu as appris, et dont tu n'auras d'ailleurs même pas idée ? Tu es sûre de toi ?

Je donne un coup de pied dans un petit caillou, pour éviter de la regarder.

– Écoutez, je ne vais pas mentir. Les choses se sont précipitées. J'aurais préféré avoir le temps d'y réfléchir. Mais au fond, je crois que je suis prête... Oui, je le suis vraiment, j'ajoute après une pause. Je tiens à rétablir l'ordre naturel des choses, parce que c'est la seule option satisfaisante, vous comprenez ?

Mon ton est monté d'un cran, de sorte que l'affirmation se transforme malgré moi en interrogation.

– En fait, je suis à cent pour cent sûre que c'est la seule

option valable, je reprends après réflexion. Sinon, pourquoi l'*Akasha* m'aurait-il divulgué ces informations ? Et puis, je suis si heureuse de retrouver ma famille, vous n'avez pas idée !

Ava me serre très fort dans ses bras.

– Je suis heureuse pour toi. Sincèrement. Tu vas me manquer, mais je suis très flattée que tu te sentes suffisamment en confiance pour me charger de la fin des opérations.

– Je ne vous remercierai jamais assez, j'articule, la gorge nouée.

Ava me caresse tendrement les cheveux.

– Tu n'as pas besoin de me remercier.

Je m'écarte pour admirer la magnifique soirée, dans cette charmante petite ville au bord de l'océan. J'ai peine à croire que je vais la quitter, abandonner Sabine, Miles, Haven, Ava... Damen, comme si de rien n'était.

– Tu es sûre que ça va aller ? s'enquiert Ava, remarquant ma mine défaite.

Je toussote en désignant le sachet violet avec l'enseigne du magasin Magie et Rayons de Lune, inscrite en lettres dorées.

– Ça ira, merci. Vous avez bien compris ce que vous devez faire avec les herbes ? Les conserver dans un endroit frais, à l'abri de la lumière. Vous ne les ajouterez à la boisson rouge que le troisième jour...

Ava éclate de rire en s'emparant de la pochette qu'elle serre contre sa poitrine.

– Ne t'inquiète pas ! Tout ce qui n'est pas là-dedans est ici, conclut-elle en désignant sa tempe de l'index.

Je cligne des yeux, au bord des larmes. Ce n'est que le premier au revoir d'une longue série...

– Bon. Je passerai demain vous apporter le reste, au cas où vous en auriez besoin, bien que j'en doute.

Je monte dans ma voiture, mets le contact et démarre sans un regard en arrière ni un signe de la main. Je coupe les ponts avec le passé et me tourne résolument vers l'avenir.

Je fais un saut au supermarché pour me procurer les autres éléments nécessaires, rentre à la maison et vide le contenu des sachets sur mon bureau. Je fouille parmi les huiles, les herbes et les bougies pour récupérer les cristaux, qui exigent une préparation plus longue. Chacun doit être programmé individuellement en fonction de sa nature, puis glissé dans la bourse en soie brodée et exposé à la lumière de la lune pour en absorber les rayons. Pendant ce temps, je fais apparaître un pilon et un mortier – que j'ai oublié d'acheter, mais comme il s'agit d'outils et non pas d'ingrédients, je pense qu'il n'y a aucune contre-indication – où je pile les herbes. Puis je les fais bouillir dans des timbales – matérialisées, elles aussi –, afin d'obtenir une décoction que je mélange au reste : les minéraux, les métaux et les poudres de toutes les couleurs conservées dans des flacons de verre soigneusement étiquetés. Il y a un ordre à respecter, sept étapes bien précises. La première consiste à faire résonner le bol de cristal, accordé pour vibrer à l'unisson du septième chakra – lequel apporte inspiration, perception extratemporelle et spatiale, et une foule d'autres choses encore qui assurent la connexion avec le divin. Je ressens une certaine excitation à la vue de tous les éléments empilés devant moi. Ça y est, je vais enfin pouvoir commencer, après tant de faux départs.

Dire que je doutais de pouvoir dénicher ces divers composants au même endroit ! La liste en était si longue et étrange, d'autant que je n'étais même pas sûre de leur existence réelle. J'étais condamnée à l'échec avant même de commencer. Ava m'avait pourtant assuré que Lina saurait nous dépanner, et qu'en plus on pouvait lui faire confiance. Sur ce dernier point, je suis loin d'être convaincue, mais ai-je le choix ?

Le regard soupçonneux dont Lina m'enveloppait tout en rassemblant les herbes et les poudres commençait à me taper sur les nerfs. Après quoi, elle avait étudié la plante que j'avais dessinée, me demandant ce que j'avais l'intention d'en faire, si c'était de l'alchimie.

Je me suis dit alors que j'avais commis une erreur monumentale en m'adressant à elle.

Ava m'a lancé un regard d'avertissement et s'apprêtait à intervenir, quand j'ai pris les devants avec un rire forcé.

– Si vous voulez parler de la véritable alchimie, celle qui recherche la transmutation des métaux, le remède universel et la prolongation de la vie (j'avais retenu la définition pendant mes recherches), alors non, vous n'y êtes pas. Je veux juste essayer un peu de magie blanche, histoire de réussir mes examens et trouver un cavalier pour le bal de fin d'année, c'est tout. Ah, et puis si ça pouvait prévenir mon allergie au pollen, ce serait génial, parce que le printemps arrive et ça va être la catastrophe. Et je n'aimerais pas avoir le nez rouge et dégoulinant sur les photos.

J'ai bien vu qu'elle n'avait pas gobé cette fable, surtout l'histoire des allergies.

– Voilà pourquoi j'ai besoin du quartz rose qui, comme vous le savez, favorise l'amour. La turquoise, pour ses pouvoirs de guérison, bien sûr, et...

J'étais prête à lui servir la liste complète des informations que j'avais mémorisées moins d'une heure auparavant, mais décidai finalement de laisser ma phrase en suspens.

Je déballe les pierres avec un soin infini et soupèse chacune d'elles dans ma main, imaginant une lumière éclatante qui les imprègne jusqu'en leur centre. Il s'agit de purifier leur énergie, étape primordiale à leur programmation, d'après ce que j'ai lu. Ensuite, il faut les prier (à voix haute !) d'absorber les rayons de la lune, afin de dispenser les bienfaits que la nature leur a octroyés.

Je lance un coup d'œil nerveux à la porte, pour m'assurer qu'elle est bien fermée. J'aurais l'air fin si Sabine débarquait et me surprenait en train de roucouler des mots doux à un tas de pierres !

– Turquoise, je te demande de guérir, purifier et aider les chakras à retrouver leur équilibre, comme la nature t'en a donné le pouvoir.

Je respire à fond et infuse mon énergie à la pierre avant de la glisser dans le petit sac de soie et de saisir la suivante. J'ai l'impression d'être une sorcière débile, mais je n'ai pas le choix et poursuis mes incantations.

Je sors les morceaux de quartz rose poli et les nimbe tour à tour de lumière, avant de prononcer quatre fois la même formule :

– Puisses-tu apporter amour inconditionnel et paix infinie...

Ensuite, je les fourre dans la pochette de soie rouge, où ils vont se lover autour de la turquoise, et sors la staurolite – une pierre magnifique, formée de larmes de fée cristallisées, paraît-il. Je lui demande de me prêter sa sagesse antique, de me porter bonheur et de m'aider à me connecter aux autres dimensions. Pour finir, j'attrape à pleines mains le gros morceau de zoïsite et le nimbe à son tour de lumière blanche.

– Puisses-tu transformer toute énergie négative en énergie positive, m'aider à me relier aux sphères mystiques, et...

– Ever ? Je peux entrer ?

Je tourne la tête vers les trois centimètres d'épaisseur de bois qui me séparent de Sabine. Puis je reporte mon attention sur le monceau d'herbes, d'huiles, de poudres et de bougies entassé sur mon bureau, en plus de la pierre à qui je suis en train de parler !

– ... favoriser aussi la guérison, combattre la maladie et tout le reste !

Je n'ai pas fini ma phrase que je la fourre dans le sac. Seulement, elle n'y entre pas.

– Ever ?

Je force un peu, mais l'ouverture est trop étroite, la pierre trop grosse, et je risque de déchirer la soie.

Sabine frappe de nouveau, trois coups secs qui m'indiquent qu'elle me sait là, absorbée par quelque occupation louche, et que sa patience a des limites. Je n'ai pas une minute à perdre.

– Oui, une seconde !

Je parviens enfin à fourrer la pierre dans le sac et me précipite sur le balcon pour déposer le tout sur une petite table baignée de clarté lunaire. Je reviens en courant, au moment où Sabine frappe encore une fois. J'imagine avec effroi ce qu'elle va penser du désordre de ma chambre, que je n'ai plus le temps de ranger.

– Ever, ça va ? questionne-t-elle, mi-agacée mi-inquiète.

J'attrape le bas de mon tee-shirt, le passe par-dessus ma tête, et tourne le dos à la porte.

– Oui... Tu peux entrer, j'étais en train de me changer.

Je renfile aussitôt mon tee-shirt comme si, prise d'un subit accès de pudeur, je ne voulais pas qu'elle me voie nue, ce qui ne m'avait jamais dérangée auparavant. Les sourcils froncés, elle m'examine de la tête aux pieds, reniflant pour détecter d'éventuels effluves d'alcool, de cannabis ou de tabac, ou je ne sais quel danger signalé par son guide de l'ado à l'usage des parents. Elle désigne mon tee-shirt du doigt avec une petite moue.

– Tu as quelque chose, là... Une tache rouge, qui risque de ne pas partir au lavage. Qu'est-ce que c'est ?

Je baisse les yeux sur mon tee-shirt maculé d'un vermillon que je reconnais immédiatement. C'est la poudre dont j'ai besoin pour l'élixir. L'emballage doit être percé, car il y en partout sur mon bureau, et par terre.

Génial. Question discrétion, c'est raté ! Sabine s'assoit au bord du lit, les jambes croisées, son téléphone à la main. Il me suffit d'un regard à son aura d'un gris vaguement roussi pour comprendre que son inquiétude n'a rien à voir avec l'état de mon tee-shirt, mais plutôt avec mes excentricités, mon goût du secret, mon manque d'appétit ce qui cache quelque chose de louche.

Je me creuse la tête pour inventer un prétexte, mais elle me prend de vitesse.

– Ever, as-tu séché les cours, aujourd'hui ?

Je me fige.

Elle a les yeux braqués sur mon bureau, comme si les éléments qui le jonchent étaient réunis là dans un but précis, voire dangereux.

Je m'affale sur ma chaise, que je fais pivoter de manière à dissimuler ma table tant bien que mal.

– Ah, oui ! J'avais la migraine, mais c'est passé.

Sabine observe toujours ma grande expérience alchimique inachevée. Elle est sur le point d'ouvrir la bouche, mais je ne lui en laisse pas le temps.

– Je veux dire que c'est passé, que je vais beaucoup mieux. Mais tout à l'heure, c'était horrible. Tu sais ce que c'est, quand ça me prend...

J'ai honte. Je suis la pire des menteuses, une ingrate, une pauvre fille qui ne sait que raconter des mensonges. Elle n'imagine pas sa chance d'être bientôt débarrassée de moi.

Elle ôte ses ballerines.

– C'est sûrement parce que tu ne manges pas assez. Pourtant, tu continues à pousser comme une mauvaise herbe. J'ai l'impression que tu as encore grandi, depuis quelques jours !

Je regarde mes jambes et constate non sans surprise que mon jean a raccourci d'un bon centimètre depuis ce matin.

– Pourquoi n'es-tu pas allée à l'infirmerie ? Tu ne dois pas disparaître dans la nature sans prévenir.

J'aimerais pouvoir lui dire de ne pas en faire une montagne, de ne plus s'inquiéter, vu que je serai bientôt partie. Bien sûr qu'elle va me manquer, mais je ne doute pas que sa vie sera bien plus facile sans moi. Elle le mérite. La certitude qu'elle aura bientôt la paix me console.

– Elle n'y connaît rien, l'infirmière. Elle se contente de nous refiler de l'aspirine, ce qui ne me fait aucun effet. Non, j'avais surtout besoin de rentrer m'allonger un peu. C'est la seule chose qui marche.

Elle se penche vers moi et me regarde dans les yeux.

– Et tu es vraiment rentrée ?

C'est un test, un défi.

Je baisse les yeux avant d'agiter le drapeau blanc.

– Non. Je suis allée au centre commercial... je me suis promenée un peu.

Après tout, ce n'est pas très éloigné de la vérité.

– Ever, cela aurait-il quelque chose à voir avec Damen ?

J'éclate en sanglots, c'est plus fort que moi.

Sabine m'ouvre les bras et je bondis de ma chaise pour m'y précipiter. Mais, maladroite sur mes longues jambes, je manque de la faire tomber du lit.

– Oh pardon ! Excuse-moi, je...

Mes sanglots redoublent.

Sabine me laisse pleurer tout mon soûl en me caressant la tête.

– Je sais qu'il te manque. J'imagine à quel point c'est dur.

Je me dégage. S'il ne s'agissait que de Damen ! J'ai honte de lui cacher la vérité. Il y a aussi mes amis, ceux de l'Oregon et ceux de Laguna. Même s'ils risquent de se porter bien mieux sans moi, y compris Damen, j'ai quand même du mal à me faire à l'idée de les quitter. Et puis il y a ma vie, celle que je m'étais construite ici, et celle à laquelle je vais retourner.

Je rentre à la maison.

Voir les choses sous cet angle me facilite la tâche. En effet, quelle qu'en soit la raison, j'ai là une opportunité unique, qui se présente une seule fois dans une vie.

Si seulement j'avais un peu plus de temps pour leur faire mes adieux.

À cette pensée, de nouvelles larmes affluent. Sabine m'étreint un peu plus fort en murmurant des paroles de réconfort. Alors je m'accroche à elle, je m'abandonne dans le cocon de ses bras, où je me sens bien au chaud, en sécurité.

Les yeux clos, j'enfouis mon visage dans son cou, et je lui dis au revoir en secret.

quarante

Le lendemain matin, je me lève tôt. Étant donné que c'est le dernier jour de ma vie, celle que je m'étais bâtie ici en tout cas, j'ai bien l'intention d'en profiter. Je vais encore me faire accueillir par le joyeux refrain de « hystérique », « tarée », « sorcière », mais comme c'est la dernière fois...

À Hillcrest High – l'école où je vais retourner bientôt –, j'étais entourée d'amis, et même si ce n'était pas toujours drôle, c'était quand même agréable d'y passer les journées, du lundi au vendredi inclus. D'ailleurs, je ne me souviens pas avoir jamais séché les cours – le contraire d'ici –, et je me sentais parfaitement intégrée.

C'est ce qui me plaît tant dans l'idée d'y retourner. Parce que, au-delà du bonheur de revoir ma famille, la perspective de retrouver des amis qui m'aiment et m'acceptent telle que je suis me facilite grandement la tâche.

Ce serait tellement plus simple s'il n'y avait pas Damen !

Et même si je n'imagine pas ne plus jamais le revoir, ne plus sentir la douceur de sa peau, la chaleur de son regard, ses lèvres gourmandes sur les miennes, je suis bien décidée à partir...

Si c'est là le prix à payer pour retrouver mon ancienne vie et ma famille...

Tout bien réfléchi, Drina m'a éliminée pour avoir Damen pour elle seule. À son tour, Damen m'a rendue immortelle pour m'avoir pour lui seul. Mais si je l'aime et souffre à l'idée de le perdre, je sais qu'en me ramenant à la vie il a bousculé l'ordre naturel des choses, et fait de moi ce que je n'étais pas censée devenir.

À moi de remettre les choses à leur place.

Plantée devant l'armoire, je choisis mon meilleur jean, un pull à col en V noir et mes nouvelles ballerines, pareilles à celles que je portais dans le cristal de l'*Akasha*. Je me passe la main dans les cheveux, un rapide coup de gloss sur les lèvres, et fixe à mes oreilles les petites boucles en diamant que mes parents m'ont offertes pour mes seize ans – ils remarqueraient leur absence –, ainsi que le bracelet en forme de mors à cheval incrusté de cristaux dont Damen m'a fait cadeau. Il n'a pas sa place dans mon ancienne – future – vie, mais je ne peux me résoudre à l'abandonner.

J'attrape mon sac, jette un ultime coup d'œil à ma chambre surdimensionnée, et sors. Je veux avoir un dernier aperçu de cette vie que je n'ai pas toujours aimée et ne me rappellerai probablement pas. Et puis, je dois encore faire mes adieux à mes amis et régler deux ou trois choses, avant de les quitter pour toujours.

En arrivant sur le parking du lycée, je commence à chercher Damen fébrilement. Je veux le revoir pour la dernière fois, tant que j'en ai encore la possibilité. Mais il n'est nulle part, et sa voiture non plus !

Je me gare et me dirige vers la salle de classe, luttant contre la panique, imaginant le pire, pour la simple raison qu'il est en retard. Il est vrai qu'il devient de plus en plus normal, humain, à mesure que le poison efface ses six derniers siècles. Mais d'après ce que j'ai vu hier, il était encore jeune, resplendissant et sexy – je tente de me rassurer en me répétant qu'il lui reste encore quelques jours de répit, au moins.

Il va finir par arriver. Je ne vois pas ce qui l'en empêcherait. C'est la star incontestée du lycée. Le plus beau garçon, le plus riche, celui qui organise les soirées les plus folles, à en croire la rumeur. Tout juste s'il n'a pas droit à une *standing ovation* à son arrivée chaque matin.

Je me fraye un chemin au milieu des autres, tous ceux à qui je n'ai jamais adressé la parole et qui ne me l'ont jamais adressée non plus, si ce n'est pour me crier des horreurs. Je suis à peu près certaine que je ne leur manquerai pas. Remarqueront-ils seulement mon absence ? À moins que ma présence parmi eux, comme je le crois, ne s'efface aussitôt de leur mémoire quand j'aurai remonté le temps.

Avant d'entrer en cours de littérature, je respire à fond pour me préparer mentalement au spectacle de Damen assis à côté de Stacia. Curieusement, elle est seule. Enfin pas tout à fait, puisqu'elle est entourée de Honor et de Craig, avec qui elle papote copieusement. Mais pas de Damen en vue. Je dépasse la table de ma rivale en me préparant à esquiver tout ce qu'elle pourra me lancer dans les jambes. Seul le silence m'accueille. Elle refuse de me voir ou de s'abaisser à me faire un croche-pied. Cela me remplit d'un étrange malaise, comme un pressentiment.

Je vais m'asseoir au fond de la classe et passe le reste de l'heure à consulter ma montre ou à regarder la porte, tandis que mon angoisse monte d'un cran et que j'imagine les scénarios les plus catastrophiques. La cloche a à peine sonné que je me précipite au-dehors. À la quatrième heure,

Damen ne s'est toujours pas montré. En arrivant en cours d'histoire, je note l'absence de Roman, ce qui déclenche chez moi un vertige proche de la panique.

– Ever, vous avez beaucoup de travail à rattraper, le savez-vous ? dit M. Munoz, tandis que je fixe la place vide de Roman d'un air hébété.

Je le regarde sans le voir. Je sais qu'il veut parler de mon absentéisme, de mes devoirs non rendus et d'autres sujets insignifiants du même ordre. Je tourne les talons, me précipite au-dehors et traverse la cour au pas de charge jusqu'au parking. Damen est là... Enfin, sa voiture ! Sa superbe BMW noire qu'il bichonnait avec amour est à présent recouverte d'une épaisse couche de poussière, et garée n'importe comment.

Elle a beau être dans un piteux état, j'ai l'impression de n'avoir jamais rien vu d'aussi beau. Si elle est là, cela signifie que lui aussi, et donc que tout va bien.

Je songe à la déplacer pour éviter qu'elle ne termine à la fourrière, quand j'entends un raclement de gorge derrière moi.

– Excusez-moi, mademoiselle, mais ne devriez-vous pas être en classe ? s'enquiert le proviseur, M. Buckley.

Je désigne la voiture de Damen.

– Euh... oui... Mais d'abord, il faudrait que je...

Mais le proviseur se moque des voitures, bien ou mal garées. En revanche, les absentéistes notoires et récidivistes comme moi, c'est son rayon. Il n'a apparemment pas oublié le jour où Sabine a plaidé ma cause pour que je sois seulement suspendue, et non définitivement renvoyée.

– Vous avez le choix. Soit j'appelle votre tante et lui demande venir vous chercher, soit...

Il observe une pause pour ménager le suspense, mais je n'ai pas besoin d'être extralucide pour deviner où il veut en venir.

– ... je vous raccompagne moi-même en cours. Que préférez-vous ?

Je suis vaguement tentée de choisir l'option numéro un, histoire de voir sa réaction. Je finis par le suivre jusqu'à la salle d'histoire, où le premier que j'aperçois est Roman, hilare, secouant la tête d'un air apitoyé tandis que je regagne ma place.

Quoique habitué à mes extravagances, M. Munoz choisit de m'interroger. Ses questions portent sur des faits historiques que nous avons étudiés, et d'autres dont nous n'avons jamais parlé. J'ai l'esprit tellement préoccupé par Roman, Damen et mon départ imminent que je réponds comme un robot, ânonnant les réponses que je lis dans sa tête.

– Dites-moi, Ever, pourriez-vous me dire ce que j'ai eu à dîner hier soir ? demande-t-il.

– Deux parts de pizza et un verre et demi de chianti, je réponds machinalement, la tête ailleurs.

Silence de mort dans la salle. Tout le monde me regarde, bouche bée.

Sauf Roman, écroulé de rire dans son coin.

À la fin de l'heure, M. Munoz me retient au moment où j'essaie de m'éclipser discrètement.

– Comment faites-vous ?

Je joue les idiotes, mais il n'a pas l'intention d'abandonner aussi facilement. Il y a des semaines que la question le turlupine.

– Comment je fais quoi ?

– Comment connaissez-vous des événements que nous n'avons jamais abordés en classe, sans parler de ma vie privée ? insiste-t-il.

– Je n'en sais rien. Je vois les réponses dans ma tête, c'est tout.

Il reste sceptique. Je n'ai ni le temps ni l'envie de le convaincre, mais j'aimerais lui dire quelque chose de gentil en guise d'adieu.

– Par exemple, je sais que vous ne devriez pas abandonner votre livre. Il sera publié un jour.

Les yeux écarquillés, il me regarde avec l'air d'hésiter entre le fol espoir et l'incrédulité totale.

Et bien que cette pensée me fasse horreur, j'ai une autre précision à lui fournir. Après tout, cela n'a plus aucune espèce d'importance puisque je m'en vais. Sabine a bien le droit de s'amuser un peu. Et à part son penchant pour les caleçons Rolling Stones, son goût pour Bruce Springsteen et son obsession de la Renaissance, mon professeur semble plutôt inoffensif. En outre, les choses ne risquent pas d'aller bien loin, étant donné que j'ai eu la vision très claire de Sabine avec un homme qui travaille au même endroit qu'elle, alors...

– Elle s'appelle Sabine, dis-je très vite avant même de le regretter. La petite blonde du Starbucks qui a renversé son café au lait sur votre chemise, l'autre jour. Celle à qui vous n'arrêtez pas de penser.

Là, je lui ai coupé la chique. Sur ce, j'attrape mon sac et me dirige vers la porte, en lançant par-dessus mon épaule :

– N'ayez pas peur de l'aborder. Prenez votre courage à deux mains et foncez. Elle est charmante, vous verrez.

quarante et un

En sortant, je m'attends à retrouver Roman et son sourire narquois. Il n'y a personne. Arrivée à la table du déjeuner, j'en comprends la raison.

Il est en pleine représentation, occupé à diriger les faits et gestes de ceux qui l'entourent, tel un chef d'orchestre, un marionnettiste ou un dresseur de cirque. Une petite idée me trotte dans la tête, je suis sur le point de mettre le doigt dessus, quand je l'aperçois.

Damen.

L'amour de ma vie arrive d'un pas chancelant, l'œil hagard, les cheveux en bataille. Son état s'est dégradé à une vitesse alarmante. Il ne nous reste plus beaucoup de temps.

« Minable ! », crache Stacia avec une grimace de dégoût, et je m'aperçois avec ahurissement que, pour une fois, le compliment ne me vise pas, moi.

Mais Damen.

En quelques secondes, les autres font chorus et les insultes et moqueries, qui jusqu'à présent m'étaient réservées, jaillissent de partout. Miles et Haven ne font pas exception.

Je me précipite à sa rencontre. Sa peau est moite, glacée, son visage hâve à faire peur. Et ses yeux noirs qui recelaient tant de promesses et de chaleur sont chassieux et larmoyants, presque aveugles. Ses lèvres ont beau être sèches et craquelées, je ressens l'envie irrésistible d'y poser les miennes. Même amoindri, c'est toujours Damen. Mon Damen. Jeune ou vieux, en bonne ou mauvaise santé, peu importe. C'est le seul qui ait jamais compté à mes yeux, le seul que j'aie vraiment aimé. Ni Roman ni personne n'y pourront rien changer.

Je l'appelle d'une voix brisée, des larmes affluent à mes paupières. J'annihile le brouhaha général pour mieux me concentrer. Je m'en veux tellement d'avoir laissé la situation se détériorer à ce point ! Lui, ne m'aurait jamais abandonnée.

Il se tourne vers moi, les sourcils froncés, mais quand je crois apercevoir une lueur de lucidité dans ses yeux elle disparaît aussitôt. J'ai dû rêver.

Je le tire par la manche.

– Viens, nous partons. On sèche les cours cet après-midi pour commencer le week-end en avance, comme au bon vieux temps, tu veux bien ?

Nous sommes presque arrivés à la grille, lorsque Roman se manifeste, les bras croisés sur la poitrine, la tête inclinée, dévoilant son tatouage qui apparaît et disparaît par intermittence.

– Pourquoi te donnes-tu tout ce mal ?

J'agrippe le bras de Damen, prête à en découdre le cas échéant.

– Voyons, Ever, tu perds ton temps ! Il est tout décrépit, ton Damen. À vue de nez, je dirais qu'il n'en a plus pour très longtemps, si tu veux mon avis. Tu ne vas quand même pas gâcher ta jeunesse pour ce vieux débris ?

Une lueur mauvaise brille au fond de ses yeux et les

commissures de ses lèvres se retroussent en un rictus cruel. Il jette un regard vers la table, où les cris redoublent d'intensité.

J'ai compris !

L'idée qui me tarabustait finit par prendre forme. Je ne suis qu'à moitié convaincue et n'aurai plus qu'à rentrer sous terre, si je me trompe, mais tant pis ! Je parcours toute la troupe du regard – Miles, Haven, Stacia, Honor, Craig... qui se singent les uns les autres, sans réfléchir ni se poser de question.

J'inspire à fond, ferme les yeux, et canalise toute mon énergie pour crier :

– Réveillez-vous !

Je me recroqueville de honte. À présent, la cible du torrent d'invectives, c'est moi. Mais cela ne doit pas me décourager. Je me doute bien que Roman a eu recours à une sorte d'hypnose collective, à croire qu'il a plongé toute l'école dans une transe perpétuelle.

Roman se gondole.

– Ever, s'il te plaît, arrête ! Tu te couvres de ridicule !

Ne pas l'écouter, surtout ! Je dois trouver le moyen de l'arrêter pour qu'ils se réveillent, sortent de leur transe, se secouent !

Je reprends mon souffle pour hurler, avec l'énergie du désespoir :

– Secouez-vous !

Cela provoque l'hilarité générale, tandis que des canettes de soda fusent en tous sens.

Roman soupire :

– Ever, vraiment, reprends-toi ! Tu es tombée sur la tête ? Tu rêves, si tu crois que tu vas réussir à les arrêter comme ça. Que vas-tu essayer ensuite ? Les gifler chacun à tour de rôle ?

Hors d'haleine, je ne réponds pas. Je sais que j'ai raison. Quoi qu'il en dise, je suis sûre qu'il leur a jeté un sort, qu'il a pris le contrôle de leurs esprits. Si seulement je pouvais taper dans mes mains, et hop !... Mais bien sûr, ça me revient, maintenant ! Je me rappelle avoir vu un documentaire à la télévision, où un hypnotiseur réveillait son patient, non pas en claquant des doigts ni en le giflant, mais en tapant deux fois dans ses mains, après avoir compté jusqu'à trois.

Je lève les yeux vers la meute déchaînée qui grimpe sur les tables pour me lancer les reliefs du déjeuner à la tête. C'est ma dernière chance. Si ça ne marche pas, alors... je ne sais plus...

Je ferme les yeux et m'égosille :

– Réveillez-vous !

Puis, je compte jusqu'à trois et tape deux fois dans mes mains.

Et là...

Plus rien...

Le silence s'abat sur l'école, le temps que tout le monde reprenne ses esprits.

Les uns se frottent les yeux, les autres bâillent à qui mieux mieux, d'autres encore s'étirent, comme après une longue sieste. Puis ils regardent autour d'eux en se demandant ce qu'ils fabriquent debout sur les tables, entourés de leurs ennemis jurés.

Craig est le premier à réagir. Se retrouvant épaule contre épaule avec Miles, il détale à l'autre bout de la table pour retrouver la compagnie rassurante de ses camarades « gros bras », qu'il salue virilement avec force bourrades dans le dos.

Surprenant le regard dégoûté que Haven pose sur sa carotte crue, je souris, rassurée. La grande famille de Bay View ne va pas tarder à reprendre ses bonnes vieilles habitudes, et les petites cliques vont se recréer bientôt, dans une guéguerre où concurrence et rivalité font la loi.

L'école a retrouvé sa normalité, en quelque sorte.

Je me dirige vers la grille, prête à affronter Roman, mais il s'est volatilisé. Je reprends le bras de Damen et le remorque jusqu'à ma voiture, où je l'aide à s'installer. Miles et Haven, mes deux meilleurs amis, qui m'ont tant manqué et que je ne reverrai sans doute plus jamais, nous emboîtent le pas.

– Je vous aime, vous savez ? je déclare sans préambule.

Ils échangent un regard inquiet en se demandant où est passée celle qu'ils avaient surnommée la Reine de glace.

Haven se lance bravement :

– Euh... oui...

Je les serre contre mon cœur.

– Ne laisse jamais tomber le théâtre ni le chant, je murmure à l'oreille de Miles. Ça te mènera... ça t'apportera beaucoup de joie et de bonheur.

J'ai failli lui dire ce que j'ai vu, des lumières sur Broadway avec son nom en tête d'affiche, mais je préfère lui en laisser la surprise.

Et sans lui donner le temps de répondre, je me tourne vers Haven. Je dois me presser, si je veux déposer Damen chez Ava à temps, mais je dois trouver le moyen de la convaincre de s'aimer davantage, de ne plus s'effacer devant les autres et d'offrir une vraie chance à Josh, qui en est digne.

– Tu es merveilleuse, tu sais. Tu as tellement à donner ! Si seulement tu pouvais reprendre confiance en toi...

Haven s'écarte en éclatant de rire.

– Tu exagères un peu, tu ne crois pas ? Tu te sens bien, tu es sûre ? Et Damen, que lui arrive-t-il ? Pourquoi est-il recroquevillé comme ça ?

Je n'ai pas de temps à perdre en explications. Je monte dans ma voiture, passe la marche arrière, et lance par la fenêtre :

– Quelqu'un sait où habite Roman ?

quarante-deux

Je n'aurais jamais imaginé être aussi heureuse de ma soudaine poussée de croissance. Grâce à mes biceps tout neufs (et à la faiblesse de Damen), je le porte pratiquement de ma voiture au perron en trois enjambées. Je l'appuie contre moi le temps de frapper, prête à défoncer le battant s'il le faut, et suis immensément soulagée quand Ava apparaît et nous invite à entrer.

Je m'engage aussitôt dans le couloir, Damen vacillant à mon côté, et stoppe devant la porte indigo que, à ma grande surprise, Ava hésite à ouvrir. Elle répugne à laisser entrer l'énergie « contaminée » d'un malade, peut-être agonisant, ce que je trouve tout à fait ridicule.

– Ava, la sainteté et la pureté de cette pièce ne pourront qu'être utiles à Damen, ne croyez-vous pas ? Il a besoin de toute l'énergie positive du monde, non ?

À bout de patience, je soutiens son regard sans faiblir, et quand elle finit par obtempérer, je me hâte d'entrer et d'installer Damen sur le futon, avant de le recouvrir du plaid de laine posé non loin à cet effet.

Je remets mes clés de voiture à Ava :

– L'antidote est dans le coffre avec la boisson rouge. Il ne sera prêt que dans deux jours. Mais Damen devrait déjà aller mieux ce soir, quand vous le lui aurez administré, quand la pleine lune sera levée. Ensuite, vous pourrez lui donner à boire le liquide rouge pour l'aider à reprendre des forces. Il n'en aura probablement pas besoin, si tout fonctionne comme prévu, mais sait-on jamais...

Pourvu que j'aie raison, me dis-je.

Ava me regarde sortir ma dernière bouteille d'élixir de mon sac.

– Tu es sûre que ça va marcher ?

– Il le faudra bien. C'est notre seul espoir.

Damen est si pâle, si faible, si... vieux ! Pourtant, c'est encore Damen. Sa beauté est toujours visible, à peine gâchée par le vieillissement accéléré qui blanchit ses cheveux, rend sa peau presque transparente et parcourt ses paupières d'un réseau de fines rides.

Je fais signe à Ava de sortir et referme la porte derrière elle. Puis je m'agenouille auprès de Damen, écarte ses cheveux de son front et l'oblige doucement à boire.

Il se débat, secouant la tête, les lèvres serrées. À force d'insistance, il finit par accepter. Ses joues retrouvent des couleurs et un semblant de chaleur, à mesure que le liquide coule dans sa gorge. Après avoir vidé la bouteille, il me lance un regard éperdu d'amour qui m'emplit de joie. Enfin, je le retrouve !

Je pose mes lèvres sur sa joue en réprimant tant bien que mal mon exaltation. Les émotions enfouies au plus profond de moi remontent à la surface, tandis que je le couvre de baisers.

– Tu m'as tellement manqué ! Mais ça va aller, ne t'inquiète pas.

Ma joie se dégonfle comme une baudruche, quand sa physionomie s'assombrit tout à coup.

– Tu m'as abandonné !

Je secoue la tête. Je veux qu'il sache que c'est faux. Je ne l'ai jamais quitté, c'est lui qui est parti. Mais ce n'était pas sa faute et je ne lui en tiens pas rigueur. Je lui pardonne ce qu'il a fait ou dit, même s'il est trop tard et que cela ne change rien, à présent.

– Non, je ne t'ai pas quitté, Damen. Tu as été malade, très malade. Mais c'est fini, tu vas te rétablir très vite. Il faut me promettre de boire l'antidote que...

Que te donnera Ava. Les mots me restent en travers de la gorge. Je refuse de les prononcer. Je ne veux pas que Damen comprenne que ce sont nos dernières minutes ensemble, nos adieux définitifs.

– Tu vas guérir, mais il faudra te méfier de Roman. Il te veut du mal. Ses intentions sont mauvaises, il cherche à te tuer. Tu dois reprendre des forces pour te battre, le cas échéant.

Je dépose un baiser sur son front, ses joues, ne m'arrêtant que lorsque j'ai recouvert son visage de mille baisers arrosés de larmes. J'en goûte le sel au coin de ses lèvres et respire sa peau une dernière fois, comme pour mémoriser son odeur, la saveur et la douceur de sa peau, afin d'en emporter le souvenir partout où j'irai.

Je lui répète que je l'aime, m'étends près de lui et le prends dans mes bras. Je le serre contre moi, et reste de longues minutes ainsi à son côté, attendant qu'il se rendorme. Je ferme les yeux et me concentre pour faire fusionner mon énergie avec la sienne, le guérir par la force de mon amour, de mon essence, de tout mon être. Lui laisser une petite part de moi-même avant de partir.

Pourtant, dès que je m'écarte pour me lever, il répète son accusation dans un demi-sommeil.

– Tu m’as quitté.

Après lui avoir dit un dernier au revoir et refermé la porte derrière moi, je comprends qu’il ne parle pas du passé.

C’est notre futur qu’il pressent.

quarante-trois

Je reprends le couloir en direction de la cuisine, le cœur lourd, les jambes de plomb, chaque pas qui m'éloigne de Damen ne faisant qu'empirer les choses.

Ava prépare du thé dans la cuisine, comme si de rien n'était.

– Ça va, Ever ?

Je secoue la tête et m'adosse au mur, ne sachant que répondre, incapable de parler. Une chose est sûre, je ne vais pas bien. Pas bien du tout. Je me sens vidée, perdue, déchirée, déprimée, bref, au plus mal.

Je suis une criminelle. Une traîtresse. Un cœur de pierre. Chaque fois que je me suis figuré la scène, mes derniers moments avec Damen, jamais je n'ai pensé que cela pourrait se terminer de façon aussi cruelle.

Je n'aurais jamais imaginé me retrouver dans le rôle de l'accusée, même si je l'ai bien cherché.

Ava consulte la pendule murale.

– Tu n'as plus beaucoup de temps. Tu veux une tasse de thé avant d'y aller ?

Il me reste quelques instructions à lui donner, et une chose ou deux à accomplir avant de partir.

– Non, merci. Vous vous rappelez ce que vous avez à faire ? Je me fie entièrement à vous, Ava. Si les choses ne se passent pas comme prévu, et que je suis la seule à remonter le temps, vous représentez mon dernier espoir pour sauver Damen, vous comprenez ? Vous ne le laisserez pas tomber, n'est-ce pas ? Il est... Ce qui lui est arrivé est profondément injuste...

Ma voix se brise. Il me reste quelques recommandations à lui faire, mais j'ai besoin de souffler un peu.

– Méfiez-vous de Roman, je reprends après une pause. Il est beau, charmant, mais ce n'est qu'une façade. Son âme est foncièrement mauvaise. Il est responsable de ce qui est arrivé à Damen. Il voulait le tuer.

– Ne t'inquiète pas. J'ai sorti les bouteilles de ton coffre, l'antidote est dans le placard, la boisson rouge fermente, et j'ajouterai la dernière herbe dans deux jours, comme tu me l'as expliqué. Je suis convaincue que nous n'en aurons pas besoin et que tout se passera bien.

Je lis la sincérité dans ses yeux. Quel soulagement de pouvoir confier Damen à quelqu'un de compétent et sûr !

Elle me serre dans ses bras.

– Maintenant, retourne vite dans l'Été perpétuel et laisse-moi m'occuper du reste. Peut-être repasseras-tu un jour par Laguna Beach et referons-nous connaissance, qui sait ?

Elle éclate de rire. J'aimerais en faire autant, mais je ne peux pas. L'heure des adieux est toujours pénible.

Je recule d'un pas en hochant la tête en guise de réponse. Je vais m'effondrer, si je tente de parler. Je parviens à grand-peine à couiner un « merci » sur le seuil de la porte.

– Tu n'as pas besoin de me remercier, Ever. Tu ne veux pas revoir Damen une dernière fois, tu en es sûre ?

La main sur la poignée, je n'hésite qu'une fraction de

seconde. Retarder l'inévitable ne sert à rien. Sans parler du fait que je ne supporte plus son regard accusateur.

– On s'est déjà dit au revoir ! Et puis je n'ai plus le temps. J'ai encore une chose à faire.

Je franchis le perron en vitesse et retourne à ma voiture.

quarante-quatre

Arrivée devant chez Roman, je me gare, descends de voiture en un éclair et défonce la porte d'un coup de pied. Le bois craque et se fendille avant de s'écrouler. J'espère prendre Roman par surprise, trouver ses points faibles et m'en débarrasser avant qu'il ait le temps de réagir.

Je me glisse à l'intérieur, notant les murs coquille d'œuf, les bouquets de fleurs en soie dans des vases en céramique, des reproductions de *La Nuit étoilée* de Van Gogh, *Le Baiser,* de Klimt, et une immense *Naissance de Vénus,* de Botticelli, dans un cadre doré au-dessus de la cheminée. L'ensemble est d'une banalité à pleurer, au point que je me demande si je ne me suis pas trompée de maison.

Je m'attendais à quelque chose de beaucoup plus trash, d'une élégance un peu décadente, genre post-apocalyptique avec des fauteuils en cuir noir, des tables en chrome, des miroirs partout et de l'art abstrait aux murs. Bref, n'importe quoi, sauf cette bonbonnière remplie de fanfreluches, qui ne correspond vraiment pas à Roman.

J'explore la maison, inspectant chaque pièce, chaque placard, regardant même sous le lit. Certaine que Roman n'est pas là, je vais à la cuisine, trouve sa réserve d'élixir et la vide dans l'évier. C'est puéril et probablement inutile, puisque après mon départ les choses reprendront leur cours normal. Mais même si je ne lui occasionne qu'un léger désagrément, c'est toujours cela de pris.

Je fouille dans les tiroirs pour trouver un crayon et un bout de papier, où noter deux ou trois choses indispensables. Quelques instructions qui me paraîtront suffisamment compréhensibles, lorsque je les relirai après avoir tout oublié, et qui devraient m'éviter de répéter les mêmes erreurs.

Ne pas retourner chercher le sweat-shirt !
Ne pas faire confiance à Drina !
Ne retourner chercher le sweat-shirt *à aucun prix* !

Et enfin, dans l'espoir d'éveiller un vague souvenir, j'ajoute : « Damen ♥ ».

Je vérifie que je n'ai rien oublié, plie le papier et le range soigneusement dans ma poche. Après quoi, je gagne la fenêtre pour contempler une grosse lune alanguie, accrochée dans un coin de ciel bleu marine. Je respire un grand coup et vais m'asseoir sur l'affreux canapé à volants roses.

Tout mon être se tend vers la sublime lumière dorée, et j'atterris dans l'Été perpétuel, au milieu de l'herbe douce. Je cours sur cette surface élastique, rebondis, saute, virevolte, fais la roue, des saltos, frôlant à peine les longues fleurs odorantes qui semblent respirer, puis me fraye un chemin parmi les arbres vibrant doucement le long du ruisseau bigarré. Je voudrais pouvoir mémoriser chaque détail, regrettant de ne pouvoir capturer ces merveilleuses sensations pour les conserver à jamais.

Comme il me reste un peu de temps et que je brûle de le revoir une dernière fois, je ferme les yeux et matérialise Damen.

Je le revois tel qu'il m'est apparu sur le parking du lycée la première fois. Ses longs cheveux noirs épars sur ses épaules, soulignant ses hautes pommettes, ses yeux noirs en amande au regard si profond, déjà si familier. Et ses lèvres ! Pleines, pulpeuses, sensuelles, invitant au baiser... Sa silhouette mince et musclée... Par la force de mon amour, je recrée chaque parcelle de son corps, avec les moindres nuances !

Il s'incline et m'entraîne dans une danse ultime. Je place ma main dans la sienne et, étroitement enlacés, nous commençons une valse lente à travers le champ fleuri. Nos pieds touchent à peine le sol, nos corps épousent le rythme d'une mélodie que nous sommes seuls à entendre. Chaque fois qu'il commence à disparaître, je ferme les yeux et le refais apparaître, sans jamais interrompre la danse. Tels le comte de Fersen et Marie-Antoinette, le prince Albert et la reine Victoria, Antoine et Cléopâtre, nous incarnons les amants les plus célèbres du monde. J'enfouis mon visage dans le creux de son cou et me laisse envelopper de sa chaleur, bercer par les derniers accents de la musique.

Si le temps n'existe pas dans l'Été perpétuel, il est bien réel là où je vais. Je dois repartir. Alors, une dernière fois, je dessine du bout des doigts chaque trait de son visage pour garder en mémoire la douceur de sa peau, la ligne de sa mâchoire, la plénitude de ses lèvres qui s'emparent des miennes, en essayant de me convaincre qu'il existe pour de vrai, en chair et en os.

Même après qu'il a disparu pour de bon.

En quittant la prairie, je tombe sur les petites jumelles qui semblaient m'attendre. À leur mine, il ne fait aucun doute qu'elles ont assisté à la scène.

Rayne me considère de ses grands yeux en soucoupe, qui ont le chic pour me mettre les nerfs en pelote.

– Tu n'as plus beaucoup de temps.

Je presse le pas, contrariée de savoir qu'elles nous ont épiés, fatiguée de les avoir chaque fois sur les talons, où que se tournent mes pas.

– C'est bon, je contrôle la situation. Vous pouvez aller...

N'ayant pas la moindre idée de ce qui les occupe, quand elles ne me collent pas aux basques, je m'interromps sans me donner la peine de terminer ma phrase. Elles peuvent faire ce qui leur plaît, ce n'est plus mon problème.

Elles trottinent pour rester à ma hauteur, se consultent du regard dans leur langage codé, et me supplient de les écouter :

– Quelque chose a mal tourné, tout va de travers !

Je les ignore. Je suis lasse de déchiffrer leurs énigmes. Apercevant les marches de marbre du temple, je me mets à courir, me bornant à un rapide coup d'œil sur l'une des plus belles structures du monde, avant de me précipiter à l'intérieur. Les portes se referment derrière moi, réduisant les jumelles au silence. Seule dans l'immense vestibule dallé, je supplie que l'on ne me refuse pas l'accès, comme l'autre fois, pour que je puisse remonter le temps.

Je suis fin prête. Je vous en prie, laissez-moi rentrer chez moi, dans l'Oregon, à Eugene, auprès de mes parents, ma sœur Riley et notre chien Caramel. Laissez-moi retourner en arrière... et tout remettre en ordre. S'il vous plaît...

Brusquement, s'ouvre devant moi un petit couloir menant à une pièce meublée d'une table et d'un tabouret. Pas n'importe quelle table. Une paillasse comme celles du labo de chimie de mon ancien lycée. Un énorme globe de cristal oscille devant moi, au moment où je m'installe sur le tabouret. Il crépite un instant avant de me renvoyer mon image, assise à cette même table, en train de sécher sur un contrôle de physique-chimie. Le dernier scénario que j'aurais choisi de revivre. Si c'est le seul moyen de rentrer à la maison, je ne vais pas faire la fine bouche. Je respire un bon coup, touche l'écran d'un doigt, et tout devient noir autour de moi.

quarante-cinq

Rachel ouvre son casier et jette ses livres pêle-mêle à l'intérieur.

– C'est la catastrophe ! J'ai complètement raté le contrôle, se lamente-t-elle en rejetant ses cheveux bruns en arrière. Remarque, j'ai à peine révisé hier. J'ai passé la soirée à envoyer des textos, et je me suis couchée super tard ! Bon, ce qui est fait est fait. Je te préviens, c'est le début de la fin... Quand mes parents vont recevoir mes notes, ils me consigneront à la maison jusqu'à la fin de mes jours.

– Arrête, Rachel ! S'il y en a une qui s'est plantée, c'est moi. Il y a des mois que je ne comprends rien au cours ! Je ne serai jamais une scientifique, c'est clair. Donc, ce fatras ne me servira à rien...

– En tout cas, je suis bien contente que ce soit fini et qu'on ne connaisse nos notes que la semaine prochaine. J'ai bien l'intention d'en profiter pendant qu'il en est encore temps. Au fait, à quelle heure veux-tu que je passe te prendre, ce soir ?

Je soupire avec ennui, tandis que nous nous dirigeons vers le parking. J'ai oublié de lui dire que je n'étais pas disponible, ça ne va pas forcément lui plaire.

– Ah oui, à propos de ce soir... Il y a un léger contretemps. Mes parents sont de sortie et je dois m'occuper de ma sœur.

Rachel s'immobilise et parcourt le parking des yeux pour voir qui rentre avec qui.

– Et tu appelles ça un léger contretemps ?

– Écoute, je me disais que tu pourrais passer dès que Riley serait couchée, et...

Inutile de poursuivre, elle a décroché depuis que j'ai évoqué ma petite sœur. Rachel fait partie des rares filles uniques que je connaisse à n'avoir jamais rêvé d'avoir un frère ou une sœur. Elle n'est pas du genre à partager le devant de la scène.

– Laisse tomber. Les mioches ont des petits doigts poisseux et de grandes oreilles qui écoutent aux portes. On ne peut pas leur faire confiance. On se verra demain, d'accord ?

– Pas possible. Demain, c'est journée en famille. On va camper au bord du lac.

– Ça, tu vois, c'est le genre de chose que tu n'as pas à supporter quand tes parents sont divorcés. Chez moi, les journées en famille, c'est quand on se retrouve au tribunal pour se chamailler à propos de la pension alimentaire.

– Quelle chance tu as !

Je regrette aussitôt mes paroles. D'abord, parce que je ne les pense pas, et aussi parce qu'elles me laissent un arrière-goût amer si désagréable que j'aimerais pouvoir effacer ce que je viens de dire.

Rachel ne m'entend pas. Elle est bien trop occupée à attirer l'attention de Shayla Sparks, la star de l'école. Rachel gesticule comme un pantin désarticulé, tout juste si elle ne sautille pas sur place en s'époumonant comme une groupie, dans l'espoir que Shayla la remarque. Mais Shayla, qui s'active à entasser ses amis dans sa Coccinelle bleu ciel, ne prête aucune attention à Rachel, qui en est réduite à feindre de se gratter l'oreille pour ne pas se couvrir de ridicule.

Je consulte ma montre en survolant le parking du regard. Je me demande ce que fabrique Brandon, il devrait être là depuis longtemps.

– Oh, tu sais, elle n'est pas terrible, cette voiture. La Mazda est plus souple à conduire.

Rachel fronce les sourcils de stupéfaction.

– Tu as fait une étude comparative ?

Je reste perplexe.

– Bien sûr que non. J'ai dû le lire quelque part...

Elle plisse les paupières et me toise de la tête aux pieds, de mon pull à col en V noir jusqu'à mon jean qui traîne par terre. Elle me saisit le poignet.

– Et ça, où l'as-tu trouvé ?

– Mais tu l'as vu des milliers de fois ! Je l'ai eu pour Noël, rappelle-toi.

Je lutte pour me dégager, au moment où Brandon arrive. Il est mignon à croquer avec ses cheveux dans les yeux.

Elle indique la chaînette d'argent en forme de mors à cheval, incrustée de petits cristaux, un bijou que je ne me rappelle pas avoir jamais vu et qui réussit à m'envoyer des papillons dans l'estomac chaque fois que je le regarde.

– Je ne te parle pas de ta montre, mais de ton bracelet, idiote !

– Je n'en sais rien, dis-je, tandis que Rachel me dévisage comme si j'avais perdu la raison. Enfin, je crois que c'est ma tante qui me l'a offert. Je t'en ai parlé, non, celle qui habite à Laguna Beach ?

– Qui habite à Laguna Beach ? demande Brandon en m'enlaçant.

Il se penche pour m'embrasser. Ses lèvres sur les miennes me perturbent au point que je détourne la tête.

– Tu m'appelles s'il y a du changement pour ce soir, d'accord ? s'écrie Rachel par-dessus son épaule, en se précipitant vers le 4x4 de sa mère.

Brandon me serre à m'étouffer contre sa poitrine, ce qui a pour effet de me soulever l'estomac.

Je m'empresse de me dégager de son étreinte, réaction qu'il ne semble pas remarquer. En tout cas, il n'y fait pas allusion, ce qui m'arrange, vu que je suis incapable d'expliquer ma conduite.

– De quel changement s'agit-il, ce soir ? demande-t-il.

Je monte dans sa Jeep et pose mon sac à mes pieds.

– Rachel voudrait aller à la fête chez Jaden, mais je suis coincée pour cause de baby-sitting.

– Tu veux que je passe, au cas où tu aurais besoin d'aide ?

– Non ! dis-je très vite. (À voir sa tête, je vais devoir rattraper le coup.) Enfin... euh... ma petite sœur se couche tard, alors ce n'est pas une super idée, tu vois ?

Il me lance un coup d'œil pensif, et j'ai l'impression que lui aussi sent que quelque chose cloche entre nous. Puis il se concentre sur la route en haussant les épaules. Nous roulons en silence. Façon de parler, car la radio beugle à plein volume. D'habitude je déteste ça, mais aujourd'hui ça m'arrange. Je préfère écouter ces chansons débiles plutôt que d'essayer de chercher à découvrir pourquoi je n'ai aucune envie de l'embrasser.

Je l'étudie objectivement, ce que j'ai cessé de faire depuis que nous sortons ensemble. Sa frange châtain souligne ses grands yeux verts, dont les coins retombent très légèrement, lui conférant une séduction irrésistible. Sauf aujourd'hui. Le charme n'opère plus. Dire qu'hier encore je gribouillais son nom partout sur mes cahiers ! C'est à n'y rien comprendre.

Brandon tourne la tête et, remarquant que je l'observe, me prend la main avec un sourire. Il entrelace ses doigts aux miens et les presse fort. Ce contact me donne un haut-le-cœur. Je me force à l'imiter – le sourire, les doigts et tout –, telle une petite amie docile, et pour calmer ma nausée je regarde défiler le paysage par la fenêtre, les rues détrempées, les maisons recouvertes de bardeaux et les forêts de pins.

Enfin, Brandon se gare devant chez moi, éteint la radio et me scrute à sa façon si particulière.

– Alors, pour ce soir ?

Je me mords les lèvres et me penche pour attraper mon sac, que je serre contre ma poitrine comme un bouclier, une défense imparable pour garder Brandon à distance.

– Je t'envoie un texto, je marmonne, les yeux fixés sur la pelouse, où la voisine joue à chat avec sa fille.

Je me dépêche d'ouvrir la portière, pressée de le maintenir à distance et de me réfugier dans ma chambre. J'ai déjà un pied dehors, quand il s'écrie :

– Tu n'oublies pas quelque chose ?

Je regarde mon sac à dos sans comprendre. Je n'avais pourtant rien d'autre avec moi. Je finis par saisir ce qu'il a en tête. Je ne vois qu'un moyen de m'en sortir pour détourner ses soupçons – et les miens. Les yeux clos, je m'incline vers lui et presse mes lèvres contre les siennes, qui sont douces et fraîches. Curieusement, je ne ressens rien.

– À plus ! je lance en sautant hors de la voiture.

Je n'attends pas d'atteindre le porche pour m'essuyer la bouche avec ma manche. J'ouvre la porte en coup de vent et me précipite dans le salon, dont l'accès est barré par une batterie en plastique, une guitare sans cordes et un petit micro noir qui ne va pas tarder à rendre l'âme si Riley et son amie continuent à se l'arracher.

Riley le tire brutalement vers elle.

– On était d'accord ! Moi, je chante les chansons de garçons, et toi, celles de filles. Où est le problème ?

L'autre tire encore plus fort :

– Le problème, c'est qu'il n'y a que des chansons de garçons ou presque, tu le sais très bien !

– Peut-être, mais ce n'est pas ma faute. Tu n'as qu'à écrire à Rock Band pour leur dire que leurs titres sont sexistes, pendant que tu y es !

– Tu es vraiment une sale...

La camarade de Riley s'interrompt en remarquant ma présence.

Je fais les gros yeux à ma petite sœur, contente d'avoir à régler un problème facile à résoudre, même si personne ne m'a demandé mon avis.

– Vous n'avez qu'à jouer à tour de rôle, les filles. Emily, tu prends la chanson suivante, et Riley celle d'après, et ainsi de suite. Vous allez y arriver sans vous battre ?

Riley pousse un gros soupir, pendant qu'Emily en profite pour s'emparer du micro.

La grimace de Riley me laisse froide.

– Maman est là ?

– Oui, elle se prépare. Alors, je chante *Dead on Arrival,* et toi, *Creep,* chuchote-t-elle à Emily dès que j'ai le dos tourné.

Je fais un saut dans ma chambre, le temps de me débarrasser de mon sac, avant de gagner celle de mes parents. Adossée à la cloison de la salle de bains attenante, je regarde ma mère se maquiller. Quand j'étais petite, je trouvais qu'elle était la plus belle femme du monde. Aujourd'hui, je suis encore de cet avis, en tout cas pour une quadragénaire mère de deux enfants.

Elle tend le cou pour vérifier que son fond de teint est uniforme.

– Bonsoir, ma chérie ! Comment s'est passée ta journée ?

– Pas mal. J'avais un contrôle de physique-chimie, et je crois que ça n'a pas trop bien marché. À part ça...

En fait, ce n'était pas si catastrophique que je veux bien le dire, mais je ne sais comment exprimer ce qui me tracasse : je me sens bizarre, comme si plus rien n'était à sa place, que tout allait de travers. Alors, faute de mieux, j'essaie de susciter chez elle une réaction qui m'aidera peut-être à y voir plus clair.

En soupirant, elle se passe un pinceau sur la paupière avant de m'observer dans le miroir.

– Mais non, ma chérie, je suis sûre que tu t'en es très bien sortie. Tu auras une bonne note, tu verras.

J'effleure une tache imaginaire sur le mur. Je ferais probablement mieux de m'enfermer dans ma chambre, pour écouter de la musique, lire un bon bouquin, n'importe quoi pour me changer les idées.

Maman sort l'applicateur de son mascara.

– Je suis désolée, c'était vraiment une invitation de dernière minute. J'imagine que tu avais d'autres projets pour la soirée.

J'agite mon poignet pour faire jouer la lumière sur les petits cristaux de mon bracelet, dont je ne me rappelle toujours pas l'origine.

– Ce n'est pas grave. Des vendredis soirs, il y en a toutes les semaines.

Ma mère suspend son geste, et me lance un regard amusé dans le miroir.

– Ever ? C'est bien toi ? Que t'arrive-t-il, me cacherais-tu quelque chose ?

Je lui adresse un petit sourire en haussant les épaules. J'aimerais pouvoir lui dire qu'en effet il m'arrive quelque chose que je ne comprends pas. Je me sens mal dans ma peau, comme si je n'étais pas moi-même.

Je préfère m'abstenir. Je n'arriverai jamais à m'expliquer... Hier, tout allait bien, et aujourd'hui c'est le contraire. J'ai l'impression de débarquer d'une autre planète, de ne pas être à ma place, une fille ronde dans un monde carré, en quelque sorte.

Ma mère s'applique du rouge à lèvres, qu'elle ravive d'une touche de gloss.

– Tu peux inviter quelques amis, si tu veux. Pas plus de trois, et à condition que tu surveilles ta sœur, bien sûr.

Je me force à sourire.

– Merci. Mais je préfère passer une soirée tranquille, pour une fois.

Je repars dans ma chambre et m'affale sur mon lit, le regard au plafond. Fatiguée de rêvasser, j'attrape le livre sur ma table de chevet et me plonge dans l'histoire d'un garçon et d'une fille unis par un lien si fort, un amour tellement parfait qu'il défie le temps. J'aimerais pouvoir me glisser entre les pages et vivre dans leur monde pour toujours. Leur vie semble tellement plus excitante que la mienne !

Mon père passe la tête dans l'embrasure de la porte.

– Ever ! Je suis venu te dire bonsoir et au revoir. Ta mère et moi partons. Nous ne sommes pas en avance.

J'abandonne mon livre pour me jeter à son cou. Il éclate de rire.

– Hé bien, quel plaisir de voir que tu n'es pas trop grande pour faire des câlins à ton vieux père !

Je m'écarte, horrifiée de constater que j'ai les larmes aux yeux, et feins de fourrager dans ma bibliothèque pour me donner une contenance.

– N'oublie pas de préparer tes affaires pour demain. Et tu aideras aussi ta sœur, d'accord ? Je voudrais partir tôt.

Je fais oui de la tête, étonnée de sentir un grand vide au creux de mon ventre quand il s'éloigne.

Pour la énième fois de la journée, je me demande quelle mouche me pique.

quarante-six

– **Laisse tomber, Ever** ! Ce n'est pas toi qui commandes, que je sache !

Les bras croisés sur la poitrine, la mine boudeuse, Riley refuse de bouger d'un pouce.

Qui aurait imaginé qu'une gamine de douze ans, pesant quarante-cinq kilos toute habillée, puisse être si butée ? Il est hors de question que je baisse les bras. Une fois mes parents partis et Riley nourrie et abreuvée, j'ai envoyé un texto à Brandon pour lui proposer de passer vers dix heures. C'est-à-dire maintenant. Donc, il est impératif que Riley aille au lit.

Je soupire à fendre l'âme. Si seulement elle n'était pas aussi tête de mule ! Mais puisqu'elle veut la guerre, elle l'aura.

– Désolée, mais tu te trompes, ma petite. Jusqu'au retour des parents, c'est moi qui commande, que ça te plaise ou non, compris ? Tu peux râler tant que tu veux, ça ne changera rien. Au lit !

– Ce n'est pas juste ! Attends un peu que j'aie treize ans, et tu vas voir ! Il va enfin régner un peu d'égalité, dans cette maison !

Moi aussi, il me tarde qu'elle les ait, ses treize ans !

– Super, je n'aurai plus besoin de te garder, et je pourrai enfin retrouver une vie normale !

Mais elle continue à taper du pied sans décolérer.

– Tu me prends pour une idiote ? Je sais très bien que Brandon doit venir ! Je m'en fiche, moi ! J'ai envie de regarder la télé, c'est tout. Tu veux que je débarrasse le plancher pour avoir le salon pour toi seule, et faire des galipettes sur le canapé avec ton chéri, c'est ça ? Si tu ne me laisses pas voir mon émission, je vous espionnerai, et après je raconterai tout à papa et à maman, je te préviens !

– Alors là, je m'en fiche, je rétorque en la singeant. Maman m'a permis d'inviter des amis, si je voulais.

Génial ! On se demande laquelle est la plus gamine des deux !

Je suis presque sûre qu'elle bluffe, mais je préfère ne pas prendre de risque.

– Écoute, Papa veut prendre la route tôt demain matin, j'ajoute en changeant de ton. Donc, tu dois aller te coucher, sinon tu seras de mauvaise humeur pendant tout le trajet. Et puis je te signale que ce n'est même pas vrai, Brandon ne doit pas venir.

Je tire la langue en espérant déguiser mon gros mensonge.

Raté.

– Ah bon ? Alors elle fait quoi, sa Jeep, devant l'entrée ?

Je tourne la tête vers la fenêtre, puis reporte mon attention sur Riley.

– Bon, très bien, tu peux la regarder, ton émission, je m'en moque. Mais ne viens pas pleurnicher après, si ça te donne des cauchemars.

Brandon hésite entre la curiosité et l'agacement.

– C'est quoi, ton problème, Ever ? On a attendu une

heure que ta sœur aille se coucher pour être enfin seuls, et maintenant tu m'envoies promener ? J'aimerais que tu m'expliques.

– Il n'y a rien à expliquer, je marmonne en rajustant mon petit haut.

Du coin de l'œil, je le vois reboutonner son jean – que je ne lui ai jamais demandé de déboutonner, moi !

– C'est ridicule, poursuit-il en bouclant sa ceinture. Je viens jusqu'ici, tes parents ne sont pas là, et toi tu es...

– Je suis quoi ?

J'aimerais qu'il termine sa phrase, qu'il mette des mots sur mon attitude. Peut-être cela m'aiderait-il à comprendre ce qui m'arrive ? Tout à l'heure, en lui envoyant ce message pour lui demander de passer, je croyais que cela suffirait à clarifier les choses. Mais dès que je lui ai ouvert la porte, j'ai eu envie de la refermer. Je n'y comprends rien.

C'est vrai, au fond, j'ai une chance folle. Il est mignon, gentil, il appartient à l'équipe de football, il a une voiture géniale, des tas d'amis... En plus, je rêvais de lui depuis si longtemps ! J'ai eu du mal à y croire, quand il a accepté de sortir avec moi. Mais mes sentiments ont changé. Je ne peux quand même pas me forcer, n'est-ce pas ?

Je joue avec mon bracelet pour éviter son regard braqué sur moi. J'essaie vainement de me rappeler qui me l'a donné. Il me rappelle vaguement quelque chose...

– C'est sérieux, Ever, déclare Brandon en se levant. Il va falloir que tu te décides vite, sinon...

Va-t-il finir sa phrase ? Au fond, cela m'indiffère.

Il se contente de sortir ses clés de sa poche.

– Je m'en vais. Amuse-toi bien au lac, demain.

La porte refermée, je m'installe dans le fauteuil de mon père et m'emmitoufle des pieds au menton dans la couverture bleue que ma grand-mère avait tricotée peu avant de mourir. Pas plus tard que la semaine dernière, je confiais à Rachel que je pensais aller jusqu'au bout avec Brandon, et maintenant... je ne supporte plus qu'il me touche.

– Ever ?

Riley se plante devant moi, tremblante, ses grands yeux bleus pleins d'effroi.

– Il est parti ?

– Oui.

– Tu veux bien rester avec moi jusqu'à ce que je m'endorme, d'accord ?

Elle me lance son regard irrésistible de pauvre petit chiot malheureux.

– Je te l'avais dit, qu'elle te donnerait des cauchemars, cette émission !

Je passe un bras autour de ses épaules et l'entraîne dans sa chambre, je la mets au lit et la borde soigneusement avant de m'allonger à côté d'elle.

– Dors, ne t'inquiète pas, je murmure en lui caressant les cheveux. Les fantômes, ça n'existe pas.

quarante-sept

– **Ever ? Tu es prête ?** Il faut partir maintenant si on veut éviter les embouteillages !

– J'arrive !

Je ne bouge pas. Plantée au beau milieu de ma chambre, je fixe un bout de papier que je viens de trouver dans la poche de mon jean. C'est bien mon écriture, mais je n'y comprends goutte.

Ne pas retourner chercher le sweat-shirt !
Ne pas faire confiance à Drina !
Ne retourner chercher le sweat-shirt *à aucun prix* !
Damen ♥

Je le relis pour la énième fois, mais ne suis pas plus avancée. Quel sweat-shirt ? Et pourquoi ne devrais-je pas retourner le chercher ? Je ne connais pas de Drina. Ni de Damen non plus. Et que vient faire ce cœur à côté de son nom ?

Pourquoi aurais-je écrit un truc pareil ? Et quand ? Qu'est-ce que ça peut bien signifier ?

Mon père m'appelle de nouveau. En entendant son pas dans l'escalier, je jette le papier, qui atterrit sur ma commode avant de tomber par terre.

Tant pis, je verrai plus tard.

Ce week-end m'a fait un bien fou. C'était agréable de prendre un peu de recul vis-à-vis de l'école, des amis – et de Brandon ! J'ai apprécié de passer du temps avec ma famille loin du train-train quotidien. Je me sens tellement mieux que, de retour à la civilisation, j'enverrai un message à Brandon, dès que mon mobile captera le réseau. Je ne veux pas laisser les choses s'envenimer. Cette curieuse phase que j'ai traversée vendredi est derrière moi à présent, on dirait.

Je hisse mon sac sur l'épaule, prête à partir, et balaie la pièce du regard une dernière fois, comme si j'oubliais quelque chose. Mon sac est bouclé, rien ne traîne, et moi je suis plantée là, à bayer. Ma mère m'appelle plusieurs fois puis, de guerre lasse, elle finit par envoyer Riley me chercher.

– Allez, viens, on t'attend, dit ma sœur en me tirant par la manche.

– Une seconde, il faut que...

– Que quoi ? Tu veux regarder les braises se consumer ? Qu'est-ce qui t'arrive ?

Je hausse les épaules, jouant machinalement avec la fermeture de mon bracelet. Quelque chose ne tourne pas rond. Plus précisément, disons que quelque chose me manque. Ou que je suis censée faire quelque chose, mais quoi ?

– Ever, bouge-toi ! Maman s'impatiente et papa a peur des bouchons. Même Caramel attend qu'on démarre pour pouvoir mettre la tête à la fenêtre, la truffe au vent. Et moi, j'aimerais bien arriver avant la fin de mon émission préférée. Bon, on y va, d'accord ?

– Qu'est-ce qu'il y a ? demande-t-elle, voyant que je reste figée sur place.

– Je ne sais pas. J'ai l'impression d'oublier quelque chose, mais je n'en suis pas sûre.

– Tu as ton sac à dos ?

Affirmatif.

– Ton téléphone ?

Je tapote ma poche.

– Ta cervelle ?

J'éclate de rire. Je dois avoir l'air stupide, mais depuis vendredi j'aurais dû avoir le temps de m'y habituer !

– Tu as pris ton sweat-shirt bleu Pinecone Lake Cheerleading Camp ?

– Voilà, je l'ai laissé au bord du lac ! Dis à papa et maman que j'arrive !

Riley me rattrape par la manche :

– On se calme, grande sœur ! Papa l'a trouvé, il est sur la banquette arrière. On peut y aller, maintenant ?

Je jette un dernier coup d'œil avant de suivre Riley à la voiture. Je m'installe derrière mon père, et à peine avons-nous démarré que mon mobile se met à vibrer. Je ne l'ai pas plus tôt tiré de ma poche que Riley se penche sur mon épaule pour lire le message en même temps que moi. Je m'écarte brusquement, bousculant Caramel qui proteste, ma sœur toujours affalée sur mon épaule.

– Maman ! je couine, en désespoir de cause.

– Arrêtez, les filles, lance-t-elle machinalement sans lever les yeux de son magazine.

– Mais je n'ai rien fait, c'est Riley qui m'embête !

Mon père m'adresse un clin d'œil dans le rétroviseur.

– Elle t'aime tellement qu'elle ne veut pas se séparer de toi. Jamais.

Ça a l'air de marcher ! Riley se blottit contre la portière avec une moue dégoûtée, les jambes allongées, délogeant à nouveau ce pauvre Caramel.

– Beurk !

Papa et moi éclatons de rire.

Je déplie mon téléphone et lis le message de Brandon : « Tpa fachée ? Jt'm. Adm1. »

Je réponds par un smiley, histoire de le faire patienter en attendant de lui envoyer quelques mots plus tendres.

Après quoi, j'appuie ma tête contre la fenêtre et m'apprête à piquer un petit somme.

– Tu ne peux pas retourner en arrière, ni changer le passé, Ever, déclare soudain Riley. Ce qui est fait est fait. C'est fini.

Je ne vois absolument pas de quoi elle parle.

– C'est notre destin à nous de mourir, pas le tien, poursuit-elle sans me laisser le temps de lui poser la question. Tu ne t'es jamais demandé si ton destin à toi, c'était de vivre ? Et que Damen ne t'avait peut-être pas sauvée ?

Je la dévisage, bouche bée, n'y comprenant goutte. Je tourne la tête pour voir si mes parents ont entendu et me rends compte que tout s'est pétrifié autour de nous. Les mains posées sur le volant, mon père regarde droit devant lui, la page que ma mère était en train de tourner est restée en suspens, et la queue de Caramel figée en l'air. En regardant par la fenêtre, je constate que même les oiseaux sont immobilisés en plein vol, et que les autres automobilistes aussi sont en arrêt sur image. Riley s'incline vers moi, les yeux brillants, il est évident que nous sommes les seules à bouger dans ce décor.

– Tu dois retourner d'où tu viens pour sauver Damen avant qu'il ne soit trop tard, m'assène-t-elle.

– Trop tard pour quoi ? Et ce Damen, qui est-ce ? Qu'est-ce que tu racontes... ?

Je n'ai pas fini de parler qu'elle me repousse.

– Hé, bas les pattes ! Non, mais ! Faut pas croire tout ce qu'il dit, dit-elle en désignant papa. Je t'aime bien, mais il ne faut pas exagérer !

Sur ces paroles définitives, elle se retourne vers la fenêtre et, son iPod sur les oreilles, massacre une chanson de Kelly Clarkson d'une voix nasillarde et éraillée. Elle ignore la tape sur le genou que lui allonge ma mère avec son magazine et ne prête aucune attention au regard complice que mon père et moi échangeons dans le rétroviseur.

Un sourire qui s'efface lorsqu'un énorme camion transportant des troncs d'arbres déboule sur notre droite et emboutit la voiture.

Noir total.

quarante-huit

Je me retrouve assise sur mon lit, la bouche ouverte en un cri silencieux. J'ai perdu ma famille pour la deuxième fois en un an. Les paroles de Riley résonnent encore à mes oreilles :

Tu dois sauver Damen avant qu'il ne soit trop tard !

Je saute sur mes pieds et fonce dans la salle de jeu. Le mini-frigo est vide. Envolés l'élixir et l'antidote. Est-ce à dire que moi seule ai remonté le temps ? Ou bien suis-je revenue exactement au point de départ et Damen court-il un grave danger ?

Je dévale l'escalier si vite que les marches se télescopent. Je ne sais plus quel jour nous sommes, ni quelle heure il peut être. Une chose est sûre, je dois aller d'urgence chez Ava.

À la dernière marche, j'entends Sabine m'appeler.

Elle émerge de la cuisine avec un tablier taché, une assiette de biscuits à la main.

– Tu tombes à pic. Je viens d'essayer la recette de ta mère. Tu veux bien goûter et me dire ce que tu en penses ?

Je marque un temps d'arrêt et puise dans des réserves de patience insoupçonnées.

– Je suis sûre qu'ils sont délicieux. Écoute, Sabine, je...

– Allez, ne te fais pas prier !

Je pressens qu'il ne s'agit pas que d'un simple biscuit. Sabine quête mon approbation. Elle se demande si elle est à la hauteur, si elle n'est pas la cause de ma conduite singulière, s'il en aurait été autrement, eût-elle adopté une autre approche. Ma si compétente, brillantissime, talentueuse tante, qui n'a jamais perdu un seul procès, a besoin que je la rassure, *moi* !

– Allez, juste un petit bout, fais-moi plaisir. Je n'essaye pas de t'empoisonner, n'aie pas peur !

Je me demande si elle a employé ces mots au hasard, ou s'il s'agit d'un code crypté afin de m'inciter à me dépêcher. Quoi qu'il en soit, je dois prendre mon mal en patience et en passer par là.

– Je suis sûre qu'ils n'arrivent pas à la cheville de ceux de ta mère. Elle faisait les meilleurs du monde. C'est sa recette. Je ne sais pas pourquoi, je me suis réveillée ce matin avec une irrésistible envie de l'essayer, toutes affaires cessantes.

La sachant capable de se lancer dans un plaidoyer en règle pour me convaincre, je choisis le plus petit gâteau, avec l'intention de l'avaler en vitesse avant de me sauver. Soudain, j'aperçois la lettre E gravée au couteau par-dessus, et je comprends tout.

C'est un indice.

Celui que j'attends depuis si longtemps.

Riley a tenu parole, alors que je commençais à perdre espoir. Comme lorsque nous étions petites, elle a marqué le plus petit biscuit de la lettre E, l'initiale de mon prénom.

Le plus gros sablé porte la lettre R. Plus de doute, il s'agit du message qu'elle m'avait promis avant de traverser le pont et de s'en aller pour toujours.

Il faut d'abord m'assurer que je n'hallucine pas et vois des signes partout.

– C'est toi qui l'as tracé ? je demande à Sabine en désignant le biscuit incrusté du E.

Elle nous examine tour à tour, l'assiette et moi, sans paraître rien remarquer.

– Écoute, Ever, si tu n'as pas envie d'y goûter, je ne vais pas te supplier. Je pensais juste que...

Je mords dans le gâteau, savourant la pâte moelleuse avec la délicieuse sensation d'être à la maison. Où j'ai eu la chance incroyable de retourner, même brièvement. Je viens de comprendre que je peux être chez moi n'importe où, il ne tient qu'à moi de le décider.

Sabine attend le verdict avec anxiété.

– J'avais déjà essayé, mais les miens n'étaient pas aussi réussis que ceux de ta mère. Elle disait qu'elle y ajoutait un ingrédient secret. Je croyais qu'elle plaisantait, mais finalement je pense que c'était vrai.

Je lèche les miettes au coin de mes lèvres du bout de la langue.

– Il y avait effectivement un ingrédient secret... (Le visage de Sabine se décompose. Elle s'attend au pire.) Tu sais quoi ? Une pincée d'amour. Tu as dû en mettre une bonne dose, parce qu'ils sont fabuleux, tes brownies.

– C'est vrai ?

– Absolument.

Je la serre tendrement dans mes bras.

– Nous sommes bien vendredi ?

– Oui. Pourquoi ?

– Pour rien !

Là-dessus, je prends mes jambes à mon cou. Chaque minute compte...

quarante-neuf

Je m'arrête devant chez Ava, stationne n'importe comment – les roues empiètent sur la pelouse – et avale les marches du perron. Arrivée à la porte, je recule d'un pas. Quelque chose ne va pas, je ne sais pas quoi. Il règne un calme trop parfait, inquiétant. Les plantes en pot encadrent toujours la porte, le paillasson n'a pas bougé, mais tout a l'air inerte, presque irréel. Je lève la main pour frapper à la porte, qui s'ouvre comme par enchantement.

Je traverse le salon et entre dans la cuisine en appelant Ava. Je remarque que rien n'a changé depuis mon départ. La tasse de thé, les biscuits dans l'assiette sont toujours là. En revanche, l'antidote et l'élixir ont disparu du placard. Je ne sais que penser. Ava n'en a pas eu besoin, parce que mon plan a fonctionné comme je l'espérais ? Ou au contraire la manœuvre aurait-elle échoué ?

Je m'élance vers la porte indigo, au bout du couloir, pour vérifier si Damen se trouve toujours là, mais je me heurte à Roman, qui me barre le passage, tout sourire.

– Ever, quelle joie de te revoir ! Je l'avais bien dit à Ava, quand on a goûté au futur, on ne peut pas revenir en arrière.

Ses cheveux soigneusement décoiffés laissent vaguement entrevoir son ouroboros. Mon estomac se tord. J'ai eu beau faire, la partie n'est pas finie, il reste le maître du jeu.

– Où est Damen ? Et Ava ?

– Chut ! Tu t'inquiètes trop. Damen est là où tu l'as laissé. Je dois dire que je ne t'aurais pas crue capable de le quitter. Je ne pensais pas que tu en aurais le courage. J'ai mal jugé tes capacités. Cela dit, je me demande comment réagirait ton petit chéri, s'il l'apprenait. Je suis sûr qu'il t'a sous-estimée, lui aussi.

Je déglutis avec peine en me rappelant les derniers mots de Damen : « Tu m'as quitté. » Il avait deviné la voie que je choisirais.

Roman se rapproche dangereusement.

– Quant à Ava, tu seras ravie d'apprendre que je n'ai rien fait. Je n'ai d'yeux que pour toi, tu le sais. Ava a bien voulu nous laisser le champ libre. D'ailleurs, d'ici quelques secondes, nous pourrons clamer notre amour à la face du monde. Débarrassés de cette stupide culpabilité que tu aurais ressentie si on avait brûlé les étapes avant que Damen n'ait eu le temps de... partir pour un monde meilleur. Personnellement, cela ne m'aurait pas dérangé, mais avec tes airs de jeune fille pure, innocente, bien intentionnée, etc., tu as un côté fleur bleue qui me paraît un peu excessif. Mais bon, je ne désespère pas, nous finirons par nous entendre tous les deux.

Je ne l'écoute plus pour me concentrer sur la tactique à adopter. J'essaie de trouver sa faille, sa kryptonite, son chakra le plus faible. Puisqu'il me bloque la porte qui me sépare de Damen, il ne me reste qu'à lui passer sur le corps. Je dois être prudente, viser juste, attaquer par surprise. Sinon, la bataille est perdue d'avance.

Roman me caresse la joue, mais je le repousse d'un revers de main si violent que ses os craquent. Il reste là, les bras ballants, les doigts inertes.

Il agite la main et remue ses doigts, qui guérissent aussitôt.

– Aïe ! Tu es une sauvage, toi ! Et tu sais que ça m'excite. Cesse de lutter, Ever ! Pourquoi t'obstines-tu à me repousser, alors que je suis tout ce qu'il te reste ?

Ses yeux assombris semblent bizarrement dépourvus de couleur et d'éclat. Je sens mon estomac se contracter.

– Qu'est-ce que Damen t'a fait pour que tu t'acharnes à le détruire ?

– C'est archisimple, ma belle. Il a tué Drina, donc je le tue. Nous sommes quittes. L'affaire est classée.

Voilà. Il vient de me donner le motif, sa raison d'agir, le chaînon manquant. Je sais comment l'éliminer. Un bon crochet dans le plexus solaire, le siège de la jalousie, de l'envie, du désir de possession irrationnel, et Roman ne sera plus qu'un mauvais souvenir.

Mais auparavant j'ai une dernière chose à régler.

– Damen n'a pas tué Drina. C'est moi.

Il éclate de rire.

– Bravo, Ever ! Chevaleresque, pathétique et romantique à souhait, mais pas très crédible. Ce n'est pas le bon moyen de sauver Damen.

– Et pourquoi ne serait-ce pas crédible ? Puisque tu te poses en justicier, œil pour œil, dent pour dent, pourquoi refuses-tu de croire que c'est moi la coupable ? Je l'ai tuée, cette garce. Elle était toujours à fourrer son nez partout, complètement obsédée par Damen. Elle faisait une fixation. Tu devais le savoir, non ?

Roman accuse le coup en silence. Je n'ai pas besoin de confirmation, j'ai touché la corde sensible et ne vais pas la lâcher de sitôt.

– Elle voulait se débarrasser de moi et garder Damen pour elle seule, j'ajoute sur le même ton. Pendant des mois, je l'ai ignorée, espérant qu'elle se lasserait et finirait par renoncer, mais cette andouille a été assez bête pour venir me provoquer chez moi. Et comme elle refusait d'entendre raison et a choisi de m'attaquer, j'ai riposté et l'ai tuée.

Évidemment, j'étais loin d'être aussi calme à l'époque, mais je n'ai pas l'intention de lui avouer mes hésitations et mes frayeurs. J'en rajoute, au contraire.

– Et tu sais quoi ? C'était facile. Si tu l'avais vue ! Elle était là, devant moi, avec sa tignasse rousse, et hop ! La seconde d'après, plus personne... Damen est arrivé après la bataille. Donc s'il y a une coupable, c'est moi et moi seule.

J'avance vers lui sans le quitter des yeux, les poings serrés.

– Alors, qu'en dis-tu ? Tu veux toujours sortir avec moi ? Tu préfères me tuer ? Je comprendrais, tu sais.

Je pose la main à plat sur sa poitrine et le repousse violemment contre la porte. Ce serait si facile de baisser un peu le bras, de frapper un grand coup et d'en finir avec cette ordure.

– C'était toi ? Pas Damen ?

Les mots résonnent comme une vraie question, une crise de conscience plutôt qu'une accusation.

Je confirme d'un signe de tête, mâchoires serrées, prête à me battre. Rien ne pourra m'empêcher d'entrer dans cette pièce.

– Il n'est pas trop tard ! s'écrie-t-il tandis que je recule pour prendre de l'élan. On peut encore le sauver !

Je m'immobilise, le poing brandi. Serait-ce une ruse ?

Roman secoue la tête d'un air éploré.

– Je ne le savais pas... J'étais certain que c'était lui... Dire qu'il m'a donné la vie ! Je lui dois tout...

Il se précipite dans le couloir en criant :

– Occupe-toi de lui, je vais chercher l'antidote !

cinquante

J'entre en coup de vent. Damen est toujours allongé sur le futon, plus pâle et émacié que jamais.

Je remarque alors la présence de Rayne. Accroupie au côté de Damen, elle lui applique un linge humide sur le front. En m'apercevant, elle tend la main vers moi, les yeux écarquillés.

– N'approche pas, Ever ! Si tu veux sauver Damen, reste où tu es, ne brise surtout pas le cercle !

Une substance blanche granuleuse, pareille à du gros sel, dessine un cercle parfait autour d'eux. J'obéis en me demandant ce qu'elle manigance. Avec son petit visage mince et pâle, ses grands yeux noirs, sa présence semble parfaitement incongrue hors de l'Été perpétuel.

Damen a le plus grand mal à respirer. Rayne a beau dire, je veux être près de lui. C'est ma faute s'il se trouve dans cet état. Je l'ai abandonné. J'ai été stupide, égoïste, et naïve de croire que tout marcherait sur des roulettes, qu'Ava tiendrait parole et veillerait sur lui, simplement parce que cela m'arrangeait.

Je m'approche à l'extrême bord du cercle, au moment où Roman reparaît dans mon dos.

– Que fait-elle ici ? demande-t-il, étonné de découvrir Rayne à genoux auprès de Damen.

– Ne l'écoute pas ! Il savait très bien que j'étais là !

– Absolument pas ! Je ne t'ai jamais vue de ma vie ! Sans vouloir te vexer, les gamines en uniforme d'écolière, ce n'est pas vraiment ma tasse de thé. Je préfère les filles un peu plus affirmées, genre Ever, conclut-il en passant une main caressante le long de ma colonne vertébrale.

J'en ai la chair de poule et me retiens de le repousser. Je respire à fond pour garder mon calme, et me concentre sur son autre main, celle qui tient l'antidote, la planche de salut.

Rien d'autre ne compte. Le reste peut attendre.

Je lui arrache le flacon et le débouche. Mais Roman me retient par le bras, au moment où je vais pénétrer dans le cercle.

– Pas si vite !

Je m'arrête net.

– Ne crois pas un mot de ce qu'il dit, intervient Rayne. Écoute-moi. Ava a jeté l'antidote et pris la fuite avec l'élixir, aussitôt après ton départ. Heureusement que je suis arrivée avant ce sale menteur. Il a besoin de toi pour entrer dans le cercle et atteindre Damen. Seuls les êtres purs, animés des meilleures intentions, peuvent le franchir. Si tu le fais, il te suivra et neutralisera la protection. Donc, si tu tiens à Damen, si tu veux vraiment le protéger, tu dois attendre le retour de Romy.

– Romy ?

– Oui, elle est partie chercher l'antidote. Il sera prêt à la tombée de la nuit, quand il aura absorbé l'énergie de la lune bleue.

– Quel antidote ? glousse Roman. Le seul antidote, c'est celui-là. C'est moi qui ai fabriqué le poison, alors qu'est-ce qu'elle en sait, cette mioche ? Tu n'as pas vraiment le choix, Ever, ajoute-t-il en me voyant plongée dans l'incertitude. Soit tu l'écoutes et Damen meurt. Soit tu m'écoutes, moi, et il vit. Ce n'est pas compliqué.

Rayne m'implore de ne pas écouter Roman et d'attendre que Romy revienne à la tombée de la nuit, dans plusieurs heures, donc. Mais Damen semble perdre ses forces de seconde en seconde.

Je me tourne vers Roman.

– Comment puis-je être sûre que tu n'essaies pas de me rouler ?

– Fais-moi confiance.

Qui croire ? Roman, le renégat à l'origine de cette sombre histoire ? Ou Rayne, la petite jumelle vaguement inquiétante, qui adore parler par énigmes impénétrables ? Je ferme les yeux et essaie de suivre mon intuition, laquelle se trompe rarement, même si je ne lui obéis pas toujours. Silence radio, bien sûr.

– Ne l'écoute pas, Ever. Il n'a pas l'intention de t'aider. Moi, si. C'est moi qui t'ai envoyé cette vision devant le temple, la liste des ingrédients. C'est parce que tu avais déjà pris ta décision que tu n'as pas pu pénétrer dans l'*Akasha*. Nous avons essayé de t'empêcher de partir, mais tu ne voulais rien entendre, et maintenant...

– Je croyais que vous n'étiez au courant de rien ? Que ta sœur et toi ne pouviez pas... (Je m'interromps et lance un regard circonspect à Roman. Je dois me garder d'en dire trop...) Je pensais que vous ne pouviez voir que certaines choses.

Rayne prend un air peiné.

– Nous ne t'avons jamais menti, ni trompée non plus, Ever. Il y a effectivement des choses que l'on ne peut pas présager. Romy a le don d'empathie, et moi je suis presciente. À nous deux, nous sommes capables de deviner les émotions humaines et d'anticiper l'avenir. C'est grâce à nos pouvoirs que nous t'avons rencontrée la première fois. Depuis, nous nous efforçons de te guider du mieux possible. Riley nous a demandé de veiller sur toi, alors nous...

– Riley ?

Mon estomac se rebelle. Que vient faire ma petite sœur dans l'histoire ?

– Nous l'avons croisée dans l'Été perpétuel. Nous l'avons même accompagnée à l'école, dans un internat qu'elle avait inventé. C'est d'ailleurs pour cette raison que nous portons l'uniforme.

Riley rêvait effectivement de fréquenter un pensionnat, je me souviens, soi-disant pour ne plus m'avoir sur le dos. Il était donc logique qu'elle en ait improvisé un dans l'Été perpétuel.

– Et quand elle a décidé de... de traverser le pont, elle nous a demandé de veiller sur toi, au cas où tu te manifesterais un jour, poursuit la petite fille.

– C'est faux ! Riley me l'aurait dit...

En fait, je n'ai aucune raison de ne pas la croire. Je me rappelle avoir entendu Riley parler de personnes qu'elle avait rencontrées. S'agissait-il des jumelles ?

– Damen aussi, nous le connaissons bien. Il nous a secourues un jour, il y a longtemps... S'il te plaît, Ever, attends que Romy revienne avec l'antidote !

Je suis tentée de la croire, mais quand je vois la maigreur de Damen, sa peau livide, ses yeux horriblement cernés, sa respiration de plus en plus inégale et laborieuse, je n'hésite plus.

– D'accord, Roman. Allons-y, dis-moi ce que je dois faire.

cinquante et un

Roman acquiesce me reprend l'antidote des mains.

– Il nous faudrait quelque chose de coupant.

Je fronce les sourcils.

– Pourquoi ? Il est prêt ton antidote, oui ou non ? Si c'est le cas, il suffit de le boire. Je ne vois pas où est le problème.

Roman me jette un regard oblique qui me fait froid dans le dos.

– Bien sûr qu'il est prêt. Il manque juste un ingrédient.

J'aurais dû me douter que rien n'était jamais acquis avec lui.

– De quoi parles-tu ? je demande d'une voix dont j'ai peine à maîtriser le tremblement. À quoi joues-tu ?

– Détends-toi, voyons ! Ce n'est pas bien compliqué et ça ne prendra pas des heures, au moins ! Une ou deux gouttes de ton sang suffiront. C'est tout.

*À quoi ça rime ? Je ne comprends pas. Et pourquoi l'*Akasha *ne m'a-t-il donné aucune indication à ce sujet* ?

Roman répond à ma question muette.

– Ton partenaire immortel doit boire un antidote contenant une goutte du sang de son amour éternel. C'est le seul moyen de le sauver.

J'hésite. Perdre un peu de sang ne m'effraie pas tant

qu'être dupe d'un mensonge et risquer de perdre Damen pour toujours.

– Aurais-tu peur de ne pas être son seul et unique amour ? ajoute Roman avec un sourire moqueur. Je devrais appeler Stacia, à ton avis ?

Avisant des ciseaux non loin, je m'en empare et m'apprête à me piquer le poignet.

– Non, Ever, ne fais pas ça ! me crie Rayne. C'est un piège ! Ne l'écoute pas, il ment comme il respire.

Je regarde avec angoisse la poitrine de Damen se soulever avec peine. Le temps presse. C'est une question de minutes. Sans plus réfléchir, je m'empare des ciseaux et plante la lame dans mon poignet. Rayne pousse un hurlement en voyant mon sang gicler à flots, tandis que Roman se hâte d'en récolter quelques gouttes.

Ma tête tourne, j'éprouve un léger vertige, mais quelques secondes plus tard mes veines se referment et ma peau cicatrise. Je m'empare du flacon contenant l'antidote et, sourde aux protestations de Rayne, je pénètre dans le cercle, l'écarte sans ménagement et vais m'agenouiller près du lit où repose Damen. Je glisse la main sous sa nuque pour le forcer à boire, quand sous mes yeux horrifiés sa respiration devient de plus en plus faible avant de s'arrêter tout à fait.

– Non, tu ne peux pas mourir ! Ne m'abandonne pas !

Je verse le liquide dans sa gorge afin de le ramener à la vie, comme il l'avait fait pour moi par le passé.

Je l'étreins avec force pour lui insuffler la volonté de vivre. Tout se brouille... Seul existe Damen, mon âme sœur, mon compagnon pour l'éternité, mon seul, mon unique amour. Je refuse de le laisser partir, de perdre espoir. La bouteille est vide, je m'effondre en larmes sur sa poitrine, mes lèvres contre les siennes, lui infusant mon souffle, ma vie, mon âme.

– Ouvre les yeux, regarde-moi !

Je murmure les mots qu'il m'avait dits autrefois.

Je les répète, encore et encore.

Jusqu'à ce qu'il me regarde enfin.

Mes larmes redoublent et roulent sur ses joues.

– Damen ! Tu es vivant, tu es revenu ! Tu m'as tellement manqué... Je t'aime tant ! Je te promets de ne plus t'abandonner, plus jamais ! Tu me pardonnes, dis ?

Ses paupières battent faiblement et ses lèvres remuent, essayant d'articuler des paroles que je n'entends pas. Transportée de joie, j'approche mon oreille de sa bouche, quand fusent des applaudissements nourris.

Roman se tient derrière moi à l'intérieur du cercle, tandis que Rayne va se réfugier dans l'angle le plus reculé de la pièce.

– Bravo, Ever, bien joué ! s'écrie-t-il goguenard. Cette petite scène était très émouvante. Ce n'est pas souvent qu'on a l'occasion d'assister à de si poignantes retrouvailles.

J'avale de travers, les mains tremblantes, l'estomac en alerte rouge. Que peut-il bien nous vouloir encore ?

Damen est vivant, l'antidote s'est révélé efficace, que lui faut-il de plus ?

Tandis que Damen se rendort paisiblement, je surprends le regard incrédule de Rayne fixé sur moi.

Je suis presque sûre que Roman cherche à faire de l'esbroufe, maintenant que Damen est tiré d'affaire. Quoi qu'il arrive, je suis prête à défendre chèrement ma vie.

– Tu veux encore me tuer, c'est ça ?

Il éclate de rire.

– Non, voyons ! Mais je ne vais pas me priver de rire, si j'en ai la possibilité.

Je m'efforce de dissimuler la panique qui me gagne.

– Je ne pensais pas que ce serait aussi facile et prévisible. Mais bon, l'amour rend bête, impulsif et un peu fou, pas vrai ?

Je ne sais pas où il veut en venir, mais j'ai un mauvais pressentiment.

– Je n'en reviens pas que tu sois tombée dans le panneau si facilement ! Tu t'es fait avoir comme une débutante ! Comment as-tu pu t'ouvrir les veines sans te poser de questions ? Ça confirme ce que je disais, ne jamais sous-estimer le pouvoir de l'amour ! Ou bien était-ce de la culpabilité ? Allez savoir...

Je viens de comprendre mon erreur. C'était un piège, et j'ai foncé tête baissée.

Roman me lance un regard venimeux.

– Tu étais prête à te sacrifier pour le sauver ! C'était si facile, je n'ai même pas eu à te forcer la main. Au fond, je sais exactement ce que tu ressentais. J'aurais fait la même chose pour Drina, si seulement j'avais pu. Nous savons tous les deux comment l'autre histoire s'est terminée. Je suppose que tu brûles d'apprendre le dénouement de celle-ci, pas vrai ?

Je jette un coup d'œil furtif à Damen, rassurée de voir qu'il dort tranquillement.

– Oh, il est bien vivant, confirme Roman qui a surpris mon regard. Et il le restera encore pendant de très, très, très longues années. Je ne vais pas vous supprimer, ne t'inquiète pas. En fait, je n'en ai jamais eu l'intention, quoi que tu aies pu penser. Mais je te préviens, votre futur bonheur a un prix.

Je ne vois vraiment pas ce qu'il a en tête. Pour garder Damen, je suis prête à payer le prix fort, quel qu'il soit.

– Que veux-tu ?

– Pauvre chérie, je t'ai fait de la peine, hein ? Bon, je t'ai dit que Damen allait s'en sortir. Il sera comme neuf, encore plus vif et fringant qu'avant. Regarde, tu vois ? Il a retrouvé des couleurs et commence déjà à reprendre du poil de la bête. Il va bientôt redevenir le bel athlète pour qui tu te damnerais, hein... ?

– Abrège, s'il te plaît.

C'est vrai, quoi, ces immortels dégénérés, toujours à se vanter, c'est assommant !

– Pas question. Voilà des siècles que j'attends ce moment, alors je ne vais pas m'en priver. Damen et moi, tu vois, ça fait un bail ! Notre histoire remonte à Florence. Oui, j'étais orphelin, comme lui. Le benjamin. Et quand Damen m'a sauvé de la peste, je l'ai considéré presque comme un père.

– Et Drina alors, c'était ta mère ?

Son regard se durcit, mais il se ressaisit très vite.

– Pas vraiment, non. Drina, je l'aimais à la folie, de tout mon cœur, plus que tu crois l'aimer, lui. De chaque fibre de mon être. J'aurais fait n'importe quoi pour elle. Je ne l'aurais jamais abandonnée, moi.

Je ne dis rien. Après tout, je l'ai bien mérité.

– Elle n'avait d'yeux que pour Damen. C'était une idée fixe. Jusqu'à ce qu'il te connaisse. Alors, Drina s'est tournée vers moi, mais elle ne voulait que mon amitié. Ma compagnie ! Une épaule où pleurer. J'aurais décroché la lune pour elle ! Mais elle avait déjà tout ce qu'elle voulait, le monde était à ses pieds. Sauf Damen. La seule chose que je ne pouvais ni ne voulais lui donner. Ce Damen

Auguste de malheur ! Malheureusement pour elle, Damen ne brûlait que pour toi. Et voilà comment s'est formé un triangle amoureux qui a duré quatre siècles, chacun de nous étant bien déterminé à ne pas céder. Jusqu'à ce que tu la supprimes. Tu me l'as enlevée et, pire, tu m'as ôté l'espoir de la faire mienne un jour.

– Tu savais depuis le début que je l'avais tuée ?

– Bien sûr, pauvre cruche ! J'avais tout prévu. Mais je dois dire que tu m'as surpris quand tu as décidé de partir, je t'avais réellement sous-estimée. Mais j'ai poursuivi mon plan. J'étais certain que tu reviendrais. Je l'avais assuré à Ava.

Ava !... Je ne suis pas sûre de vouloir apprendre le sort de la seule personne à qui je pensais pouvoir faire confiance.

– Ah oui, ta chère Ava, la seule à qui tu pouvais te fier, hein ? Il se trouve qu'elle m'avait lu les cartes une fois, et plutôt bien, même, je dois dire. Depuis, nous étions restés en contact. Sais-tu qu'elle a quitté brusquement la ville après ton départ ? Elle a embarqué la réserve d'élixir, livrant ce pauvre petit Damen sans défense à mes bons soins. Elle n'a même pas eu la patience d'attendre de voir si ta petite théorie se vérifiait ou non. Elle a pensé que de toute façon tu n'allais pas revenir de sitôt et ne verrais donc pas la différence. Tu devrais faire plus attention la prochaine fois, Ever ! Tu es si naïve, quelquefois !

Je hausse les épaules. Il est trop tard. Je ne peux peut-être pas modifier le passé, mais la suite des événements, qui sait ?

Roman éclate de rire :

– Oh, c'était si drôle de te voir mater en douce mon

poignet à la recherche de mon ouroboros ! Ma pauvre fille, tu ne te doutais pas qu'on pouvait le porter n'importe où ?

Je le laisse parler, dans l'espoir d'en apprendre davantage. Damen ignorait tout de l'existence des Immortels hors-la-loi, jusqu'à ce que Drina se rebelle.

– Oui, c'est moi qui ai commencé, lance Roman, l'air fanfaron. Je suis le fondateur de la tribu des Immortels hors-la-loi. Damen nous a fait boire de l'élixir pour nous guérir de la peste, mais quand les effets se sont estompés et que nous avons commencé à vieillir, il a refusé de nous en donner davantage.

Une dose avait dû leur garantir un bon siècle d'existence, je ne trouve pas cela particulièrement radin, moi.

– Alors, j'ai entrepris mes propres expériences. J'ai étudié auprès des plus grands alchimistes et perfectionné l'œuvre de Damen.

– Tu parles d'une perfection ! Passer du côté du mal, accorder la vie ou la mort selon ton bon vouloir, jouer au petit dieu ! Tu veux rire...

– J'ai fait ce que j'avais à faire, rétorque Roman d'un air pincé. Moi, au moins, je n'ai pas laissé des orphelins se ratatiner comme de vieilles pommes. Contrairement à ton chéri, je suis parti à leur recherche et je les ai sauvés. Ah, et puis j'ai embauché quelques nouvelles recrues au passage. Rassure-toi, je ne fais jamais de mal aux innocents. Sauf à ceux qui le méritent.

Nos regards se croisent. Damen et moi aurions dû nous douter que Drina n'était pas un cas isolé.

– Imagine ma surprise quand, en arrivant ici, j'ai trouvé cette... mioche agenouillée près de Damen, enfermée dans son petit cercle magique, pendant que sa jumelle aussi tordue qu'elle écumait la ville pour trouver de quoi fabriquer un antidote avant la tombée de la nuit. Et elle a trouvé ! Tu aurais été mieux inspirée de patienter, Ever. Il ne fallait pas briser le cercle. Mais bon, tu as tendance à faire les mauvais choix. Je me suis borné à attendre ton retour. Je savais que tu briserais le cercle.

Damen dort toujours. Recroquevillée dans son coin, Rayne cherche à se faire oublier.

– Pourquoi ? Quelle différence y a-t-il ?

– Il est mort momentanément, parce que tu es entrée dans le cercle. Cela l'a tué. Sinon, il aurait pu tenir encore plusieurs jours. Heureusement que j'avais l'antidote sous la main. Comme je te l'ai dit, il y a un prix à payer, et non des moindres. Enfin, ce qui est fait est fait. Pas moyen de retourner en arrière. Tu comprends, non ?

– Arrête !

Je serre les poings. Et si je l'éliminais une bonne fois pour toutes ? Pourquoi pas, maintenant que Damen est guéri et que je n'ai plus besoin de lui ?

Impossible. Même si Damen est sauvé, je ne vais pas m'amuser à supprimer n'importe qui ! Je ne peux pas abuser de mon pouvoir pour un oui pour un non. Comme le dit le proverbe, « ceux que la nature a dotés de qualités exceptionnelles se doivent de faire de grandes choses ».

Je me détends et me force au calme.

– Sage décision, approuve Roman. Il ne faut pas se laisser emporter, même si tu risques d'être très bientôt à nouveau tentée. Je m'explique. Damen va retrouver ses forces, sa beauté, sa jeunesse, sa santé, bref, ce que tu veux. Or, j'ai bien peur que cela ne fasse qu'aggraver la triste réalité : vous ne pourrez jamais former un vrai couple.

Je refuse de l'écouter. Si Damen est vivant et moi aussi, je ne vois pas ce qui pourrait nous séparer.

Roman éclate de rire.

– Tu ne me crois pas ? Parfait. Allez-y, et vous verrez bien. Après tout, je m'en moque. Voilà belle lurette que je ne dois plus rien à Damen, alors je n'aurai pas d'états d'âme s'il y reste. Je t'aurai avertie.

J'ai l'air si éberlué qu'il éclate de rire. Un rire retentissant à faire trembler les murs et le plafond, avant de retomber comme une chape de plomb.

– Réfléchis, Ever. T'ai-je jamais menti ? Ose me dire que je n'ai pas joué franc jeu avec toi depuis le début. Bon, d'accord, j'ai omis quelques petits détails par-ci par-là. J'admets que ce n'était pas toujours très gentil, mais le jeu était beaucoup plus excitant. Allez, je vais te le dire. C'est clair comme de l'eau de roche, tu vas voir. Tout échange d'ADN entre vous est strictement interdit ! Je t'explique, au cas où tu ne comprendrais pas. Vous ne devez pas échanger de fluides corporels. Et s'il te faut encore des sous-titres, cela signifie que vous ne pouvez ni vous embrasser, ni vous lécher, ni vous cracher dessus, ni boire dans la même bouteille, ni... le reste, bien sûr. Tiens, tu ne pourras même pas pleurer sur son épaule pour te lamenter sur ton triste sort ! En résumé, vous ne pourrez absolument rien faire. Pas l'un avec l'autre, en tout cas. Sinon, il mourra.

J'ai les mains moites et le cœur qui déménage.

– Ce n'est pas vrai. Comment une chose pareille serait-elle possible ?

– Je ne suis peut-être ni un médecin ni un savant, mais il se trouve que j'ai étudié avec certains des plus grands. As-tu entendu parler d'Albert Einstein, Max Planck, Isaac Newton, Galilée ?

Je hausse les épaules. J'aimerais qu'il aille droit au but !

– Donc, pour simplifier, disons que l'antidote seul aurait sauvé Damen en empêchant la multiplication des cellules usées ou endommagées. Mais en ajoutant ton sang, j'ai fait en sorte que réintroduire ton ADN dans son organisme en relance la multiplication et finisse par le tuer. Pas besoin de te faire un dessin, tout ce qu'il te faut retenir, c'est que vous ne pourrez plus vous toucher. Jamais. Tu saisis ? Te voilà prévenue. Désormais, l'avenir de ton chéri est entre tes mains.

Qu'ai-je fait ? Comment ai-je pu être assez stupide pour lui faire confiance ?

– Va lui faire des mamours, si tu ne me crois pas, poursuit Roman. Mais après, ne viens pas te plaindre s'il te claque entre les doigts.

Nos regards se croisent. Et comme l'autre jour au lycée, je plonge dans les abysses de son esprit. Je ressens son amour inassouvi pour Drina, celui de Drina pour Damen, celui de Damen pour moi, mon rêve de rentrer chez moi. Pour en arriver là...

– Tiens, on dirait qu'il se réveille ! Mmm, plus craquant que jamais ! Allez, profite bien de vos retrouvailles, ma belle ! Enfin, pas trop quand même...

Damen s'étire et se frotte les yeux. Je me rue sur Roman. Je veux lui faire mal, qu'il souffre, qu'il paie pour ses actes. Je vais le supprimer de la surface de la Terre.

Il m'échappe sans effort et gagne la porte en sautillant.

– Arrête, tu le regretterais, crois-moi. Qui sait ? Tu auras peut-être besoin de moi un jour...

Je tremble de rage et dois me retenir pour ne pas lui flanquer mon poing dans le ventre et l'anéantir à jamais.

– Tu ne te rends pas encore bien compte de la situation, mais prends le temps d'y penser. Maintenant que tu es privée de câlins avec Damen, tu vas te sentir très seule. Et comme je ne suis pas rancunier, tu pourras toujours te rabattre sur moi, si tu veux.

Je lève le poing. La colère m'aveugle.

– Ah, encore un détail. Il se peut qu'il existe l'antidote de l'antidote... Et puisque c'est moi qui l'ai fabriqué, je suis le seul à le savoir. Donc si tu me tues, tu détruis du même coup tout espoir de pouvoir aimer Damen un jour. Es-tu prête à en prendre le risque ?

Nous restons face à face, les yeux dans les yeux, liés par cet odieux chantage. Jusqu'au moment où Damen m'appelle, rompant le charme.

Plus rien n'existe que mon cher amour dans sa splendeur retrouvée. Il se relève, je me jette à son cou, il me serre contre lui et me regarde comme si j'étais la huitième merveille du monde.

J'enfouis mon visage contre sa poitrine, au creux de son épaule. Je murmure son nom, effleurant sa peau de mes lèvres à travers l'étoffe de sa chemise, m'imprégnant de sa chaleur, de son énergie retrouvée. Comment trouver les mots pour lui avouer la terrible faute que j'ai commise ?

– Que s'est-il passé ? demande-t-il en s'écartant pour mieux me regarder. Tu as l'air bizarre. Tu vas bien ?

Un coup d'œil alentour m'apprend que Roman et Rayne ont disparu.

– Tu ne te souviens de rien ?

Il fait non de la tête.

– Rien du tout ?

– Non. Je me souviens de la pièce de Miles vendredi soir, et après c'est le noir complet... Mais au fait, où sommes-nous ? Pas au Montage, n'est-ce pas ?

Je m'accroche à son bras, tandis que nous nous dirigeons vers la porte. Il faudra bien que je le lui raconte un jour. Le plus tôt sera le mieux. Pas tout de suite. Pour le moment, je veux profiter de sa présence.

– Tu as été très malade, dis-je en déverrouillant ma voiture. Tu es guéri, à présent. C'est une longue histoire...

Je tourne la clé de contact.

– Où allons-nous ? s'enquiert-il en posant une main caressante sur mon genou, tandis que je passe la marche arrière.

Je respire à fond avant de tourner dans la rue :

– Où tu veux, je réponds simplement avec un grand sourire. C'est le week-end.

Mise en page
PCA
44400 Rezé

Éditions de Noyelles,
123, boulevard de Grenelle, Paris
www.franceloisirs.com
Une édition du Club France Loisirs, Paris
réalisée avec l'autorisation des Éditions Michel Lafon

Impression réalisée par
Corlet Imprimeur

IMPRIM'VERT®

N° ISBN : 978-2-298-03186-7
N° Editeur : 58 794
N° d'imprimeur : 128491
Dépôt légal : mars 2010